# 多元文学运动影响下的
# 美国文学研究

刘 佳◎著

中国水利水电出版社
www.waterpub.com.cn
·北京·

## 内 容 提 要

本书在对美国文学研究进行梳理和介绍的基础之上,分别从清教主义、启蒙主义、浪漫主义、超验主义、现实主义、自然主义、现代主义、后现代主义等方面分析这些文学运动影响下的美国文学。

本书结构清晰,内容翔实,逻辑严谨,具有较强的科学性、学术性和可读性,是一部让人难以释手的文学史著作,更是一本英语专业师生不可或缺的参考教材。

### 图书在版编目 (CIP) 数据

多元文学运动影响下的美国文学研究 / 刘佳著 . —
北京 : 中国水利水电出版社 , 2017.6 (2022.9重印)
　　ISBN 978-7-5170-5590-7

　　Ⅰ . ①多… Ⅱ . ①刘… Ⅲ . ①文学研究 – 美国 Ⅳ .
① I712.06

中国版本图书馆 CIP 数据核字（2017）第 167433 号

| | |
|---|---|
| 书　　名 | 多元文学运动影响下的美国文学研究 DUOYUAN WENXUE YUNDONG YINGXIANG XIA DE MEIGUO WENXUE YANJIU |
| 作　　者 | 刘　佳　著 |
| 出版发行 | 中国水利水电出版社<br>（北京市海淀区玉渊潭南路 1 号 D 座　100038）<br>网址：www.waterpub.com.cn<br>E-mail：sales@waterpub.com.cn<br>电话：（010）68367658（营销中心） |
| 经　　售 | 北京科水图书销售中心（零售）<br>电话：（010）88383994、63202643、68545874<br>全国各地新华书店和相关出版物销售网点 |
| 排　　版 | 北京亚吉飞数码科技有限公司 |
| 印　　刷 | 天津光之彩印刷有限公司 |
| 规　　格 | 170mm×240mm　16 开本　17 印张　220 千字 |
| 版　　次 | 2017 年 11 月第 1 版　2022 年 9 月第 2 次印刷 |
| 印　　数 | 2001—3001 册 |
| 定　　价 | 78.00 元 |

# 前　言

在印第安本土文化与欧洲移民文化相互碰撞与整合的过程中，美国文学得以形成，并深受欧洲文学的影响。发展进程中，美国文学逐渐摆脱欧洲文学文化的制约，发展为在世界文坛占据重要地位的文学艺术，促进了世界文学文化的繁荣。

美国文学于各个发展阶段受到不同的文学运动思潮的影响。这些文学运动思潮有的从欧洲传入，有的发源于美国本土，它们使美国文学流派异彩纷呈，赋予其多样化的特点。当前，学界对美国文学的研究多是从发展史等方面入手，而专门立足于文学运动影响，研究美国文学发展的著作并不多，为此，作者精心构思并撰写了《多元文学运动影响下的美国文学研究》一书，力求对文学运动影响下的美国文学进行深入研究。

本书内容共分为八章，分别从清教主义文学运动、启蒙主义文学运动、浪漫主义文学运动、超验主义文学运动、现实主义文学运动、自然主义文学运动、现代主义文学运动、后现代主义文学运动入手，分析这些文学运动影响下的美国文学。该书结构清晰，内容翔实，逻辑严谨，对多元文学运动下的美国文学的诞生、发展及特色进行了深入的研究，具有较强的科学性、学术性和可读性。

本书在撰写过程中参阅了有关文学运动思潮和美国文学发展的研究著作，并借鉴了一些专家、学者的研究成果，在此深表谢意！由于时间仓促，作者水平有限，难免存在一些疏漏与不妥之处，恳请广大读者提出宝贵意见，以便日后修改与完善。

作　者
2017 年 4 月

# 目　录

# 第一章 清教主义文学运动影响下的美国文学

17世纪初,一群清教徒从英国漂洋过海来到北美大陆,即哥伦布所说的"新大陆"。他们离开英国的主要目的是逃避政治迫害和宗教迫害——当时的英国正处于政治和宗教大动乱时期,对持不同政见者和持不同宗教信仰者的政治迫害和宗教迫害搅在一起,许多人不得不铤而走险,选择了哥伦布发现的新大陆,并创立了新英格兰。伴随着这些清教徒的早期殖民拓展,深受清教主义熏陶的白人群体创作的文学自然也带有明显的宗教色彩,这也是美国文学最初的形态特征。

## 第一节 北美拓殖与清教主义在新英格兰的蔓延

### 一、北美拓殖

自美洲被发现后,从16世纪起,西班牙、法国、英国先后在北美大陆建立殖民地。

16世纪上半叶,西班牙人先后在大西洋沿岸、墨西哥湾一带建立殖民据点。到16世纪末17世纪初,西班牙在北美建立了新西班牙殖民地,包括现在的佛罗里达、得克萨斯、新墨西哥、亚利桑那和加利福尼亚。

16世纪中叶,法国第一批探险者到达纽芬兰、缅因一带。到17世纪末,法兰西宣称占有加拿大东部及密西西比河流域的广大地区。自诺法斯科西亚、路易斯安那到新奥尔良,被称为新法兰西殖民地。

17世纪初期,英国开始向北美洲移民。当时英国的资本主义经济已经相当发达,资产阶级和新贵族要求进行海外掠夺。1606年,英国的一些大商人和大地主组织了"伦敦公司"和"普利茅斯公司",他们从英王那里得到"特许状"取得在北美洲建立殖民地的特权。1607年,"伦敦公司"派出一支殖民队在北美洲东海岸建立了第一座城镇——詹姆斯敦,后来由此发展成为弗吉尼亚殖民地。从1607—1732年的120多年中,英国殖民者在北美东部先后建立了13个殖民地,占有东起大西洋沿岸西至阿巴拉契亚山脉的整个狭长地带。以后,英国又通过1756—1763年的英、法战争,迫使法国宣布退出对北美霸权的争夺,英国获得了加拿大以及阿巴拉契亚山脉以西直到密西西比河岸的广大地区。这样到18世纪中叶,北美大西洋沿岸殖民地主要成了英国的势力范围。

伴随着英国殖民地的发展,劳动力缺乏成为一个主要障碍。在英国,土地稀缺昂贵,而劳动力过剩、便宜;在北美殖民地,情况恰恰相反,土地充足、便宜,而劳动力缺少、昂贵。寻找丰富的劳动力资源成了当务之急。解决办法有二:一是从英国输入契约劳力,这是指希望移民北美而又付不起船费的英国或德国贫民,他们可以让北美的土地所有者或船长做出安排,免费前往北美殖民地。条件是要为土地所有者无偿劳动3～4年。1625年,弗吉尼亚40%的居民为契约劳动力,而在17世纪80年代进入宾夕法尼亚的第一代居民,每3～4人中就有一个是契约劳力。

契约劳力的来源随着英国本土经济的改善而缩小、枯竭。殖民地的土地所有者还需要另找劳动力资源,黑人奴隶就成为又一种选择。早在1617年,荷兰船只就给詹姆斯敦带来20名奴仆。但当时黑人奴隶还不普遍,这是因为当时的黑人奴隶价格昂贵,黑奴贸易主要为西班牙和葡萄牙所垄断,他们主要把黑人奴隶运往他们在中、南美洲的殖民地。

但情况逐渐发生变化。英国海军打破了西班牙、葡萄牙对黑人奴隶贸易的垄断,越来越多的黑人奴隶进入英国在北美的殖民地。由波士顿、纽约、费城、纽波特、诺福克、查尔斯顿等地出发的贩奴船,满载酒、火枪、镜子、布等货物前往西非几内亚奴隶海岸,换取俘虏和拐骗来的黑人,装上船,经过两个多月的死亡航行(死亡人数高达 40%),到达西印度群岛后,换取糖浆,并将糖浆及部分奴隶转入北美殖民地各港口。这种由北美—西非—西印度群岛—北美的三角奴隶贸易,利润极高,持续了近两个世纪。1686—1786 年的 100 年间,贩卖到英属北美殖民地的非洲黑奴有 25 万。1776 年,在这些殖民地的黑人有 50 万,占全部殖民地人口(不包括印第安人)的 23.6%。

　　黑人奴隶在北美殖民地的命运极为悲惨。他们不仅本人终生为奴,而且子孙后代也终生为奴。他们在户外长时间从事极为艰苦的劳动,食宿条件极差,因此大量病死。在奴隶主眼中,这些黑人奴隶只不过是会说话的工具,是其财产的一部分。

　　在北美独立战争以前,这 13 个殖民地在英国的统治下各自为政,相互间并没有什么政治联系,而且它们与宗主国之间的关系也不尽相同。在这 13 个殖民地中,有 8 个是英王直辖殖民地(弗吉尼亚、马萨诸塞、纽约、新泽西、新罕布什尔、北卡罗来纳、南卡罗来纳、佐治亚),总督由英王任命,他们多数是英国的贵族或军事头目。有 3 个是业主殖民地(马里兰、宾夕法尼亚、特拉华),总督由各殖民地的业主指派,但必须经英王批准。所谓"业主"就是一些有钱有势的大贵族或英王的宠臣,他们要求英王把北美洲大片的土地"封赐"给他们,作为他们的"领地",由他们招募移民垦殖。有两个是自治殖民地(康涅狄格、罗得艾兰),总督由各殖民地的有产者选举产生,也要经过英王批准。这些总督握有军事、政治、财政大权,代表英国统治集团直接统治殖民地人民。

　　在北美 13 个殖民地建立的过程中,有大批欧洲移民涌来。移民中人数最多的是英格兰人,其中有不少清教徒,但也有不少苏格兰人、爱尔兰人、荷兰人、法国人、德意志人、瑞典人、瑞士人和犹太人。在这些移民当中,除了贵族和享有特权的商人之外,还有资产阶级,但人数最多的是劳动人民。当时,英国的"圈地运动"和斯图亚特王朝的反动统治以及欧洲大陆诸国的封建暴政和连年战祸,弄得人民流离失所,民不聊生。于是那些失去土地的农民和丧失生计的工匠、手工业者、商贩陆续来到北美洲,成为垦荒者。这些劳动人民为了摆脱封建暴政和新贵族的掠夺而逃了出来,但是,他们在北美并没有找到"自由的乐土",依然受到英国统治集团的残酷压迫和剥削。

为了维护英国在北美殖民地的统治,英国政府采取了种种限制和扼杀殖民地工商业发展的措施。早在 17 世纪下半叶,英国就通过"贸易和航海法",禁止殖民地同别国直接通商,别国商品也不准直接输入殖民地,北美的工农业产品也只能用英国船只运出。为了使北美殖民地永远成为英国的原料产地和商品销售市场,英国国会禁止北美建立炼铁厂和制造厂。不摆脱英国的殖民统治,资本主义经济就不能得到进一步的发展。

进入 18 世纪以后,英属北美 13 个殖民地的经济发展很快,各殖民地之间的经济往来日益增多。新英格兰一带的殖民地把工业品运销到南方,南方的几个殖民地则以一部分粮食和原料供应北方。随着水上运输和公路交通的发展,初步形成了统一的民族市场。同时,殖民地城市人口也日益增加。当时北美最大的城市宾夕法尼亚的首府费拉德尔菲亚城拥有约 30 000 居民,纽约已有居民约 20 000 人,马萨诸塞的首府波士顿约有 22 000 人。这些城市逐渐成为 13 个殖民地的政治和经济中心。殖民地还建立了自己的高等学校——哈佛大学、威廉和玛丽大学等,创办了自己的报纸和图书馆,构成近代民族的因素逐渐具备,一个新的民族——美利坚民族开始形成。

## 二、清教主义在新英格兰的蔓延

殖民地时代的美国人,即英属北美的 13 个殖民地的移民多数是来自英国,他们带来了英国社会思想、宗教信仰和生活习俗,其中清教主义尤为重要。

　　1620年，102位英国新教徒乘着"五月花号"船来到马萨诸塞湾，建立了新英格兰的第一块殖民地。他们的领导人是一群激进的清教徒。早在10年前，为抗议詹姆斯一世（1566—1625）对地方政治和宗教自治权的破坏，他们就奔赴欧陆，在荷兰的莱登组成了公理会。后来，他们决定移居美洲，建立独立的宗教和政治秩序。在海上航行途中，清教徒们签订了一份《五月花公约》把远征的目标定为"荣耀上帝，推进基督教，荣耀国王和祖国"，表达了同弗吉尼亚殖民者同样的宗教和政治宗旨。《五月花公约》还反映了清教徒们建立新的宗教和政治制度的理想，明确宣布以上帝为证，移民们相互订立契约，共同组建一个民治政体。所以，公约既是一份社会契约，也是人与人、人与上帝之间确立的宗教誓约。正是这种古老的人神契约观，为清教领袖们鼓动民众，组织行政体系和战胜天灾人祸提供了强大的精神动力。

　　这些清教徒不仅继承了基督教的思想传统，将《圣经》所宣扬的教条牢记于心，而且从欧洲文艺复兴运动中继承了崇尚知识、追求自由的人文主义精神。由于是在两种历史传统中成长起来的一代人，虽然那些清教徒在英国受到了政治迫害和宗教迫害，但是他们始终怀有一种"宏伟"的宗教理想和政治抱负——他们认为自己肩负着神圣的历史使命，有责任在地球上的人类中间传播上帝的福音。

　　在那些清教徒的宗教理想和政治抱负的背后隐藏着这样一种根深蒂固的观念：他们相信他们自己与上帝之间有一个盟约。这种观念是由16世纪末、17世纪初欧洲国家的一些神学家提出的——它把人与上帝之间的关系规定为一种神圣的盟约关系，宣称人与上帝之间的关系是由一系列可以理解的规则规定的，人与上帝之间具有相互责任——这就是所谓的"盟约"说。基于这样一种观念，那些清教徒把他们不远千里前往北美大陆的行程看成一种伟大的、光荣的、神圣的征程。

　　清教徒在北美大陆开天辟地，建立了一个又一个殖民地居民点。各个殖民地都实行政教合一的管理模式,所有政治领导人物都是牧师,或至少是清教徒。在日常管理工作中,领导的讲话往往和宗教活动掺合在一起。在那种政教合一的管理模式中,基督教牧师发挥了难以想象的社会管理作用。可以毫不夸张地说,基督教牧师是清教徒生活中的权威,而基督教则是联结和召集清教徒的根本手段。在清教主义时代,宗教活动在统一人心方面具有难以替代的作用。

清教徒都是一些追求思想自由的基督徒。他们强烈要求把无关紧要、非根本性的信念和习惯从英国国教中清除掉。为了彻底告别"过去",他们决心在北美大陆建立一个迥然不同的新社会、新世界——它必须能够真正体现他们作为有宗教信念的人的价值和荣耀。他们从根本上坚信,世界万物都是为"造物主"的原因即上帝的荣耀而存在的——不仅人依赖造物主而存在,自然依赖造物主而存在,而且人和自然的存在意义和价值只能在造物主的意志中体现出来。人必须按照造物主的意志或规划来生活;否则,人将一无所是,一无所有。他们还相信人有"原罪"。所谓"原罪",就是与生俱来的罪,就是生前就有定数的罪。人可以为他的罪忏悔,但不能凭借自身的努力赎罪。这种基督教观念规定了清教徒对待道德的一个基本态度:人不能自主、自由地追求德性和善的行为,但人必须为他们的不道德行为或原罪受到道德上的指责;然而世界上存在由造物主择优选用的人,他们更加接近神性,并愿意帮助为世俗欲望所累、具有原罪的其他人。人有种类之分。虽然任何人都不能依靠自身的努力赎罪,但是有些人是造物主的"优秀"信徒——他们诚心诚意地服从造物主,为他提供诚心诚意的服务;诚心诚意地传播他的旨意,诚心诚意地给他增添荣耀,因而他们会被造物主优先拯救。然而,获得拯救之前必须有一个重生的过程——这个过程让人接受一种超自然的"神佑"。这样一来,人并不是因为好的表现而获得拯救,而仅仅是凭借信仰的虔诚而获得拯救。

就这样,殖民地时期的美国弥漫在一片清教主义的氛围中,人的一举一动都必须体现行为主体对上帝的尊敬和服从。他们把神圣的基督教理想与日常工作、日常生活的细节联系在一起，谨慎、节俭、清洁、勤奋、公正等是他们奉行的美德——他们奉行这些美德的最终目的不是为了追求幸福，而是为了给上帝增添荣耀。他们勤奋工作，艰苦奋斗，但他们在工作方面的优异表现只能归功于神的恩赐或神的选择，因而不能被看成他们应该获得救赎或获取幸福的原因。在工作和生活中，他们不得不面对各种悲惨的事情、痛苦和失望，但他们仍然应该坚持不懈地好好工作，奋斗不息，因为只有这种工作才能证明他们是上帝择优选用的人。清教伦理要求人们过的道德生活是一种"勤奋＋虔诚"的生活。

　　与此同时，清教徒宣称自己是上帝的选民，是代表上帝的旨意来北美大陆建立"神圣共和国"的，但他们往往用残暴的方式对待信奉其他宗教的异教徒或那些在他们看来背离了宗教信仰的人。虽然他们鼓励人们学习知识，他们甚至创办学校——他们早在1636年就创办了哈佛大学，但是他们也压制所谓的异端学说，甚至对持不同意见者进行迫害。由于不能容忍持不同宗教信仰的人的存在，他们放逐了罗杰·威廉姆斯（Roger Williams，1603—1683）、安·哈金森（Anne Huchinson，1584—1652）等在当时很有影响的牧师。早在1644年，威廉姆斯就坚决反对清教徒进行宗教迫害、强求信仰一致的做法。他积极主张政教分离，认为片面强调宗教统一性不仅混淆了宗教与民事之间的区别，而且违背了基督教精神，与人类文明背道而驰。他的观点显然与清教徒在新大陆建立统一"神圣共和国"的理想相冲突，结果他在1635年被从马萨诸塞殖民地驱赶了出去。他被迫在罗德兰岛建立了一个新殖民地。哈金森是马萨诸塞州海湾殖民地的著名牧师。她的主要影响在于她的激进观点。与其他牧师宣扬有条件的契约论不同的是，她提倡一种"勤奋契约"论——她宣称人可以通过自身的努力获得拯救。由于宣扬这种激进的观点，她也被从殖民地驱赶了出去，并被从她的教会中除了名。她只好前往罗德兰岛,后来又到达纽约。她本人和她的大部分家人在与印第安人的一次冲突中遭到杀害。

随着历史的演变,17世纪末,由于各个殖民地实行政教合一管理模式的社会基础和政治基础开始消融,清教徒垄断政治权力的形势每况愈下,尤其是各种非清教主义思想流派纷纷崛起,思想启蒙运动在各个地方如火如荼地开展了起来,清教伦理思想开始了逐渐衰落的过程。

## 第二节 充满宗教色彩的文学创作

早在欧洲人闯入北美大陆之前,在那里世世代代居住的是过着原始公社生活的印第安人,他们本身并没有发达的文学。待到殖民主义者的野蛮屠杀和驱赶之后,这个种族已濒于灭绝的境地,仅有一点的口头创作亦完全中断,因而更谈不上什么文化传统。伴随着西方殖民者的进入,美国文学逐渐产生。而在最初,由于残酷的殖民统治,广大的平民阶层根本不可能受到文化教育,因此能够识字、写作,具有一定文化水准的,在当时只有来自英国的统治阶级和一部分传教士,以及当地的贵族。因此当时的文学带有明显的殖民地色彩和欧洲移民文化的痕迹。伴随着清教主义在新英格兰的广泛传播,文学创作也置身于浓厚的清教主义氛围中,这导致当时的很多文学创作都带有一定的宗教色彩,这类文学作品主要有以下两种形式。

一种是以宣传清教主义思想为目的的布道文。为了宣传清教主义思想,清教牧师们在各种场合所做的布道,影响着广大教民,规范着他们的行为举止。布道文以其简洁明快、通俗易懂的语气感化说服教民,其中大量的比喻、平行、排比等手法的运用,使得其文学色彩异常浓厚。约翰·科顿(John Cotton,1584—1652)作为新英格兰地区最有影响的清教牧师之一出版了两部布道集:《生命之路》和《恩典之约论》。在这两部布道集中,科顿阐述了清教主义思想的渊源,要求清教徒们一切听从上帝的安排。清教主义思想的重要宣传者还有马瑟一家。其中科顿·马瑟(Cotton Mather,1663—1728)的《基督教在北美的辉煌》是一部阐释清教主义和叙述北美殖民地历史的作品。乔纳森·爱德华兹(Jonathan Edwards,1703—1758)的《关于上帝使人改宗的奇异业绩》和《新英格兰宗教复兴的现状感想》等著作都产生了重要的影响。

另一种是清教诗歌,北美殖民地时期的两大诗人安妮·布雷兹特里特(Anne Bradstreet,1612—1672)和爱德华·泰勒(Edward Taylor,1642—1729)都继承了英国的虔诚诗歌传统。他们生活在宗教气氛浓郁的新英格兰,自然接受了上帝对他们的诗笔的指挥,自觉地成为传布上帝意旨的忠诚仆人。他们的诗作题材不分巨细,几乎无一例外地和宗教信仰紧密相关。

就布雷兹特里特的诗歌创作来看,作为虔诚的清教徒,她的思想世界是由上帝主宰的。对上帝的崇拜,对天国的憧憬和描绘,对原罪的认识,对死和永生的思虑,清教徒的虔诚和自我剖析,构成了包括她的最动人心腑的家庭诗在内的诗作基本内容。对于天国,她充满向往之情,不止一次地在诗作中勾勒它的状貌。在《关于她的孩子》一诗里,她对孩子们说,我为你们做了母亲应做的一切,你们已长大成人,犹如雏鸟羽翼业已丰满,而我的时日却行将结束,我就要从树梢展翅飞向肉眼看不见的地方,在那里老态立即换新颜,和天使一起放声歌唱,没有严寒,没有暴风雨,春天常在,直至永恒[①]。对天国的最具体、最动人的描绘出现在《灵与肉》中。在天国里,灵对肉说,我的眼睛透过天空,所望到的你无法看见;我的衣服并不是丝绸和精金,也不是尘世间所有的废品,我要穿的是皇袍,比璀璨的太阳还要炫目,我的皇冠不是钻石、珠玑和黄金,而是和天使们展现出的一模一样[②]。接着,在灵的

---

① 张跃军.安妮·布雷兹特里特诗选[M].上海:东华大学出版社,2010:177－178.

② 张跃军.安妮·布雷兹特里特诗选[M].上海:东华大学出版社,2010:149.

脑海中呈现《圣经·启示录》中对上帝的圣城的描述,因为她绘声绘色地对肉说:

> 我希冀栖身在一城中,
> 尘世无以与之相伦比;
> 雄伟的城墙高大而坚固,
> 用贵重的碧玉砌成;
> 富丽的珠门又明净,
> 天使做阍者伫立在门庭;
> 街道都用精金铺设,
> 肉眼从未见识过;
> 汩汩晶莹河水流,
> 发源于羔羊的宝座。
> 那一定是生命之水,
> 溪流永远明澈。
> 没有太阳,没有月亮,它们没有必要,
> 因为有上帝的荣耀照射。
> 没有烛光,没有火炬,
> 没有夜的漆黑。
> 他们永不会患
> 病痛和痼疾;
> 永不再有凋残的老朽,
> 长在的是澄莹光洁的美。①

对于布雷兹特里特来说,上帝的圣城是逼真的,敬拜上帝的人的名字都会被写在羔羊生命册上,进入圣城和上帝同在。这种虔诚业已渗入她的全身心,因此便自然地充溢在她的作品中,像《写在我家失火之际》《疲乏的朝圣者》及《沉思录》等诗作,都反映出诗人殷切敬奉上帝、向往天国和圣城的心情。

这位女诗人在自己的作品中也反映了清教徒为保证灵魂得

---

① 张跃军.安妮·布雷兹特里特诗选[M].上海:东华大学出版社,2010:151 - 152.

拯而进行的激烈而复杂的内心斗争。对清教徒来说,今世是虚荣的、倏忽即逝的,重要的是进入天国,获得永生。因此,虔诚的信徒要时刻抵制尘世金玉名利的诱引,时刻洞察自我、认识自我,剔除污秽,永葆心灵的圣洁。布雷兹特里特显然经历了这种思想的起伏,感受到世俗生活对自己的纯洁的侵袭。《灵与肉》一诗中的"肉",所代表的便是"世俗的物质的诱惑力"。这首诗的构思颇具匠心。诗人把世俗思想和清教精神两种力量都人格化了,于是两种思想的斗争成为具体的两个人的争论,诗歌意味深长。

泰勒被认为是这一时期最伟大的诗人,他一生写下了几卷布道和翻译文稿,一部诗歌形式的《基督教史》,一些挽歌,诗集《上帝的决心》《受领圣餐的自省录》,他的诗歌被认为是诗歌的《圣经》,表达他虔诚的清教思想。

泰勒进行诗歌创作的目的十分明确,他的诗笔是为上帝服务的。这和他的宇宙观有直接联系。泰勒是一个不折不扣的清教徒,他的思想世界完全由加尔文教义所统治,完全被宗教信仰和神学理论所支配。他似乎没有"自我"。他的生活色调非常单纯,是一种地道的正统的、倾向保守的新英格兰神权政治体制下兢兢业业侍奉上帝的清教牧师的生活。他笃信人的原罪说和少数人得拯而入天国说,相信全能上帝拯救灵魂的威力和慈悲。这一切对他来说都是丁一卯二、信而有征的。他希冀教会能清除罗马天主教和英国国教礼拜仪式中的豪华和虚饰,而恢复耶稣基督创教时的圣洁和纯一。他和不少受过良好教育的同代人一样,相信妖魔和巫术确实存在。他在默默无闻中力挽清教颓势,诗人的笔,于是便成为上帝的忠诚而有效的工具。他在《受领圣餐前的自省录》的《序诗》中清楚地表明他甘愿以笔颂扬上帝的迫切心情。"主啊,"——他在诗的开首以毕恭毕敬的口吻问——"一块土渣能否重过大地, /高过丛山和晶亮的蓝天? /它能否胸怀奇志表现 /和描绘无限的神圣?请你握住这支笔, /它的墨会以光荣和辉煌把永恒的荣耀加以装点。"① 泰勒坚信,诗笔必须由上帝造成和指挥,否则,即使是取白天使的羽翼,在细宝石上磨尖,蘸上金液在晶亮的书页上书写金字时,它也只能会涂涂抹抹,或划破纸面,或摇动不止,而无所作为。因此他表示,他的"愚钝的想象力"只歌颂上帝,使主的荣耀照射出万丈光芒。

从某种意义上说,泰勒的诗作,是把加尔文宗教所强调的《圣经》诗歌化了。如果说布雷兹特里特在强音之外还有一个弱音,表达她对丈夫和儿女的细腻而炽热的爱,那么,泰勒只用一个声音讲话,讲的只有一个内容。从他的诗作中,我们可窥探到一个内心世界极其单调的清教徒的心态,即人的本性便是污秽和丑恶的:"天国之鸟"啄食了禁果,因而陷入"精神饥饿"状态(《自省录》:第一辑八)。他来到这个肮脏的世界上:这里的亮光已被熄灭,炫目的白日已变成子夜,四周射出鲜艳的光的太阳已被埋葬,生被死击败,地府代替了天堂;在这里到处是罪孽、死亡和魔鬼,把人赶向地狱(《自省录》:第一辑十九)。生活在这样的地方,人只能会愈益堕落,人心只能愈益蜕化。人欲自新,必须接受上帝的审判。人的世界必须由上帝制定法律进行治理,人的思想、言论和生活必须由上帝加以规范。显然,相较布雷兹特里特而言,泰勒的诗歌宗教色彩更为浓厚。

还有一种是人物素描。这种文字或以诗歌形式或以散文文体出现在新英格兰的各种出版物中。就内容讲,它有时似自传性文体,回顾重于分析;有时描写基督徒举止的楷模式人物,具有明显的说教性质;有时则是典型性格的刻画——优秀基督徒、真正谦虚的人,或公众领袖人物等;有时则叙述社会名流的生平,具有明显的传记特点。在人物素描作品中数量最多的应推挽歌。阅读诸如约翰·诺顿(John Norton,1651—1716)所写《悼安妮·布雷兹特里特夫人》及尤里安·奥克斯(Urian Oakes,1631—1681)所写《悼托马斯·谢波德》等挽诗,读者会发现一

---

① [美]爱德华·泰勒著,常耀信译.受领圣餐前的自省录·序诗[A].美国文学史(上)[M].天津:南开大学出版社,1998:34.

种相当普遍流行的模式：即以叙述死者早期的虔诚精神和圣徒行动为开头，进而说到他的光辉业绩，最后劝导读者师法死者。就风格讲，这些人物素描文字简朴，颇具清教徒的典型特点，而有些则遣词用字相当考究，无疑是受了古典文学的影响。

# 第二章　启蒙主义文学运动影响下的美国文学

在美国历史上,18世纪后半叶发生了启蒙运动,这一时期也因此被称为启蒙运动时期。美国启蒙运动以摆脱英国殖民主义统治为起点,最终因为《美国独立宣言》的发布而达到制高点。此后,美国致力于建立美国人民在独立战争中追求的新政治秩序,并最终成为联邦制国家。而在美国启蒙运动的影响下,文学的创作也呈现出一些新的变化。本章将详细阐述启蒙主义文学运动影响下的美国文学的创作与发展状况。

## 第一节　美利坚民族的觉醒——美国启蒙运动

美国启蒙运动的发生,不仅标志着美利坚民族的觉醒,而且标志着美国历史翻开了新的一页。

### 一、美国启蒙运动的兴起

美国启蒙运动是在欧洲政治哲学理论和思想的影响下爆发的。更确切来说,是西方启蒙运动推动了美国启蒙运动的产生与发展。

西方启蒙运动兴起于17世纪后半期,结束于19世纪初。该运动立足于两个基本观点:一是人可以凭借认识能力认识和理解其周围世界或宇宙;二是人认识和理解其周围世界或宇宙的成果可以使人类社会变得更加理性化、人性化。这两种基本观点也是美国启蒙运动的基础。虽然它们来自欧洲,但是它们在美国却很少遭到人们的公开反对。到 18 世纪后半期的时候,甚至许多加尔文教教徒也承认人生价值的道德诉求。尤其是受独立战争胜利的鼓舞,越来越多的美国知识分子变得更加务实,他们更加坚信启蒙运动在改变人们思想观念方面的作用。不过,一个不容置疑的事实是,虽然美国启蒙运动根据欧洲国家的标准促进了美国范围内的政治自由,但是美国人对基督教的认识和态度始终是比较"温和"的。即使像本杰明·富兰克林(Benjamin Franklin,1706—1790)、托马斯·杰斐逊(Thomas Jefferson,1743—1826)那样最求实、务实的人物也从来没有公开表示要取消基督教。也没有任何美国人像欧洲的大卫·休谟(David Hume,1711—1776)、伏尔泰(François-Marie Arouet,1694—1778)那样向美国人建议——让经验理性破坏人们对客观真理和客观道德的普遍信念。

美国启蒙运动因美国人对待基督教的温和态度而与欧洲国家的启蒙运动有了较大区别。一些美国启蒙运动领袖人物知道基督教已经成为社会发展的巨大障碍,但他们并没有试图去消除它,而是仅仅希望通过启蒙运动确立另一种强有力的政治秩序和宗教秩序。因此,美国的启蒙运动并没有把美国人彻底从基督教的阴影下解放出来,这是一个历史事实。但是,美国启蒙运动又确实极大地动摇了基督教控制社会政治、经济和文化的绝对地位,并改变了美国社会的精神面貌。从此以后,基督教对美国人的约束更多地流于形式。经过艰苦奋斗考验的美国人,尤其是经过独立战争考验的美国人,没有抛弃对上帝的信仰,但他们追求现实生活价值和意义的热情和积极性在启蒙运动之后得到了空前强化。启蒙运动之后的美国已经不再是原来的美国,启蒙运动之后的美国人也不再是原来的美国人。

## 二、美国启蒙运动的伦理思想

美国启蒙运动的伦理思想中,最为核心的概念是自然权利,美国启蒙思想家认为它是"不可剥夺的权利"。这一伦理学概念是美国启蒙伦理思想体系的支柱,它集中反映了美国启蒙运动时期的政治观、道德观、宗教观和教育观。

自然权利在《美国独立宣言》中有着经典的论述,其基本内容包括以下几个:一是人生来是自由的、平等的;二是任何人都天生具有生活、生存的道德权利;三是任何人都天生具有追求自由和幸福的权利;四是任何人都无权侵害他人的平等权利。

在自然权利的诸多内容中,启蒙思想家强调最多的一种权利是人的自主权。每一个人以及每一个在地球上的人体都有自主的权利。人是从自然手中获得这种权利的。个人通过他的单个意志来履行这一权利——人群则通过大多数人的意志来履行这一权利,因为多数原则是每一个人类社会的自然法则。[1] 在人的自主权的基础上,启蒙思想家又延伸出对政府的自主选择权,即一个政府若是在没有得到同意的情况下将其意志强加于人,则人们利用自己所具有的道德权利将这种政府废除。对于人的这种权利,美国启蒙思想家在制定的美国宪法中予以了明确。

由此可以知道,自然权利对于美国启蒙思想家来说既是一个政治原则,也是一种道德观念。它与任何形式的压迫和暴政都是对立的,它认为压制人们的思想和粗暴地干预人们的生活是不道德的做法。在此基础上,启蒙思想家的矛头直接指向当时的英国殖民主义政府,并积极引导美国人民推翻英国殖民主义统治,创建的新国家。

自然权利除了是一个政治原则、一种道德观念外,也与宗教问题直接相关。根据"自然权利"的要求,政府无权把宗教信仰和习惯强加于人,宗教宽容是处理宗教信仰问题的基本原则。一个人信奉什么宗教,这只能由当事人自己根据其良心的昭示来决定。人对良心的拥有也是一种权利。为了尊重这种权利,必须提倡多元论,必须使宗教本身的价值和意义在道德的基础上得到判

---

[1]　向玉乔.人生价值的道德诉求——美国伦理思潮的流变[M].长沙:湖南师范大学出版社,2006:38.

断和确定。在对待宗教的立场上,美国启蒙运动的领袖人物大都宣称他们是泛神论者或宣称他们信奉自然宗教。从某种意义上来说,富兰克林、杰弗逊等人所信奉的宗教是以理性和经验为基础的。在他们的宗教世界里,人在理性和感觉方面所表现的自然能力可以创造世界的规则和秩序,即世界的存在不是由纯粹的命运决定的,而是由某个超自然的神圣"建筑师"根据一定的法则和目的创造的。

　　对于自然权利的实现,美国启蒙思想家也明确指出是有一定的条件的。在他们看来,能够保障人的自然权利的只有政府。政府的使命就是保证人的自然权利。如果没有政府的保障,人的生命权、自由权以及追求幸福的权利将无从谈起。正如自然受运动、静止的自然规律控制一样,政府必须受理性的控制。政府理性的唯一表现形式是民主制度。"民主"是所有土地法得以成立的基础,但它必须产生于被统治者知情同意的基础上。根据杰弗逊的看法,土地属于活着的人;确保人的自然权利的唯一方式是建立一个政府体系,但这个体系的运作必须采取权力制衡机制,以确保人们的意志成为裁定政府工作的最终权威。不过,基于自然权利考虑而建立的政府也可能犯错误,但这并不意味着可以从根本上否定政府的存在价值,而是说明了政府必须经常改正错误和进行变革的必要性和重要性。在杰弗逊看来,最大范围地、最大限度地体现所有人的意志是美国民主的特色。实行代表民主制度必然会遇到很多困难,但这不是一件异常的事情,因为任何人类试验都可能遇到重重困难,实行代表民主制只不过是人类众多试验中的一个,而且人们可以借助于启蒙的方式和教育对民主制度在实行过程中出现的错误进行纠正。因此,教育和科学被美国启蒙运动的领袖人物看成是美国民主制度的根本,政府必须要重视教育和科学,发展教育和科学。

　　关于"自然权利"的启蒙伦理思想不仅是美国人民建立国家的基本理念,而且在历代美国人中间得到了不断流传。追求"自然权利"的思想就是追求自由、民主、个人主义、言论自由的思想,它影响了一代又一代的美国人。但是,美国启蒙思想家特别强调的"自然权利"是一个有争议的概念,因为它包含着许多悬而未决的问题。"自然的"这一形容词本身的意义就是模糊不清的。什么是"自然的"? 它是与"人为的"相对而言的一种性质吗? 如果答案是肯定的,那么判断一种事物具有"自然"性质或"人为"性质的标准又是什么呢? 人们对诸如此类的问题至今没有达成共识。另外,"权利"也是一个值得推敲的概念。不同的人完全可能赋予权利迥然不同的内涵。有些人可能把"财产所有权"看成"权利",一些人可能把"生存权"看成"权利",另一些人则可能把"权利"与义务联系起来考虑。"自然的"与"权利的"搭配更容易产生歧义。"自然权利"是指人作为类似于其他自然存在物的存在应享受的权利,还是指人作为不同于其他自然存在物的存在应该享受的权利呢? 如果深究下去,必然能引出无数难以回答的问题。因此,"自然权利"是一个模糊的、抽象的概念。

### 三、美国启蒙运动的道德诉求

在美国历史上,启蒙运动时期是最崇尚道德理想与实际生活相结合的时代。18 世纪后期,美国人民不仅必须争取和维护政治独立,而且必须适应时代的要求为他们的政治原则和道德规范进行历史性的辩护。他们必须证明,他们对新的政治原则和道德规范的选择顺应了时代要求。在这方面,富兰克林、杰弗逊等美国的创建者发挥了不可估量的作用。他们是一群聪明能干、讲究实干的知识分子政治家,他们凭借超常的能力把一系列符合美国人兴趣的价值理想旗帜鲜明地提了出来,特别是他们把民主建立在常识和受理性制约的愿望基础之上,这不仅使他们本身在美国赢得了声望,而且为美国社会文明奠定了一个基本模式。

清教伦理从其本质功能上来看是鼓励学问和教育的,但是它过分强调人的"原罪"和"无助",这使它无法给美国人提供一种切实可行的理想生活模式。此外,清教伦理虽然也强调"自由"

和"希望",但它所提倡的"自由"和"希望"只存在于来世,根本不是现实世界的可能性,因此显得虚无缥缈,难以想象,难以诉求。而美国启蒙运动在道德上积极肯定人类自由和人类进步。这种道德信念表达了大多数美国人的道德理想——它把人从以宗教虔诚性来判断善恶的清教伦理思想中拯救了出来,把自然中的一切和人的一切活动都置于了理性和自然法则的统帅之下。在清教主义时代,基督教信仰是人认识世界的唯一手段,同时德性的获得和失去等于基督教信仰的形成和丧失。但是在启蒙运动的思想框架里,只有理性和试验才是人类认识和理解其周围世界和处理人际关系必须凭借的手段。无论是基督教的《圣经》,还是君主,都无法满足人类的利益需要。在启蒙思想家看来,从道德上相信常识的合理性和科学试验的有效性远远胜过相信君主的神圣权力和奇迹。同时,启蒙思想家认为人是社会变革的主体,任何一场社会运动,特别是民主革命运动,都必须从人的角度来对其进行认识和解释。

在清教时代,虽然也提倡公正、诚实、节俭、勤奋等美德,但它的实际含义和内容在启蒙时代已经发生了根本性的变化。在清教主义时期,人所具有的一切美德从根本上来说都不是人本身的,人不应该因为拥有这些美德而感到光荣和自豪,因为那些美德是上帝这种超自然的力量赋予的。而到了启蒙时代,人的所有美德不仅都被赋予了功利的目的,而且它们的产生与人的自由必然地联系在一起。同时,人的权利与人的义务被放到了同等重要的地位。

### 四、美国启蒙运动的性质

美国启蒙运动是一场社会政治运动,它的胜利使美国一跃而成为一个政治独立国家。美国的启蒙思想家凭借富有启蒙性的政治理论和社会理论在北美大陆建立了新的政治秩序。在他们看来,政府是确保人的自然权利的必要手段,人的生命、自由和幸福都必须得到政府的有效保护。由于相信"自然法则",他们要求政府必须建立在理性基础之上——他们坚信唯一合乎理性的政府是民主政府,即由被统治者自主决定的政府形式。

美国启蒙运动也是一次扭转社会道德思想的运动。曾经主导社会道德意识形态的清教伦理是殖民主义时代的道德生活模式,它是政教合一社会管理模式的辅助手段。启蒙运动带来了"自由""民主""权利"等一系列新观念,这不仅从根本上冲击了清教时代的价值体系,而且带来了美国社会道德思想的巨变——启蒙伦理思想肯定人在道德判断和道德行为选择方面的主观能动性、意志自由,这与鼓吹"原罪说"和"宿命论"的清教伦理有根本区别。

### 五、美国启蒙运动的成败

美国启蒙运动的最大成就就在于,它缔造了一个新的国家。从此以后,"美国"成为世界民族之林的一员。从今天的世界格局来看,它的出现无论怎么说都应该被视为一件"世界大事"。启蒙运动塑造了一个年轻而又朝气蓬勃的民族和国家,这是整个世界都无法否认的一个事实。

美国启蒙运动的最大失败在于它没有废除奴隶制度,这为后来的美国内战留下了"祸根"。不可否认,大部分美国启蒙思想家确实看到了奴隶制度的非道德性,如杰弗逊不仅认为奴隶制度是不道德的,违背了人的自然权利,而且在多种场合公开主张立法废除它。但是,启蒙伦理思想缺乏解决奴隶制度问题的价值导向,这导致人们对奴隶制度产生了模糊认知。同时,美国启蒙思想家大都把如何争取国家独立视为"头等大事",这使他们有意或无意地忽略了奴隶制度问题。他们着力宣传和鼓动的是如何推翻英国的殖民主义统治,而"奴隶制度"则被广泛当成了一个次要问题。

从根本上来看,奴隶制度的存在毫无疑问与美国启蒙运动的宗旨是相背离的,但它却遭到了不应有的忽略,这确实给美国启蒙运动留下了一片厚重的阴影。

# 第二节　民族情绪的高涨与革命文学的诞生

英国自 1607 年起,在北美陆续建立了 13 个殖民地,并对其进行了残酷剥削和掠夺。这引起了广大北美人民的愤怒与反抗,并因此开始了争取政治、经济权利的斗争。后来,北美人民与英国殖民地当局之间的矛盾发展到无法调和的地步。从 1763 年起,13 个殖民地先后爆发反英斗争,并建立了许多秘密的革命组织,其中最有影响的是 1765 年成立的"自由之子社"。与此同时,随着英军同当地居民不断发生流血冲突事件,双方的矛盾不断加剧,而 13 个殖民地之间的意志也逐渐统一并希望以和平方式解决矛盾。但是,伴随着英国殖民军与当地民兵的武装冲突,和平方式终究被暴力方式所取代,并最终在 1776 年爆发了北美独立战争。由于文学是反映时代面貌的镜子,当时的美利坚民族文学虽然还处于萌芽状态,但仍然能够把北美人民在反英斗争中所表现出来的进步思想和动人事迹,通过各种文学形式生动形象地反映出来。由于这一时期的文学在独立战争爆发前夕作为革命的舆论对人民起到了极大的鼓动作用,在革命中又成了斗争的武器,因此这一时期的文学通常被称为革命文学。而托马斯·杰斐逊(Thomas Jefferson,1743—1826)、托马斯·潘恩(Thomas Paine,1737—1809)、本杰明·富兰克林(Benjamin Franklin,1706—1790)是革命文学的重要创作者,而且他们的革命文学创作都以散文为主。

## 一、托马斯·杰斐逊的革命文学创作

托马斯·杰斐逊(Thomas Jefferson,1743—1826)是美国独

立革命时期一位杰出的人才,出生于弗吉尼亚州中部,曾在威廉和玛丽学院读书。毕业后,他又学习法律,取得了律师资格,并在1769年当选为弗吉尼亚议会议员。之后,他积极参与反英运动,并在独立革命期间,他和富兰克林等人一起,起草了经古常新的《独立宣言》,还辅佐华盛顿缔建了美利坚合众国。1826年7月4日,正值《独立宣言》通过50周年之际,杰斐逊逝世。由于他的一生都在为国为民服务,因而在美国历史上占有极为重要的地位。

杰斐逊在美国独立战争期间的革命文学创作,最为重要的是《独立宣言》。在这部作品中,他也全面反映了自己的思想。他坚信约翰·洛克在《两篇关于政府的论文》中关于人的权利包括生命、自由和财产的论断;坚信政府的职能是保障这些权利,失去人民的信任的政府没有任何权威,应被废除:

> 为了保障这些权利,人类才在他们之间建立政府,而政府之正当权力,是经被统治者的同意而产生的。当任何形式的政府对这些目标具破坏作用时,人民便有权力改变或废除它,以建立一个新的政府;其赖以奠基的原则,其组织权力的方式,务使人民认为唯有这样才最可能获得他们的安全和幸福。①

在《独立宣言》中,杰斐逊还明确指出,英王乔治三世的专断和各种暴行表明他已经成为暴君,不配做人民的统治者,因此北美殖民地宣布和英国脱离关系:

> 和我们作战,就是敌人;和我们和好,就是朋友……这些联合一致的殖民地从此是自由和独立的国家。②

杰斐逊在最初起草《独立宣言》时,曾涉及废除奴隶制的问题,但因当时南方诸州种植园主议员的反对而被删掉了。不过,透过这一段文字,能够清楚地看出杰斐逊反对蓄奴制的鲜明态度:

① 王德禄.人权宣言[M].北京:求实出版社,1989:9.
② 王德禄.人权宣言[M].北京:求实出版社,1989:13.

他(指英王——笔者)发动战争,反对人类本性,侵害一个从未招惹他的远方民族人民最神圣的生命和自由权利,捕捉他们,把他们运到另一半球去做奴隶,或在运输途中使他们致死。这种海盗战争,这种非基督教权力的耻辱体现,是大不列颠的基督教国王发动的战争。他决心开放可买卖人的市场,滥用否决权,压制一切旨在防止或限制这种可恶的买卖的立法努力。①

《独立宣言》在完成后,于 1776 年 7 月 4 日被北美 13 州代表组成的大陆会议通过。这既表明北美殖民地同英国完全断绝了一切关系,也标志着美利坚合众国的成立。同时,《独立宣言》也成为北美殖民地反对殖民压迫和封建压迫的鲜明旗帜,而杰斐逊也因是这一历史文件的主笔而彪炳史册。

《弗吉尼亚笔记》也是杰斐逊一部著名的革命文学作品,同时也是北美最重要的政治和科学文献之一。在这部著作中,他对法国政府关于美国地理、资源、人口及文明的一系列调查问题予以了回答。而杰斐逊的回答由数据性评述开始,继而介绍了弗吉尼亚及其居民,他对艺术和教育的看法,对待奴隶制的态度,对科学和自然界的关心和热忱,对独立小农经济的民主信念等。这部著作最终成为对美国生活和启蒙时期美国理想的百科全书或评论和总结,洋溢着一个独立美国人的自豪感和爱国心。

## 二、托马斯·潘恩的革命文学创作

托马斯·潘恩( Thomas Paine,1737—1809 )是美国独立战争期间最富有影响的思想家和作家,出生于英国,因家庭贫困,受到的正规教育很少。自 13 岁起,他开始自谋生计,但一直不得志。后来,他在伦敦遇到了富兰克林,并决心到北美谋生。当时,北美人民反英情绪正日渐高涨,酷爱自由、文笔清新而遒劲、深谙宣传文字技巧的潘恩即刻投入殖民地争取独立斗争的洪流中。在美

---

① 王德禄.人权宣言[M].北京:求实出版社,1989:12.

国独立战争爆发后,他参加了大陆军队,在格林将军麾下供职。期间,他还忙中偷闲,以笔代剑,先后发表 16 篇评论文章。后来,他前往正在发生法国革命的法国,对法国革命的理想和原则进行了宣传。1802 年,潘恩回到美国,并于 1809 年去世。

潘恩的一生堪称为人的权利而坚持不懈斗争的一生,并且创作了多部革命文学著作。《常识》是他在 1776 年出版的一部革命文学著作,高声讴歌了北美人民的斗争,并明确指出这是一场将载名青史的争取独立的斗争:

> 太阳从未照耀过较此更伟大的业绩。这不是一城、一郡、一省或一国的事业;而是一个大陆的事业——至少是世界可居住面积八分之一的地区的事业。这不是一日、一年或一个时代的事业;此后万世都与这一斗争相关,将或多或少永远受到目前事态发展的影响。现在是建立大陆联盟、信仰和荣誉的播种时刻。[①]

在这部散文著作中,潘恩还以严谨的逻辑和峭拔的文字指出北美大陆与大英帝国之间继续保持关系是百害无一利的,并极力反对当时的北美殖民地称英国为"母国"。在他看来,"母国"一语是英王及其寄生追随者的语言,是自私、虚伪、狭窄和吝啬的思想的集中表现,应当受到摈弃和谴责。

总体来说,这部散文著作的论点有理,论证精辟透彻,每一字词都经过精心选择,每一比喻都不落俗套,极富感染力。另外,这部著作的问世为北美独立事业做了有力的辩护,大长了北美殖民地人民的志气,从思想上加强了他们为独立而斗争的信念。

《人的权利》是潘恩另一部著名的革命文学作品,发表后引起了统治阶级的极大恐慌与敌视。在这部著作中,他对欧洲社会各种弊病进行了大胆揭露,认真分析了欧洲社会所存在的贫困、愚昧、失业、战争等各种弊端,并指出这些是人民起来革命的根本原因。同时,他还对欧洲君主政体进行了无情鞭挞,认为欧洲现行

---

① 常耀信.美国文学史(上)[M].天津:南开大学出版社,1998:68.

君主政体是万恶之源,是掠夺者们使自己的掠夺行为合法化的一种卑劣、虚伪的制度。这种制度否定了人的智慧及人的权利,是不义的和荒谬绝伦的,因而必须要推翻这一制度,并建立共和政体。

《理性的时代》也是潘恩的一部传世之作,对宗教的非理性一面进行了强烈抨击。他指出,神启意指"上帝直接对人讲的东西",只限于和第一个人交谈的内容,因此摩西的话、耶稣的话、穆罕默德的话都只能算"听说"的"二手"信息,人们有权相信或不相信;圣母不婚而孕之说是"听说又听说的东西",不可轻信。关于耶稣是圣子之说,潘恩借助理智,拨开"基督徒神话家"们所散播的迷雾,以18世纪流行的自然神论者的口吻一针见血地指出,基督教说和古代神话家们的偶像崇拜毫无二致,都是为权力和金钱的目的服务的,应当通过理性和哲学消除这种"谎言"。

在这部著作中,潘恩还指出,人通过理性认识,可以发现上帝的存在。没有理性的作用,《圣经》对人和对马一样不可思议。不过,他眼中的上帝是自然神论者的上帝。他指出,因为世间的一切,包括人在其内,都不是自生自灭,于是理智告诉我们,在宇宙中存在着万物之源,这就是上帝。

这部著作在发表后,激怒了欧美的保守主义者,他们谴责潘恩是无神论者、一个阴谋破坏基督教精神的魔鬼,并对他极尽诬蔑之能事,说他一意破坏政府、法律和宗教,而不是致力于民主和正义的缔造。在今天看来,这很明显是对潘恩的污蔑。

### 三、本杰明·富兰克林的革命文学创作

本杰明·富兰克林( Benjamin Franklin,1706—1790 )也是革命文学的创作中不可忽视的一位作家,他出生于波士顿一家贫穷的蜡烛制造匠家庭,幼时只上过两年正规学校。但是,他勤奋好学,通过不断地读书获得了极为丰富的知识。16 岁时,他便开始以笔名"静行善"发表评论波士顿社会生活的文章。后来,他

凭借自己曾学过排版印刷而在印刷业自立门户,惨淡经营几年后终于成为费城印刷业的中坚。之后,他致力于科学和社会活动之中,并积极参加了美国独立战争以及美国的建立。1790年,富兰克林去世。

富兰克林的一生共创作了40多卷文集,但影响最大的是《富兰克林自传》。

《富兰克林自传》是自传体文学的上乘佳作,简明而极引人入胜地叙述了美国第一位自力更生、白手起家者由穷苦卑微而跃至富有、闻名、发达的故事,忠实地记录了他光辉灿烂的一生的变迁,第一次把美国梦的实现过程落笔于纸上。整部作品可以分为三个部分,第一部分从"我的儿"写起。这一部分写得最自然,仿佛儿子就坐在对面,父亲半眯着老眼,亲切地回忆着往事,一字一句朴素、明了,寻章摘句毫无雕饰。便是在谈到比较复杂的宗教信仰时,也似信手拈来,行文通畅,不见丝毫的堆砌之痕:

> 既然我提到了上帝,我愿意十分谦恭地承认,上面提到的我过去一生中的幸福当归功于上帝仁慈的旨意,上帝使我找到了处世之道,并且使这些方法获得成功。这种信仰使我希望,虽然我不应该臆断,上帝在将来会像以前一样地祝福我,不论是使我继续享受幸福,或是使我忍受命中注定的逆运(像其他人一样,我也可能有这样的遭遇),因为我未来命运的轮廓只有上帝知道,上帝甚至能够通过苦难来祝福我们。[①]

在第二部分中,富兰克林开始增加说教的内容,教训口吻逐渐变得明显,学究气息也浓重起来。他常在说完一件事情之后,再讲几句以道出自己的动机,并且开始引经据典。故事本身依然深具感人的魅力,然而有时出现的机械罗列使事件呈单摆浮搁状,有机联系变得松散了些。这些缺陷有时会给读者心理上造成某种不快压力,产生读第一部分时从未有过的乏味感。在第三部

---

① [美]富兰克林著,姚善友译.富兰克林自传[M].北京:三联书店,1985:3.

分中,富兰克林重点讲了他在公共事业和科学实验方面所取得的成就。

在这部著作中,富兰克林充分表明了自己坚定的民主与平等信念:在美洲新世界这块充满机会的大地上,任何人都能经过艰苦奋斗和明智的运筹而致富和成功,"一个有相当才能的人可以造成巨大的变革,可以在人世间成就伟大的事业"①。同时,富兰克林深知人类的缺点和不足,但是他坚信,虽然人及其传统经常不尽人意,然而却是可以改善的。同时,富兰克林在这部著作中也清楚地表明自己在心灵深处是一位虔诚的清教徒。尽管他不做礼拜,不愿听讲道,但是他对教堂的修建却极热心,经常慷慨解囊。他的自省其身、自我完善的实践从根本上讲也是源于他的清教教养的。清教徒作为一个类型,突出的特点之一是自我剖析。由于他们相信命定论,因而便不断地检查自己的心灵以测知尚需付出多少努力方可保证灵魂得拯。这是清教徒喜爱书写日记与札记的基本原因所在。富兰克林详细记载着13种美德的修身表,他为培养美德、抵制恶习所付出的惊人而巨大的努力,他的坚定不移的"自助者天助"及"百工皆奉上帝"的信念,都表明他是一个严肃的清教徒。

另外,这部著作的文字通畅、准确、直截了当,句子简短,力戒拖泥带水。所用意象皆取自于普通生活,读来绝无艰涩之感。另外,这部著作的语言尤以幽默见长,让人在抚掌之余又有所得。这里列举一例:

> 我相信我忘了讲这件事:在我第一次从波士顿来费城的旅途中,因为风浪太大,船停靠在勃劳克岛,乘客开始捕捉鳕鱼,并且拖了许多上来。到这时为止,我坚守我不食荤食的决心,在这种场合,我同意我的老师屈理昂,认为每捉一条鱼等于是一种无故的谋杀,因为鱼过去既没有伤害我们,将来也不会,我们没有正当的理由

---

① 常耀信.美国文学史（上册）[M].天津:南开大学出版社,1998:80.

去杀害它们。这一切好像十分合情合理。但是过去我是非常爱吃鱼的，刚从炸锅里拿出来时，它芬芳扑鼻，美妙非常。我好一会踌躇于原则和爱好之间，直到后来我记清了在剖鱼时，我看见有人从鱼肚里拿出小鱼来，这时候我想："假如你们自己互相吞食，我为什么不能吃你们呢？"这样我痛快地吃了一顿鳕鱼，以后还继续跟别人在一起吃鱼，只是偶然有时恢复蔬食罢了。①

总体来说，富兰克林生活在北美资本主义发展的上升阶段，美国这个新兴的民族正在蒸蒸日上。他和他以后的许多重要作家一样，本能地意识到历史发展的方向，本能地伴随历史潮流前进，自然地在创作中体现出他所处时代的精神。因此，透过富兰克林的创作，可以清晰地了解那一时代的社会生活以及人们的精神状况。

## 第三节　散文基础上发展起来的早期小说

美国在获得了独立战争的胜利并建立了美利坚合众国后，由于急风暴雨式的战争时代已经过去，以鼓动人民起来进行斗争为目的的革命散文也逐渐减少了其社会影响。与此同时，随着两党制的大资产阶级政权的确立、资本主义经济的逐步发展、城市的不断增多以及市民阶层人数的骤然增加，美国社会呈现出新的发展形势，并迫切要求有一种能够与之相适应的新的文学作品。于是，在革命散文的基础上形成了美国早期小说。而在美国早期小说的创作中，最早进行小说创作并以自己的作品在社会上造成影响的作家是休·亨利·布雷肯里奇（Hugh Henri Brackenridge，1748—1816）和查尔斯·布洛克登·布朗（Charles Brockden Brown，1771—1810）。

---

① ［美］富兰克林著，姚善友译 . 富兰克林自传 [M]. 北京：三联书店，1985：47－48.

### 一、休·亨利·布雷肯里奇的小说创作

休·亨利·布雷肯里奇（Hugh Henri Brackenridge,1748—1816）出生于英国苏格兰一个神职人员的家庭,5岁时随父母移居到美国宾夕法尼亚州。在1768年,进入普林斯顿大学读书,并因此结识了诗人菲利普·弗瑞诺和后来当选为美国第四任总统的詹姆斯·麦迪逊。他在大学里学的是神学,因而在毕业后曾担任了牧师职务。1781年时,为了抵制政府的部分法令以及社会上一些人对其激进思想的批评,他辞去了牧师一职,前往匹兹堡郊区隐居,并开始创作小说。1799年时,他又被委任为宾夕法尼亚州最高法院的院长,直至去世。

布雷肯里奇自18世纪末开始进行小说创作,并通过自己的小说对自己所生活时代的政治和社会思想状况进行了全面反映。《现代骑士》是其最著名的一部小说,也是美国最早出现的一部长篇小说,亦是美国小说中第一次以广泛的乡村生活为背景进行描写的一部传奇小说。

这部小说以流浪汉的冒险事迹为主要题材,描写主人公约翰和他的仆人蒂格离开了自己在宾夕法尼亚西部的农庄,出发去游历的故事。他们骑马穿过乡村和城镇,观察和体会了老百姓的生活方式。约翰是一个有主见的民主主义者、杰弗逊主义和民族独立的拥护者,倾向于潘恩的思想观念。而蒂格则是一个红头发、高个子的爱尔兰移民,有点傻乎乎,又有点流氓习气,同时出于自身的愚昧,还颇有点盲目的、无约束的自信心,他们主仆俩在旅行途中由于偶然的原因失散了,于是各自又有一段不平凡的经历。约翰和他的朋友建立了一个模范的民主村社,实现了理想。蒂格的经历相比约翰来说要精彩很多。他先是侥幸地遇上了一位总统,并靠自己胡说八道的诡辩成了一帮政治家、贵妇人和学者们崇拜的偶像;接着他又被委任为税务官,成为一个上层人物。可是好景不长,由于蒂格不懂上层社会的规矩,更不懂当官的诀窍,

结果在他前任的办公室里让别人浑身涂上柏油、粘上羽毛,受到了惩罚和羞辱。在那个社会里,蒂格就像一头奇怪的动物,让别人指手画脚地评论、围观。后来,他去了法国,又尝到了柏油和羽毛的滋味,仅仅穿了一套单衣逃离出境,而他却还自以为是一个凯旋的英雄。

约翰是一位正派的资产阶级代表人物,实质上就是布雷肯里奇思想的化身,他的言论、行动、政治立场几乎都是按照布雷肯里奇自身的模式写的。在这一点上,他不同于那位与风车作战的堂吉诃德先生。而蒂格倒真像塞万提斯笔下的人物,他既有正直的一面,同时又是那样的自信、可笑。他能言善辩,很有点小聪明,也在冒险的经历中靠自己的本领捞到了一点好处,但最终在资产阶级社会里却被别人欺侮、作弄,成为受侮辱和受压迫者。从他身上,我们似乎看到了堂吉诃德与桑丘两个人重叠在一起的影子。很明显,布雷肯里奇企图通过约翰和蒂格这两个人物的各种经历来反映当时的社会面貌,同时表达他本人的政治观念。从这一点上来说,小说具有一定的现实主义因素和进步意义;但作品的描写基调、情节安排都建立于虚构的、冒险的基础上,因而又削弱了它的主题深度和艺术力量。

这部小说的创作深受塞万提斯的《堂吉诃德》、乔纳森·斯威夫特的《格利佛游记》和亨利·菲尔丁的《大伟人江奈生·魏尔德传》的影响。另外,这部小说在方言的运用、讽刺性的夸张以及对边疆风土人情的描写上取得了巨大成就。

总之,布雷肯里奇的《现代骑士》开创了美国本土小说的历史,并成为美国早期民族文学的重要组成部分。

## 二、查尔斯·布洛克登·布朗的小说创作

查尔斯·布洛克登·布朗( Charles Brockden Brown, 1771—1810 )出生于费拉德尔斐亚,曾在亚历山大·威尔考克斯学院研修法律,毕业后还曾做过一段时间的律师。之后,他迁居纽约,并开始

进行文学创作。多年后,他又返回了费拉德尔斐亚,进入了他哥哥的贸易公司工作,后又独立经商,直到1806年。1807年时,他到《美国文学杂志》担任编辑,直到去世。

布朗可以说是美国小说的奠基者,他先后发表了《威兰德》《亚瑟·默文》《奥蒙德》《埃德加·亨特利》《克拉拉·霍华德》《简·塔包特》《菲利普·斯坦利》等多部小说。这些小说从题材上来看是属于纪实性的社会小说;从情节上来看则属于荒诞型的神怪小说。

布朗在进行小说创作时,深受塞缪尔·理查逊的感伤主义和偏执狂心理学的影响。同时,他的小说创作灵感主要源于他的本土,即他的小说主要取材于他的国家的国情。对此,他在小说《埃德加·亨特利》的《前言》中有明确说明:

> 美国业已为博物学家和政治家开拓出新的视野,但却很少为道德画家提供题材。新的行动的活力,新的好奇心的引诱力应当开始动作;我们自己的国家为我们所开辟的探索领域应和欧洲现存的那些有本质区别;这些事情都应能容易地加以考虑了。我们独有的赏心悦目、熏陶心灵的源泉同样地多而无穷尽。①

在布朗看来,将印第安人的敌对事件和西部荒原上的危险作为小说素材,要比天真的迷信和过时的风俗以及哥特式的城堡和鬼怪合适得多,美国作家忽略这些是不容原谅的。与此同时,布朗注重对人物的心理进行描写,以更加惟妙惟肖地描绘出人的灵魂,这使他的小说获得了"人的心理小说"之称。此外,布朗在创作中力求寓说教于戏剧性叙述和描绘文字之中,以期引导人们透过纷杂的社会假象看清在美国的所谓机遇和自由的招牌下,当权者极力维护社会阶级结构现状的微妙手段。不过,布朗的小说创作中总是会出现近乎闹剧的情节以及耸人视听的哥特式氛围,这导致他小说的严肃性被大大淡化。

---

① 常耀信.美国文学史(上册)[M].天津:南开大学出版社,1998:104.

《威兰德》和《亚瑟·默文》可以说是布朗最为著名的两部小说作品,且都取材于美国的社会生活。

《威兰德》的女主人公是克拉拉,她的父亲在英国皈依卡米扎尔教派,并决心到北美印第安人中传布福音。但是,她的父亲在到达新大陆后,因忙于世俗事务而忽略圣职,当他觉悟、内心再萌虔诚时,疾病和印第安人的桀骜不驯使他的努力一无所获。于是,他在农庄附近建起一座寺庙,供自己拜神,后因一股神秘的闪光和爆炸声而受重伤死去。不久,克拉拉的母亲也辞世,留下她和哥哥威兰德。长大后的威兰德和邻居女友卡瑟琳青梅竹马,结为百年之好,生儿育女。而克拉拉也情窦初开,钟情于卡瑟琳之兄亨利。但是,这一美好的景况并未持续多久。一天晚上,威兰德在寺庙中听到一种酷似他妻子的声音,而他的妻子当时未在附近,这令他感到大惑不解。不久,一位名叫卡文的陌生人出现在他们当中。他的到来打乱了所有的事情,一切都变得不正常了。威兰德在无意中听到了一个神秘的声音,让他杀死自己的妻子和儿女。威兰德将这种奇怪的声音当作神谕,于是杀死自己的妻子、孩子。当他准备杀害妹妹克拉拉时,由于邻居及时赶到而未能实现,并被逮捕入狱。而在此时,卡文向克拉拉坦诚了自己会腹语,但拒绝承认是他给了威兰德神谕。后来,威兰德从监狱逃了出来,因为神谕还指示他要杀死自己的妹妹与亨利。这时卡文用腹语假托上帝的质疑,指责威兰德自欺害人的行为,使他顿时醒悟,自尽身亡。三年后,克拉拉嫁给了亨利,而卡文则回到了乡下务农。

在这部小说中,布朗提出了重要的哲学和社会问题,即对理性时代世人所接受的洛克的认识论提出了异议。威兰德的悲惨结局主要源于他过分相信自己的感官体验。他不是宗教狂,他相信自己耳朵所听到的声音是千真万确的神的启示。倘若他稍能认识到世间有些现象人不可能全知,或他的五官有时也会有欺骗性,他就不会盲目遵从卡文以假乱真的声音去害人害己了。因此可以说,启蒙时代的认识论和乐观情绪加上一些清教的虔诚毁了他的一生。由此,布朗提醒人们要重新认识洛克认识论和人性本善的信心。与此同时,布朗在这部小说中对宗教狂热和迷信的潜在危害性进行了深刻揭示,并借此警告国人要预防宗教情绪的无限膨胀,否则会造成危及目前与未来的可怕后果。

这部小说从艺术方面来说,也取得了一定的成就。其中,最为突出的是它的叙事方法。小说采用的是第一人称叙事手法,叙事人克拉拉具有左右读者思想的非凡能力。由于她不完全相信自己感官传递的信息,认为自己的心充满不可言状的感觉,因而不愿读者对她亦步亦趋,并吁请读者充分运用自己的判断能力。不过,对这部小说进行深入解读,可以发现克拉拉其实是一位可靠的叙事者。虽然全部事件的确经过她的头脑的过滤,不可避免地带有浓厚的个人色调,但是事实真相并未因此而受到歪曲。因此,她请读者注意她的缺欠,实际上是布朗调动读者全部注意力的手法之一。

《亚瑟·默文》是标志着布朗文学创作高峰的一部作品,根据1793年发生在费城的黄热病这一真实历史事件创作而成。不过,黄热病在书中并非只作陪衬,而是成为制造环境气氛、塑造人物性格、充分驰骋想象的不可或缺的文学手段。

这部小说的情节是纵横交错、扑朔迷离的。它一部分由人物之一的史蒂文斯医生叙述,另一部分由亚瑟讲出。亚瑟是一个19岁的年轻人,在故事一开始时因身患重病而变得气息奄奄。幸运的是,他在此时遇到了医生史蒂文斯,并在他的帮助下逐渐恢复了健康。在此期间,史蒂文斯的一位好友在看到亚瑟后,指责他与恶棍威尔伯克有瓜葛。这使得史蒂文斯对亚瑟产生了怀疑。无奈之下,亚瑟讲述了自己的身世和经历。亚瑟原为宾夕法尼亚一位农夫之子,在少年时失去了母亲。后来,父亲再婚,这使他十分不满,并因此离家出走。经过辗转,他到了费城,在威尔伯克家当差。威尔伯克命他严守他的身世秘密,这使他茫然不解。后来当他得知威尔伯克的家产属于他曾会过面的年轻人克莱伏林而克莱伏林又已失踪时,他感到自己在被牵连进某种阴谋中。这时他又发现威尔伯克在书房内杀死了一个人。由于害怕亚瑟将自己的秘密说出去,威尔伯克将自己的隐私告诉了他。原来,威尔伯克是个一文不名的卡文式人物,一心要想实现自己在经济上的独立。他曾经流落英国,在穷途落魄时遇到了美国人华生,并因此到了美洲。但是,他并未因此对华生感恩,反而折磨死了华生的已婚妹妹。后来,威尔伯克遇到一位命已垂危的黄热病患者克莱伏林,克莱伏林托他给自己的妹妹克莱门莎捎去 2 万美元。但是,威尔伯克不仅将这笔钱财占为己有,还将克莱门莎奸污。由于亚瑟穿戴起来酷似克莱伏林,威尔伯克想到用他策划新的计谋,然而华生突然出现乱了他的阵脚,二人在决斗时,他把华生杀死。亚瑟听信其花言巧语,帮他逃往新泽西去。但在到了德拉华河时,威尔伯克竟突然跳入水中。事实上,这是威尔伯克策划的一个计谋,他并未因此丧生。但是,亚瑟却以为威尔伯克已死,于是返回了费城,带着克莱门莎哥哥的书稿返回了乡下。在乡下,他偶然间对克莱伏林的书稿进行翻阅时,发现里面夹着 2 万美元现钞。他断定,这笔钱是属于克莱伏林的,因而决定将它还给克莱门莎。在他再次回到费城时,这里正病瘟流行,他不幸染病,于是决定到威尔伯克的住宅暂时休息。不想,他竟然在那里碰到了正在疯狂寻找书稿的威尔伯克。二人发生了激烈争吵,争吵间亚瑟烧掉了钞票。气急败坏的威尔伯克无奈逃走,而亚瑟则游荡街头,险些丧生。这时史蒂文斯医生发现了他。整部小说就像一个圆圈,自一点开始绕一周后又返回原处,艺术构思之精巧令人赞叹不已。

面对小说中如此复杂的情节,读者乍读或许难以决定亚瑟的讲述究竟存在多少水分。然而布朗不时有意地暗示读者注意叙事人的真实性。比如,亚瑟在为埃莉莎的继承权而舌战菲利普·哈德文之后,顾盼自雄,大有飘飘然忘乎所以之状。他对史蒂文斯医生说,在辩论中,他字斟句酌,条分缕析,一举手一抬足都经过仔细周密的考虑,以给人一种其人不凡的印象。心地善良的医生不会怀疑他的真诚,但是精明的读者会有所警惕,全意观察他的夸大或失实之处。事实上医生也曾有片刻感到可能失真,他曾在一处暗自承认,倘若他读到或听到别人而不是亚瑟的叙述,他可能会对其真实性提出质问的。读者较之医生有更充分的回旋余地,他们可以不仅听其言而且观其行。这样一来,亚瑟的诚实便露出了不少破绽,比如他经常不经通报便闯入他人之家,取用他人之物,他有一次竟私自潜入威尔伯克书房之内查检其私人信件。他同威尔伯克的关系并非如他所讲善恶不容、泾渭分明。他对埃莉莎的感情起伏皆以其财富的得失为转移,也充分表现出他的机巧之心。所有的这些都使读者有充分理由怀疑亚瑟叙述的不可靠性。如果说克拉拉基本上是可靠的叙事人,那么亚瑟则向"不可靠性"又迈进一步,增加了读者判断的美学距离,这可以说是布朗小说创作艺术的又一成就。

纵观布朗的小说创作,可以发现他的很多作品都是以书信体写成的。同时,他的小说作品的描写性文字简练、生动、绘声绘色,颇有引人入胜之奇特能力。但是他的人物一开口讲话,一种令人难以忍耐的浮华便汹涌而出,给人一种大煞风景之感。此外,他的小说缺乏幽默和讽刺,和同代的英国作家简·奥斯汀相比显出某种逊色。因此,他的小说在当时并未引起太大的关注。但是不可否认,布朗在美国文学史上,尤其是美国小说史上的地位是不容忽视的。

# 第四节　诗坛的先行者——菲利普·弗瑞诺

在启蒙主义运动的影响下,美国诗歌创作也获得了新的发展,并出现了一位美国诗坛的先行者,即菲利普·弗瑞诺(Philip Freneau,1752—1832)。

弗瑞诺出生于纽约的一个富有酒商家庭,从小便接受了良好的教育。16岁时,他进入普林斯顿大学学习,与麦迪逊、布雷肯里奇成为同窗。与此同时,他在大学期间便开始进行文学创作。毕业后,弗瑞诺成为一名教师,但并不如意。1775年美国独立革命开始后,弗瑞诺积极参加独立革命,并在诗歌创作方面获得了一定发展。在战争结束后,弗瑞诺进入报界服务,在费城创办《国民报》,并成为自由派民主政治的坚定支持者。后来,由于杰斐逊退职,《国民报》销量锐减,他于是回新泽西务农。之后,他一直生活在穷困潦倒之中,直到 1832 年去世。

弗瑞诺的诗歌虽然尚有浓厚的"英国味",但是他是第一位把目光转向美洲的重要诗人。同时,他的代表作在不少方面开了美国诗歌创作的先河,他也因此被称为"美国诗歌之父"。

综观弗瑞诺的诗歌作品,可以发现它们大致分为两种类型,即社会诗和抒情诗。其中,社会诗是弗瑞诺的社会自我为社会与公众服务的诗作,抒情诗是弗瑞诺的艺术自我得到充分表达的诗作。

弗瑞诺的社会诗在他的诗作中占绝大多数,这些社会诗就内容来说已经过时了,但它们是对弗瑞诺进行研究和理解的重要依据,也是对他所生活的时代和社会进行研究的重要资料。

弗瑞诺的社会诗有着丰富的内容,或是对英国黑暗、残酷的殖民统治进行揭示,如《政治祷文》;或是对爱国将士为国捐躯的精神进行歌颂,如《纪念英勇的美国人》;或是对独立革命的领袖人物进行赞颂,如《悼念纪念华盛顿将军》;或是对民主政治进行反思,如《沉思》;或是对蓄奴制进行鞭挞与针砭,如《致托比爵士》等。下面着重分析一下《纪念英勇的美国人》这首诗作:

> 壮士丧溪边,
> 尸为黄土掩——
> 溪波挟热泪,
> 群英卧长眠。
> ……
> 义士睹国苦秽辱,
> 城被焚烧地荒芜,
> 进而挺身对仇敌,
> 手持矛却——盾遗后。

　　征伐宏才格林指，

　　武士力逼英贼逸：

　　无一立远观绝地，

　　无一为义不肯死。①

　　这首诗作是以 1781 年 9 月 8 日南卡罗来纳州尤托斯普林斯战役中格林将军重创英军的光辉史实为题材创作而成的。格林将军为独立革命名将，以军事战略而言，仅次于华盛顿，1778 年 10 月任南方军总司令后，计取康华里和摩根将军，1781 年 9 月的战役迫使英军开始认识其必败的总趋势。弗瑞诺在对这一历史性的胜利进行欢呼的同时，也对在战役中为争取和维护独立而献身的英勇将士进行了沉痛悼念。他恳请爱国将士安眠，相信他们虽已远离尘世，但是一定已抵一处更美好的福地，阳光照耀得更灿烂。

　　弗瑞诺在自己的社会诗作中，还富有远见地描写了美国向西部拓殖的运动，这在其诗作《向美洲移民颂》中有着鲜明的体现。这是一首内容丰富、情绪高昂的诗作，弗瑞诺洞见到西部拓殖者"驯服大地、播种技艺"的深远意义。于是惊喜地唱道：

　　自由将显示出何等奇迹；

　　多少大州会接连崛起！②

　　在这首诗中，弗瑞诺注重对"自由"进行歌颂。他喟叹道，陌生人离开欧洲的骄傲、专制的海岸，到新世界来探险，欲寻求乐土和舒缓的生活。他们把王公显贵以及他们的缰锁和羁绊抛在身后，尽享天赋的自由国土，这里美德成风、没有战争、没有欧洲欲吞一切的骄傲，理智将制定新法，秩序将取代混乱。

　　在这首诗中，弗瑞诺还替印第安人进行了申冤，这是十分值得肯定和褒奖的：

① 常耀信 . 美国文学史（上册）[M]. 天津：南开大学出版社，1998：99.
② 常耀信 . 美国文学史（上册）[M]. 天津：南开大学出版社，1998：100.

从这些美丽的原野,乡村区域,

隐蔽良久,近才闻名,

孤僻的印第安人远遁,

寻觅他处谋生,

异地溪水少欢乐,

丛林深处立草棚。①

弗瑞诺的抒情诗是他的自娱之作,或喟叹人生之如梦幻,或赞美自然万物之神妙,或表达对土著印第安人风俗的惊诧,或抒发对社会生活实际的满腹牢骚。在这些作品里,诗人似在自言自语,独居一处幽静的所在,四周是一片空灵,任凭想象在天、地、古、今的领域内纵横驰骤,理性则退居到第二位。②由此也可以知道,在弗瑞诺的抒情诗歌创作中,想象占据着十分重要的地位,同时想象的大量出现使得他的诗作具有了一定的浪漫主义色彩。以《想象的力量》一诗来说:

啊!这个浑然一体,如此广袤,

这些环绕我们旋转的星辰及太阳!

它们无论在何处闪耀,

都源于神圣力量的想象!

这个地球,这些土地和海洋,

还有热、冷、花、树,

生、死、畜、人,

还有时间——伴随太阳而始的时间——

不都是理智刻度上思想的总和,

万能的头脑里的意念?

想象啊,缪斯的骄傲,

住在画栋雕梁的宫里,

万物无穷无尽的形象,

---

① 常耀信.美国文学史(上册)[M].天津:南开大学出版社,1998:101.
② 常耀信.美国文学史(上册)[M].天津:南开大学出版社,1998:86.

> 在金翅上轻扬羽翼，
>
> 完美的物体，如此丰茂，
>
> 宇宙无法再容多少。①

　　在这首诗中，弗瑞诺明确地指出，想象有着巨大的力量。它在大脑皮层上漫步，时而上于天堂，时而下临地府，时而遨游静谧的田园。它浪迹四方，俯视古今，舒展金翮，将宇宙万物的无限精华尽收归己有。

　　弗瑞诺诗歌中的丰富想象，也使他在同代人中率先摆脱模拟英国18世纪新古典诗作的羁绊，直接观察和描绘四周的一切。在他看来，美洲大地的风貌，它的一花二草，它的平凡的生活经历，都能引起自己的浮想联翩。

　　弗瑞诺在进行抒情诗创作时，还特别善于捕捉倏忽即逝的遐思，并借以为框架，巧妙地遣词用字，直接抒发自己的胸臆。以《野忍冬花》一诗来说：

> 俏丽的花，你长得这样秀媚，
>
> 潜立在此间幽静之地，
>
> 你甜蜜的花无人抚摸仍开放，
>
> 你细嫩的枝无人观赏也致意；
>
> 在这里，无漫游者会践踏你，
>
> 无忙碌人会为你落泪。
>
> ……
>
> 你细小的身躯最初
>
> 原于夜露与晨曦：
>
> 既生自乌有，便一无所失，
>
> 离世时也依然故你；
>
> 生死之间，一个钟点而已，
>
> 一枝脆嫩花朵的持续期。②

　　弗瑞诺在漫步田间，因看到树影荫庇下盛开的野忍冬花而心

---

① 常耀信 . 美国文学史（上册）[M]．天津：南开大学出版社，1998：86 - 87.
② 常耀信 . 美国文学史（上册）[M]．天津：南开大学出版社，1998：87 - 88.

有所动,于是从造化的恩惠联想到美的短暂,颇有感叹人生旋踵即逝的意味。诗中的忍冬花俏而无人抚摸,枝嫩而无人欣赏,诗人身心入境,推己及"人",矜悯之心溢于言表。造化又如此惠爱,素装淡抹,以树荫庇之,既逃过贪婪的凝视,又可免风雨的肆虐,又有涓涓细流为伴,泪泪溪水平添了一层静谧,夏日在肃寂中逝去,花儿也面临秋霜而凋萎。诗人感叹霜之冷酷,秋之凌厉,无奈之余转而以笑脸对花,软语以慰其受伤害的心灵。娇小的花呀,你细想想,你来之无根,去之无影,原无得丧可言,还是顺其自然吧。诗的最后两句,似对花说,又似诗人自言自语,令人颇为回味。美是那么短暂,人生或许亦莫过于此吧。言尽而意犹存,让人怅然若失,郁悒佗傺。

弗瑞诺的抒情诗创作中,对"死"这一哲学命题也进行了深入探讨。在他看来,死是一种解脱,是由凡尘入仙境的必经之路。人生如幻梦泡影,一切努力,一切快乐,都虚无缥缈。少年无忧无虑,生活的园地里百花争艳,姹紫嫣红,如海滨夜色温柔,硕大的白玉盘上镶满无数枚晶莹的星斗,无数轮皎洁的月亮,风景的确无限好,但总又难免风流云散。潮水俄顷退去,奇妙的景色随之逃走。环顾四周,剩下的只有污泥和海草,以及味同嚼蜡的回忆。诗人思潮起伏,仿佛顿悟出一种道理:死是再生,是人最憧憬的真正生活的开端。弗瑞诺对于死亡的这一看法,在《夜之屋》这首诗作中有着鲜明的体现,而且这首诗被认为是开了美国诗歌写"死"之先河:

> 让别人取材于微笑的晴空,
> 讲述那光明常在的天气,
> 我的画面阴郁,一片幽冥,
> 我唱出夜之屋内可怕的际遇。
> ……
> 别抱怨我是造成破坏的灾星,
> 对世人讲,——便是死神也不忍目睹这惨情;
> 我将尽量体面地离世而去,

未竟之业留给助手乔治。

……①

　　这首诗的副标题是"一个梦景"，明示读者该诗所描写的乃是一场梦里的所闻所见。诗的叙述者午夜烦闷，在"理智失去控制"、亦即感情迸发的时刻，独自一人在大地上徘徊，来到一处望去貌似充满欢乐、热情待客的高屋。然而院内秋天肃杀，群芳疲蔽，芜草丛生，又有一墓碑卧于其间，屋内的人谈论死亡。叙述者登上三楼，烛光幽暗，照在气息奄奄的死神身上。他面布忧戚，其声哀哀，双目深陷，已经是蓬头历齿，行将就木了。死神开始和他讲话，丰干饶舌，呶呶不休。这时木工来做棺木，死神在安排后事，选墓地，立墓灯，口述碑文，嘱叙述者刻于墓碑之上，以志纪念，然后闭目辞世而去。叙述者遵嘱缘路寻至墓地，只见旷野一片阴森灰暗之中透出血红的灯光，远处人影攒动，灯火隐约，魍魉乘黑车，死神的朋友们前来凭吊亡魂。牧师颂祷文后，死者入土，黑车拨头奔向夜之屋，而夜之屋俄顷消失得无影无踪，未待叙事者刻碑，虚渺已覆盖一切，东方渐白，朝暾赶走了黑暗。叙事者惊诧之余万端感慨地说：死不过是不断地变化而已，新的形体出现，旧的形体衰颓，而新旧皆属造物范畴之内生的形式。高山会变平地，人终究要返回黄土，黄土滋养一个爬行动物或一朵鲜花，一物养一物，新取旧而代之，又转瞬消亡，唯有不朽的灵魂常在。遵自然法则，生来死去，永存永乐不息。

　　总的来说，弗瑞诺是美国诗坛第一位产生重要影响的诗人，对美国诗歌的发展做出了重要贡献。

---

① 常耀信. 美国文学史（上册）[M]. 天津：南开大学出版社，1998：92.

## 第五节　战争讽刺剧到滑稽喜剧的转变

美国在独立之前,并没有形成具有独立风格的民族戏剧,主要是模仿欧洲剧作家创作剧本。而随着美国民族意识的逐渐形成以及独立战争的爆发,美国的一些当地戏剧家开始从模仿欧洲剧作转向独创,并逐渐形成了自己的风格特点。他们开始写当地题材和主题,特别是在独立战争期间把戏剧当作一种政治武器,看作讴歌新独立国家的一种手段,并企图通过讽刺真人真事来劝导读者偏向美国这一边或偏向英国那一边。因此,独立战争期间的戏剧通常被称为"战争讽刺剧"。而随着美国独立战争的结束,战争讽刺剧消失了,一些剧作家继续通过剧作探讨社会问题和政治问题,写爱国主义题材和主题;另外一些剧作家则热衷写滑稽喜剧,继续塑造本地人物形象。默希·奥蒂斯·沃伦( Mercy Otis Warren,1728—1814 )、罗伯特·芒福德( Robert Munford,1730—1784 )、休·亨利·布雷肯里奇( Hugh Henry Brackenridge,1748—1816 )、罗亚尔·泰勒( Royal Tyler,1757—1826 )、威廉·邓拉普( William Dunlap,1766—1839 )、约翰·里科克( John Leacock,1729—1802 )、约翰·穆达克( John Murdock,1748—1834 )等都是这一时期较为著名的戏剧家。这里主要分析一下其中的几位剧作家的创作。

### 一、默希·奥蒂斯·沃伦的戏剧创作

默希·奥蒂斯·沃伦( Mercy Otis Warren,1728—1814 )出生于马萨诸塞州的巴恩斯代布尔,她的哥哥是美国政治家,丈夫后来成为省议会主席和华盛顿部队中的一位将军。因此,沃伦是一位支持美国独立战争的剧作家。

沃伦的戏剧创作以战争讽刺剧为主,其中较为著名的是《诋

媚者》和《同伙》。

《谄媚者》是一出五幕悲剧,有些部分是用无韵体诗形式写成的。它辛辣地嘲讽了马萨诸塞州殖民总统汤姆斯·哈密森,称他是一个伪君子和独裁者,是英国政府的走狗。该剧比较全面地探讨了革命战争爆发前夕新英格兰地区的形势,剧中的舍维亚就是新英格兰,剧中提到的"屠杀"是指波士顿大屠杀,剧中的大厅指波士顿的仑纽尔大厅。剧中的总督人物以拉帕希奥的面目出现,布鲁特斯是指詹姆斯·奥蒂斯,卡希尼斯指的是塞缪尔·亚当斯。

《同伙》这部剧作的剧名本身是组成马萨诸塞州议会的 16 人委员会的代名词,它是由国王任命的,而不是选举的。沃伦和其他爱国者认为此委员会违犯了马萨诸塞州的立法,破坏了民选政府的权利,成了叛徒。他们反对殖民者,咒骂爱国者,替自己背叛爱国主义事业辩护。他们认为,为了个人利益可以不要良心和道德。

这部剧作可以说是沃伦最有影响的一部剧作,因为她在剧中对亲英派进行了鞭辟入里的抨击。当然,不了解马萨诸塞州当时面临的形势,就无法理解该剧的政治含义,奎恩认为此剧是"民主反对独裁政治的呼声,是自由反对特权的呼声,是清教徒的后裔反对君王统治和压迫的维护者的呼声"[1]。

## 二、休·亨利·布雷肯里奇的戏剧创作

休·亨利·布雷肯里奇( Hugh Henry Brackenridge,1748—1816 )既是美国早期一位著名的小说家,也是美国早期戏剧的重要创作者。他的一生共创作了两部剧作,即《邦克山战斗》和《蒙哥马利将军之死》。

这两部剧作都洋溢着爱国热情,重在揭示爱国主义美德、勇敢和英雄主义等伟大主题。其中,《邦克山战斗》是一出五幕剧,用无韵体诗写成,赞扬了美国领导人和他们的士兵的勇敢。《蒙

---

① 郭继德.美国戏剧史 [M].天津:南开大学出版社, 2011: 8.

哥马利将军之死》也是一出爱国戏,写进攻魁北克要塞事件。

需要特别指出的一点是,这两部戏剧并不是一般的讽刺剧,它们非常严肃地展现了历史事件,重视揭示人物的发展。另外,这两部剧作的风格是"叙述"为主,主要动作发生在台后,只是到台上来报告一下。

这两部剧作在发表时,正值美国革命遇到失败和挫折的时刻,因而事实上起到了对爱国者的士气进行鼓舞的作用。

### 三、罗伯特·芒福德的戏剧创作

罗伯特·芒福德(Robert Munford,1730—1784)也是美国戏剧创作早期一位重要的剧作家,他曾是弗吉尼亚的种植园主,并在英国接受了教育。在美国独立战争爆发后,他积极参与其中,并曾任上校。但是,这样的人生经历并没有使他的戏剧创作呈现出鲜明的观点,仅仅是精确地描述绝大多数人在革命初期动荡不安的日子里不知所措的思想状态。

《候选人》是芒福德十分重要的一部戏剧作品,也是一出滑稽讽刺喜剧。这部剧作可能写于革命战争前夕,嘲讽了弗吉尼亚选举议员的办法。值得令人注意的是,这部剧作中出现了一个黑人人物拉尔夫。《爱国者》是芒福德另一部重要的戏剧作品,似乎是抨击了三心二意的人和假爱国者,但剧本的中心放在了感情的纠葛上。

这两部剧作均写于18世纪70年代那一动荡的年代,但并未呈现出明显的政治倾向。这也许是因为芒福德热衷于进行艺术探索的结果。此外,芒福德的戏剧创作注重情节构思和戏剧结构,这在革命战争时期的剧作家当中是十分少见的。

### 四、罗亚尔·泰勒的戏剧创作

在研究美国早期的戏剧创作时,罗亚尔·泰勒(Royal Tyler,1757—1826)是一位不得不提的剧作家。他出生于波士顿的一个富有家庭,曾在拉丁语学校接受了一段时间的传统教育。而后,他进入哈佛学院学习法律,毕业后成了一名律师。1783 年,他成了最高法院的律师,后被选为佛蒙特最高法院的法官。后来,他成为佛蒙特大学的法学教授。1826 年,泰勒因病去世。

泰勒的一生以律师和法官为职业,文学事业只是他的"副业"。他最初涉足剧坛与他 1787 年初作为林肯将军的副官去纽约执行军事任务有关。他是第一次来纽约市,观看了当时正在上演的莎士比亚的《无事生非》、谢立丹的《造谣学校》等剧目,创作灵感受到启迪。在此期间,他还结识了美国剧团的主要领衔喜剧演员汤姆斯·威奈尔,并在后者的鼓励下创作了剧本《对比》。这部剧作也是泰勒创作的最有影响的一部戏剧作品。

《对比》是一部世态喜剧,以轻微嘲讽的方式探讨了爱情中的阴谋、社会时尚和人们的自命不凡等问题。整部剧作以范·罗夫先生要把女儿玛丽娅嫁给亲英分子狄姆皮尔为线索展开,但狄姆皮尔要抛弃玛丽娅,打算娶夏洛蒂,因为他看中了她的美貌,或者娶利蒂希娅,为的是图她的财产。最后,他的阴谋被揭穿,玛丽娅并不爱他这个"外表光"的家伙,而准备跟夏洛蒂的弟弟曼利上校结婚,利蒂希娅等人也从中得到了深刻教训。

在这部剧作中,充满了不同思想观点的对比、不同情人的对比、不同仆人的对比和不同时尚的对比等,并成功地塑造了真正的美国佬人物形象。首先,剧中人物类型对比鲜明,他们大致可分成两组截然不同性格的人物。女主角夏洛蒂·曼利小姐快活、轻浮、好卖弄风情,跟头脑清醒、保持着旧风尚、小心谨慎的玛丽娅小姐形成鲜明对比。受过英国教育的比利·狄姆皮尔是一个世故的,善于向任何女人献殷勤的人;而曼利少校是一位稳重的军人,一个勇于为国家事业献身的人。两个仆人也截然不同:杰萨米是狄姆皮尔的化身,自命不凡,也是一个花花公子之类的人物;而曼利上校的"服务员"乔纳森出身农家,性格直率,自称是"真正美国出生的自由的儿子",对时尚、求婚和城市生活一无所知。其次,剧中情节结构的安排也是服务于突出美国人的坦率性格跟欧洲人装腔作势自命不凡行为之间的差异。剧本分成五幕，每一幕分为构成鲜明对比的两场。例如，第一场夏洛蒂跟利蒂希娅聊天，讨论时髦风尚以及花花公子之类的人物；第二场玛丽娅在唱伤感歌曲，用独自的方式表达自己对孝敬美德的看法。又如，第二幕第一场中夏洛蒂等女士的轻率跟曼利上校的严肃形成鲜明对比，下一场中乔纳森和杰萨米之间的对峙也构成了与前一场平行的不同气氛的对比。作者不断地交替运用平行对应的手法，是为了创造戏剧氛围，通过人物和动作来体现他的"对比"主题，最大限度地避免道德说教之嫌。

仆人乔纳森可以说是这部剧作中塑造得最为成功的一个人物，同时也是该剧有别于英国喜剧的一个标志。此人的出现使该剧有了美国特色，是一个有创造性特点的人物；其他人物多是模仿英国世态喜剧重新创作出来的人们所熟悉的类型人物。美国佬乔纳森十分伶俐，有一副好心肠，乐于助人，有爱国心，但异常天真，是个"乡巴佬"，对杰萨米愚弄他的行为没有任何提防。同时，乔纳森从一开始就不承认自己是一个"仆人"，说自己是一个"真正自由的儿子"[1]，他认为没有人能做他的"主人"，他父亲"跟上校一样有一个像样的农场"[2]，也就是说，他一直把自己看作是普通的美国人中的一员。他从一个受嘲笑和愚弄的美国乡巴佬角色逐渐发展成为一个聪明伶俐、天真无邪的人物，成为美国佬舞台人物形象的化身。到19世纪中叶又成了美国滑稽喜剧中的重要角色，成为滑稽人物的象征。从他的衣服和谈吐上看，他又像是一个流浪汉人物。这也正是泰勒对美国喜剧发展做出重要贡献的一个标志。此外，乔纳森的一举一动为这部剧作提供了许多精彩的喜剧性场面，并卓有成效地突出了剧作的主题，即美国人的天真坦率性格优于欧洲文化的复杂而虚伪的社会准则。

透过这部剧作的主题，也可以看出这部剧作是受美国独立战争时期革命精神和爱国热情影响的产物。这部剧作在上演后深

---

① 郭继德.美国戏剧史[M].天津：南开大学出版社，2011：13.
② 郭继德.美国戏剧史[M].天津：南开大学出版社，2011：14.

受欢迎。

### 五、威廉·邓拉普的戏剧创作

威廉·邓拉普（William Dunlap，1766—1839）出生于新泽西州珀思安博的一个小商店主之家，小时候因右眼被一块木柴扎伤而失明。长大后，他曾到伦敦学习绘画，但在学习期间又对戏剧产生了浓厚的兴趣。于是，他在回国后开始进行戏剧创作。到去世前，邓拉普共创作了 52 部剧作。

邓拉普的剧作包括世态喜剧、爱情悲剧、历史悲剧和写爱国主义题材的剧作，极大地推动了美国戏剧的发展。同时，他在进行戏剧创作时，十分重视戏剧的内容，认为戏剧要有艺术责任感和道德责任感，注重反映新国家的伦理观念和政治思想观点。这在其代表作《安德烈》和《尼亚加拉之行》中有着鲜明的体现。

《安德烈》是一部历史剧，是邓拉普的最佳剧作，也是美国第一部写当地主题的悲剧。该剧故事情节的构思独具匠心，没有任何矫揉造作的痕迹。它以 1780 年 10 月美国绞死英国间谍约翰·安德烈事件作素材写成。安德烈跟本尼迪克特·阿诺德合谋要把西点交给英国司令官亨利·克灵顿爵士，他的策划过程、被捕经过和被判刑的情况剧本中没有提及，剧本只叙述了安德烈即将被处决的命运以及美军上尉布兰德千方百计搭救他但却枉费心机的过程。此剧的成功首先归于剧中洋溢着爱国主义激情，为了革命的彻底成功，为了国家的利益，以华盛顿为代表的美国革命者对敌人丝毫不妥协，不手软，坚持处死间谍安德烈。美国军队中的布兰德上尉前来求情，因为安德烈对他有救命之恩；布兰德太太和她的孩子们前来求情，因为她丈夫老布兰德在英军手中作人质，准备交换安德烈，否则就要杀死他；安德烈的情人霍诺拉也来求情。他们的求情都富有浓郁的人情味，也有一定的理由，但被顾全大局和维护国家利益的将军给断然拒绝了。老布兰德充满了爱国激情，捎信来要将军"恪守职责"，不要顾及他布兰德的命运如何。这显示了一个新兴国家的成熟,一个民族的成熟,为了国家利益而不讲私情,勇于献身的精神。剧本不仅讴歌了革命者的爱国热忱,同时也赞颂了人面对死亡的勇气。安德烈自知自己犯了死罪,但对死亡毫无畏惧,从不求饶免死,唯一的请求是改绞刑为枪毙。当他获知布兰德的父亲将被英军处死作为报复时,他决定给他的司令官写一封信,请求免老布兰德一死。他临死还要救别人一命,这更显示出了他高尚的情操。老布兰德被救了,而他却被押上了刑场。

这部剧作的人物塑造是栩栩如生的,而且真实可信,增强了剧本的艺术感染力。不同的人物对目前这种严峻的形势持不同的态度,布兰德上尉以友情为重,认为政治是第二位的,应当饶恕他的朋友;而麦克唐纳却是正统观点的代表,丝毫不肯让步;安德烈为自己的犯罪行为产生的内疚也从来没有任何怀疑。剧中男性人物比女性人物塑造得更成功。同时,这部剧作中运用了无韵体诗的形式,有些部分颇能感人肺腑。

《尼亚加拉之行》中,邓拉普独辟蹊径地运用了活动画景,制造了前台的人和物都在运动中的幻觉。随着剧情的发展,布景在舞台后部被展开,不停地向前转动,造成人物在其中活动的"错觉"。

该剧中共出现了四类有影响的民族人物:美国佬、法国人、爱尔兰人和黑人。布尔是前两类人的代表,他先以法国人汤森先生的面目出现,后又扮演了美国佬角色乔纳森,是以《对比》中的乔纳森为模特的,通过他来迫使温特沃思的转变,即对美国看法由坏变好的转变。黑人人物界布·杰利森的出现最有意义,他是城市旅馆的服务员,他的出现标志着美国首次试图在美国戏剧舞台上塑造出一个真实的、受过教育的、聪明伶俐的自由黑人人物形象。杰利森感到自己身上有奥赛罗的高贵,称自己是一个业余的莎士比亚戏剧俱乐部的成员。他处处表现自己的尊严,做事小心谨慎,从不叫任何人为"主人"。邓拉普能塑造出这样一个自由黑人形象正是他一贯反对蓄奴制和尊重黑人自由思想的体现。

邓拉普对早期美国戏剧的发展做出了巨大贡献,被戏剧评论家称为"美国戏剧之父"。

# 第三章　浪漫主义文学运动影响下的美国文学

　　欧洲的浪漫主义文学起源于 18 世纪末,在 19 世纪的前 30 年盛行,对美国文学的发展产生了极为重要的影响。美国独立初期恰逢欧洲启蒙主义、浪漫主义席卷世界文坛,这为美国浪漫主义文学的发展提供了良好的契机。虽然美国浪漫主义文学起步较晚,但丝毫不妨碍它取得巨大成就,本章就美国浪漫主义文学的崛起和有代表意义的几位伟大作家以及这个时期美国民族戏剧的发展进行阐述。

## 第一节　浪漫主义文学思潮的蔓延<br>与浪漫主义文学的崛起

　　美国的浪漫主义文学是在受欧洲浪漫主义文学运动影响的同时,结合自身国内环境而诞生的一种文学类型。就欧洲浪漫主义文学运动来看,它的产生与浪漫主义文学思潮的传播密不可分。18 世纪,法国资产阶级大革命的爆发使得浪漫主义文学思潮逐渐兴起,并迅速在欧洲传播。到 19 世纪上半叶,浪漫主义思潮已经成为欧洲社会的一大思潮,并延伸到文学领域,推动了浪漫主义文学运动的产生。在这一文学运动的影响下,欧洲文学越来越热衷于富于幻想和传奇色彩的题材和风格,强调恢复民族文学,摒弃古典主义的传统和思想桎梏,并追求主观和精神上的绝对自由。而从地域上来看,浪漫主义文学在 19 世纪上半叶的英国显得格外兴盛,当时的沃尔特·司各特( Walter Scott,1771—1832 )、柯勒律治(Samuel Taylor Coleridge, 1772—1834)、华兹华斯(William Wordsworth, 1770—1850)以及拜伦(George Gordon Byron, 1788—1824)等都是浪漫主义作家,他们的创作不仅直接推动了英国本土浪漫主义文学的发展,而且被传往世界各地,成为欧洲浪漫主义文学运动洪流中的弄潮儿。

在此期间,美国经过独立运动,国内在政治、经济和思想领域内都表现出一片生机盎然。一个生机勃勃、开创新生活的国家和人民,热烈渴望能有自己的文学表现自己新的经历和追求。一方面,国家的开朗情态,时代的上进精神,促进了浪漫主义感情的迸发。另一方面,新英格兰加尔文主义的解体,长期束缚思想的精神枷锁的消失,使人的精神获得自由,使文学想象力获得纵横驰骋的良机。与此同时,欧洲浪漫主义文学思潮也传到美国国内,影响了美国作家的创作,以浪漫主义的手法进行文学创作,一时之间,不少作家现身文坛,佳作珍品不可悉数,美国浪漫主义文学也由此诞生并迅速发展。

需要注意的是,美国浪漫主义文学虽然是受欧洲浪漫主义文学思潮影响而产生的,但它自一开始便有其独特的属性。它不同于英国或欧洲的浪漫主义的根本原因在于:它首先是许多美国因素和条件熔为一炉的产物。从本质上讲,它所表达的乃是一种真正的新的经历,包容着一种异样的性质,因为这个地方的精神面貌与英国及欧洲迥然不同。比如,美国人向西拓殖的民族经历便是美国作家取之不尽的丰富题材宝库。在茫无涯际的荒野上,长林丰草,奇葩异卉,天上群鸟翱翔,地上百兽走动,俨然是伊甸园的风貌;在千里沃野上或深山老林中,开拓者身背火枪或手持板斧,虽步履维艰,仍毅然西进;北美大地的异国景物、声色、韵味,原始种族的奇妙、古雅、绚丽多彩的文明——这一切都构成了美国作家所独有的文化环境和无比优越的灵感泉源。身着鹿皮,栖身在边地简陋的木屋中,圆实的肩上挎着来福枪,在原始森林中自由穿越,在印第安人部落中时隐时现,饥食兽肉,渴饮溪水,这些对于任何浪漫主义天才的激发,至少应不亚于欧洲和英国的古堡密道、活鬼死尸。纵览美国浪漫主义作品,读者可以惊异地发现,美国作家对美国生活现实的激励绝非如秋风过耳,他们珍重自己所有的一景一物一事一人,竭力写出自己的本色来。朗费罗(Henry Wadsworth Longfellow,1807—1882)在描写边地和印第安人题材方面所做的有益尝试、华盛顿·欧文(Washington Irving,1783—1859)对哈德逊河谷地景色所做的绘声绘色的速写、布莱恩特(William Cullen Bryant,1794—1878)对人迹罕至的西部草原的荒野与肥沃的泼墨或白描,以及库珀的《皮袜子五部曲》对北美一望无垠的原野和森林、广阔湛蓝的内陆湖的大笔雄浑的勾勒——这仅是表明美国新的灵感业已诞生的几个佐证而已。人们当然不应忘记诸如霍桑(Nathaniel Hawthorne,1804—1864)、梅尔维尔(Herman Melville,1819—1891)等一代浪漫主义宗匠在创作独立美国文学方面的不朽建树。

清教主义对美国浪漫主义文学的影响是明显的,所以美国浪漫主义的作品更富说教特色。许多美国作家都达成了一个共识,那就是生活中的许多侧面和领域似属禁区,最好少去插手,以免招惹是非。比如说性和爱,美国作家写来就如同临深履薄,谨言慎行,字斟句酌。例如,霍桑的《红字》,说到性爱时三缄其口,而警世、醒世的文字却滔滔不绝。

美国浪漫主义文学的另一明显特点在于一个"新"字,即它所表现的美国民族之"新"。美国人是"新人",是北美大陆新伊甸花园里的新亚当。到19世纪,这一观点业已逐步发展成为"美国神话"。在神学、历史和文学领域,随着时间的推移,这一神话的轮廓愈来愈清晰,内容愈加充实。神学家、历史学家和文学艺术家的想象愈益丰富,表达也愈益明确。"美国神话"把世界视为刚刚诞生,人类被赋予第二次机会以建立全新的理想的生活。它给文学引进一个新主人公,带来一整套全新的理想的道德标准。新主人公活动在全新的美洲舞台上,这成为美国19世纪特别是浪漫主义时期文学中占主导地位的素材。新主人公无疑是堕落前的亚当。他的思想洁白无瑕，世界和历史都展现在他的面前。美国人形容自己有别于欧洲人，把欧洲称为"旧世界"。或许，他们的理想只是空谈，他们的梦想已在化作泡影，或自一开始便是人们的冥想和虚构，然而它们以某种形式存在于美国人的头脑之中，这个事实的历史意义断然不可小觑；它们使人们感到"新"，感到不同于他人，这种感觉激发了作家的浪漫主义想象和灵感，使他们创作出不同于别的国家的作品来。人们可以感受到美国浪漫主义作家进行文学创作时那种强烈的描绘新地、新人、新生活的使命感。

美国浪漫主义运动中产生的浪漫文学作品，既有模仿，也有独立创造的特征。像欧文、库珀，尤其是世人称之为"剑桥诗人"或"新英格兰诗人"的布莱恩特、朗费罗等人，都在不同程度上有师法英国和欧洲文学大师的倾向。比如欧文便有"美国的哥尔斯密"之称，库珀便有"美国的司各特"之称，凡此称谓，从历史看，决非恭维。这些作家可概称之为"模仿派"或"保守派"。他们在作品中突出某些题材，而忽略其他内容，比如他们喜欢写包括家庭、子女、自然界及理想化的爱情的题材，而忽视当时美国生活所面临的主要问题，如向西拓殖、民主与平等、现代美国的崛起等。从技巧角度看，他们偏爱传统的格律和诗节形式；他们的语言通常是英国英语；他们的比喻有时属俗套老调，其象征意义因过于明显而流于皮相。这些人曾名噪一时，以朗费罗论，他在很长的时间内被视为"美国的丁尼生"，他们为"新英格兰的文化复兴"做出了不可磨灭的贡献。另外一些同代作家如爱伦·坡、霍桑、梅尔维尔及狄金森（Emily Dickinson，1830—1886）等，思维方式和创作经历则迥然不同。这些人不满足于尾随在他人之后，不满足于餐桌上的残杯冷炙，他们要革新，要寻觅出反映新国度新生活的新文学表达方式，即美国文学的表达方式。他们要建立美国自己的新文化，以体现美国自己的新经历。虽然他们当中不少人受到同代人的冷嘲或白眼，有些人似乎"生不逢时"，但他们却是本国和世界性浪漫主义的深层动力。他们完成了自己的历史重任,在美国文学的园圃中播种下奇葩异卉的种子,独立美国文学的开花结果多归功于他们的辛勤耕耘。

# 第二节　具有纯粹美利坚民族特色的美国式小说

尽管美国文学的崛起受到欧洲文学运动的极大影响,但是一些美国小说家以美国社会为背景,以美国人民的生活为题材,用美国人民乐于接受的艺术手段写出了具有纯粹美利坚特色的小说,不带有任何殖民地的色彩,也没有封建主义的残余。代表作家有华盛顿·欧文(Washington Irving, 1783—1859)、詹姆斯·库珀(James Fenimore Cooper, 1789—1851)、埃德加·爱伦·坡(Edgar Allan Poe, 1809—1849)、纳撒尼尔·霍桑(Nathaniel Hawthorne, 1804—1864)以及赫尔曼·梅尔维尔(Herman Melville, 1819—1891),本节将对他们和他们的创作进行阐述。

## 一、华盛顿·欧文的浪漫主义文学创作

华盛顿·欧文(Washington Irving, 1783—1859)出生于纽约一个富裕的长老会教徒家庭,是家中最小的儿子。欧文很早就对文学产生了浓厚的兴趣,但在父亲严命之下,他被迫离开学校进入法律事务所工作。1803 年,他曾沿着美国边境做了一次旅行,还到过加拿大,并把沿途所见所闻写下来刊登在他哥哥主办的《早晨纪事报》上,这是欧文最早的试笔。之后,他又写过以纽约社会为背景的长篇讽刺故事《奥尔德斯泰尔先生的信札》,在《早晨纪事报》上连载。从完整的创作来说,这部作品可算是欧文的处女作,很受当时读者的欢迎和好评。欧文的欧洲之行,表面上看来是为了养病和求学,其实这是他寻求精神出路的一次努力。他在旅欧的三年期间,搜集了大量的素材,包括民间传奇、奇

闻轶事、历史故事,以便为以后创作小说和撰写散文、随笔所用。显然,此时的欧文已经完全抛弃了法律职业而把他的精神和爱好全部投向文学,即使因违背父命而不能返家也在所不惜。

1806年,欧文回到美国。第二年,他与两个哥哥和姐夫一起创办了《杂拌》杂志,人们在这份杂志上读到的一些主要文章大都出自欧文等几个人的手笔。在这些早期写就的文章中,欧文已经充分地表达出自己的政治见解和创作风格,使他成为崭露头角的青年文学家。杂志停刊之后,欧文就把精力转向创作,以住在纽约的荷兰后裔为描写对象的讽刺集《纽约外史》是他享有盛誉的第一部作品。《纽约外史》被称为是"美国文学第一部伟大的书",尽管书中有关对荷兰人占领时期纽约历史的描写曾受到当时杰弗逊政府的批评,同时也包含有许多怪诞的、卖弄学问的内容,然而它仍不失为美国建国以来的第一流文学作品。写完《纽约外史》之后,欧文有长达6年的时间放弃了文学创作。

1815年对欧文来说是具有重要意义的一年。他原先打算去地中海旅行,但父亲命令他到英国利物浦去接管一家五金商行的业务。在以后的两年时间里,他勉强支撑着这家濒临破产的商行。1818年,店铺终于关了门。欧文在结束了债务结算和善后工作之后并没有回国,却对英国浪漫主义诗人兼小说家司各特的作品产生了强烈的兴趣,同时他又对美丽迷人的英国农村风光产生了迷恋的感情,这也许就是引起他创作灵感的源泉。1819—1820年,欧文蛰居于英国乡村,写出了他一生中最成功的作品——《见闻札记》。这部以英国的生活和欧洲广泛流传的民间故事为题材的随笔和短篇小说集,以"杰弗莱·克拉昂"的笔名在英国出版之后,欧文在英、法上流社会立即成为一位知名人物,与司各特、拜伦等著名作家成了密友。1822年,欧文又出版了另一部随笔散文集《布雷斯布里奇田庄》。从作品的意义和艺术价值来看,显然要比《见闻札记》差一些,但其中一些作品,如《闹鬼的房子》等也同样受到好评。

为了可以搜集更多的创作素材,在1822—1823年这段时间里,欧文去了德国旅行,后来又去巴黎住了大概一年。回到英国之后《旅客谈》一书出版。让人无法预料到的是这本书竟然遭到了很多人的批评和质疑,这在很大程度上打击了欧文。后来他又到法国闲居两年,于1826—1829年充任了美国驻西班牙大使馆的随员,寄住在马德里文献学家奥比代亚·里奇的家中。经过一阵繁忙的调查和写作之后,1828年出版了一本通俗著作《哥伦布的航海和生活史》。这项工作的完成,为他日后继续对西班牙那瓦尔特地区的研究和考察打下了基础。此后,欧文又连续写了《柯兰那达征服史》和《阿尔罕伯拉》,这两部散文、游记故事集都是欧文游历了柯兰那达古代摩尔人生活区域之后写成的。作者以抒情而优美的笔调描绘出具有异国情趣的西班牙古代摩尔人的传说,在《在摩尔人遗产的传说》等故事中,塑造了摩尔人美好的心灵。

1829年,欧文赴伦敦任美国驻英国使馆的一等秘书,回国后,欧文并不安心于现成的舒适生活,为了在文学上再次追求别致、新鲜的经历,也为了满足广大读者对他创作上的新要求,他立即出发去美国西部边境地区进行游历。这段旅行生活被他描写在《草原漫游记》之中。此书后来成为1835年出版的三卷集《彩色的画面》的一部分。在这次游历过程中,欧文还写了另外两本书:一本是与他的侄儿合写的、以皮货商阿斯托发财致富的经历为题材的《阿斯托里亚》,另一本是《邦纳维尔队长历险记》。记载这次游历的《西游日记》,由于作者将手稿搁置于密室之中,直到一百年后的1944年才问世。

这次旅行归来,欧文就定居在纽约哈得逊河畔的星纳锡特庄园。1842年,欧文再度担任了美国驻西班牙公使的职务,这是因为他喜爱西班牙,愿意再一次到那里去过充满愉快和诗意的生活。两年后,他卸任去伦敦,之后又回到星纳锡特庄园。在那里,他在心爱的侄女和许多朋友的陪伴下度过了一生中最后的13年。在这13年里,欧文不顾精力的衰退,依然坚持写作,作品有短篇小说和散文集《华夫特斯杂记》,关于伊斯兰教创始人穆罕默德的传记《穆罕默德和他的继承者》和不朽的巨著五卷集《华盛顿传》等。最后这部著作是他早在 1825 年就开始酝酿的,但直至他生命的最后时刻方才完成。1859 年 11 月 28 日,欧文在写完《华盛顿传》之后不久在坦莱镇病逝,享年 76 岁。

欧文是美国第一个荣获世界声誉的作家,毋庸置疑,他对美国文学的发展做出了极大的贡献。具体来讲,欧文对美国文学的贡献主要体现在以下几个方面。第一,他开拓了美国文学的创作领域,使其变得更加广阔,在创作思想的确立、主题的表达和题材的选择上为美国民族文学的最终确立奠定了坚实的基础。第二,形成了艺术上独树一帜的"欧文式"风格,清新隽永,流畅自如,为美国民族文学在艺术上不断走向成熟开辟出了一条新的道路。第三,将短篇小说、历史传奇和任务评传作为一种新颖的创作形式固定下来。

## 二、詹姆斯·库珀的浪漫主义文学创作

詹姆斯·库珀( James Fenimore Cooper,1789—1851 )出生于新泽西州伯灵顿城,1803 年从奥尔巴尼高级中学毕业后进入耶鲁大学深造,但在两年后未毕业就离开了学校。1814 年起定居在库珀镇老家,过着乡村绅士的悠闲生活,并开始钻研农业、政治、财经和社会学方面一些使他感兴趣的问题,这为他日后的文学创作提供了不少有用的知识。

1817 年,库珀把家搬到了萨克斯迪尔农庄。在 30 岁那年,库珀突然心血来潮地向家人宣布他立志要成为一位小说家。1820 年,库珀经过一段时间的努力完成并自费出版了他的第一部小说《警戒》。这部小说的题材是英国上流社会,用传统的英国小说的写作模式,可以说这部小说是一部失败的小说,因为它不仅带有极大的消遣性,而且带有很大的模仿性。库珀自我解嘲地说,这不过是专为他的儿女们解闷而写的。当然,库珀并不甘心失败,他从《警戒》中总结教训,认为自己必须写出一部以美国人

的生活为题材的、反映美国人精神世界的"纯粹美国式"的小说。于是,第二年,一部新的长篇小说《间谍》诞生了。这是一部以美国独立战争为背景,充满着强烈的爱国主义情绪的作品。作者以巨大的热忱塑造了一个名叫哈维·柏契的爱国者的形象,取得了很大的成功。1923年,库珀又出版了他的第三部长篇小说《拓荒者》。这是作者计划中的长篇系列小说"皮袜子故事集"中的第一部,然而库珀并没有按计划接下去写这组系列小说的第二部。为了猎取新奇的题材,他转而去创作以他早期航海生活为素材的小说,同年出版的长篇小说《舵手》就是这一变化的产物。库珀写这部小说的动机,也许是想与前一年问世的司各特同一题材的小说《海盗》相媲美。

连续出版了四部长篇小说的库珀,已成为美国闻名的小说家。不久,他从乡间庄园移居到美国文化中心纽约城,发起并组织了"面包与乳酪俱乐部",一跃成为美国文坛上居于领导地位的人物。他在长篇小说创作领域中连续开创了历史小说(《间谍》)、边疆小说(《拓荒者》)和海洋小说(《舵手》)三种不同类型的题材,这在美国文学史上是空前的,尤其是以开发北美大陆西部地区为中心内容的边疆小说,引起了人们极大的兴趣。由于19世纪20年代正是美国西部不断开发的时期,所以《拓荒者》在社会上引起了特别强烈的反响。从1826年开始,库珀又重新进入"皮袜子故事集"的创作。他研究西部边疆地区开发中文明与野性冲突的兴趣进一步增长,接着出版的两部小说《最后一个莫希干人》和《草原》描绘了曼笛·邦坡的漫长生活经历。前者是对18世纪50年代英法殖民主义者之间掠夺战争的生动叙述,后者则是邦坡晚年的生活记录,直至他平静地在西部大草原中离开人世。

1826—1833年间,库珀先后去英国、意大利等地旅行考察,并在后期担任了美国驻法国里昂的领事职务。出国期间,这位不知疲倦、精力过人的小说家依然勤奋创作,写出了三部描写美国人在海上冒险经历的、富有浪漫主义气息的长篇小说《红海盗》《悲哀的希望》和《水妖》,以及反映作者所见所闻的欧洲生活"三部曲":《刺客》《教士》《刽子手》。回国以后,库珀面对美国社会风气的日益腐败,思想陷入了矛盾和苦闷。针对社会道德的堕落、民主权利的滥用,库珀改变了创作方向,企图在自己的作品中描绘一个想象中的人类生活的理想境界,以唤起人们的良知,这些作品包括《致同胞们的信》、讽刺小说《蒙纳丁斯》、四卷本随笔集《欧洲拾零》、充满贵族社会理想的政论著作《美国的民主》《归途》和《重建家园》。在后两部内容相互衔接的姐妹作中,库珀通过纽约两个地主爱德华特和约翰·伊发哈姆赴欧旅行经历的描写,虚构了一幅美好、理想的社会道德景象,同时也讽刺了美国上层社会人物的虚伪和愚笨,因而受到某些人的攻讦。

　　1838 年,库珀终于又回到了库珀镇老家,在此期间,库珀写了一部博学的、内容丰富的著作——《美国海军史》,此乃库珀早年的海军军官经历引起的写作动机。1840—1841 年,他又先后出版了《探路者》和《猎鹿者》,终于圆满地完成了规模宏大的"皮袜子故事集"系列小说的创作。到此为止,库珀从 1820 年突然投入文学生涯开始,经历了二十余年的艰苦过程,以爆发式的创作才能,写出了 16 部杰出的也引起争议的长篇小说,成为美国一流的小说家及继欧文之后重要的美国作家。

　　与差不多同时代的小说家巴尔扎克笔下的那个实实在在的世界相比,库珀的作品所构建表现的是一个神奇而完美的童话世界。库珀将浪漫主义小说发展到了一个非常完整、充分且在艺术上无懈可击的程度。他是第一个将小说这一创作形式的优势充分发挥出来的美国作家,因此他在美国文坛占据无可争辩的重要地位。那些题材多样、激动人心的作品,以及在作品的情节描绘中所反映出来的鲜明的、带有冒险性质的浪漫主义色彩受到了读者的普遍欢迎。库珀的艺术力量还在于他丰富的想象能力和智慧来自作家本人对创作热情的长期探索。同时,一种坚定的民主主义思想赋予库珀对法律与真理的热爱、崇敬、真诚和信仰。尽管他的作品是严肃的,但他却能以浪漫主义为基础把他博学的历史知识理想化,并通过生动的语言使其成为激发读者内心感情的作品。

由于库珀的一生努力,浪漫主义小说(尤其是长篇小说)成为美国民族文学中重要的创作形式。他在战争历史小说、海洋冒险小说和边疆冒险小说方面取得的三大成就为以后美国小说的创作开辟了广阔的领域,在整个 19 世纪一直成为美国作家们仿效的榜样。

归纳起来,库珀的贡献主要在于:第一,为美国民族文学长篇小说的创作开拓了新的广阔领域。第二,在艺术形式上树立了充满浪漫主义色彩的"库珀式"小说体。第三,把长篇小说的创作与整个时代的发展紧密地结合在一起。

### 三、埃德加·爱伦·坡的浪漫主义文学创作

埃德加·爱伦·坡(Edgar Allan Poe,1809—1849)生于波士顿,出生不久,父母即分离,接着父亲病故,他只得随母亲流浪。1811 年其母在弗吉尼亚首府里士满病逝,埃德加便与他的哥哥和妹妹成了孤儿,各自被人收养。

早在上小学时爱伦·坡就喜爱写诗。1827 年他在波士顿自费匿名出版了第一部诗集《帖木儿及其他》,同年他虚报年龄和编造假名当了兵。1830 年,爱伦·坡考取了西点军校,但在第二年即因玩忽职守而被校方开除。爱伦·坡流浪到纽约,在那里出版了包括译诗《以色拉夫》、抒情诗《致海伦》和《大海中的城市》三部分内容的《埃德加·爱伦·坡诗选》。不久他回到巴尔的摩开始为杂志创作短篇小说。他的第一个短篇小说《皮瓶子里发现的手稿》发表于 1833 年费拉德尔斐亚的《星期六信使》杂志上。第二年他又以此作参加了《巴尔的摩星期六旅游》杂志的征文比赛,并获一等奖。这个作品的发表引起了社会的注意。1835 年,爱伦·坡被一个姓肯尼迪的治安官员介绍到《南方文学使者》杂志担任编辑。

1836 年,《南方文学使者》为爱伦·坡出版了一部综合性的

作品选集《波利希安：一个悲剧》，它包括评论 83 篇、诗 6 首、随笔 4 篇和短篇小说 3 篇，深受社会欢迎，十分畅销。但在第二年 1 月，由于任性和固执，他与杂志社闹翻，接着把家搬到纽约，依靠卖文为生，在那里他出版了中篇小说《阿瑟·戈登·皮姆的故事》。1839 年，爱伦·坡来到费拉德尔斐亚，在《伯顿绅士杂志》当编辑，并编选了《述异集》，于 1840 年出版，这是爱伦·坡的第一个短篇小说集，包括他这些年所写的全部作品。1841—1842 年，爱伦·坡在《格雷厄姆斯杂志》任文学编辑，并在该杂志刊登了小说集《莫格街谋杀案》，这部作品集是世界文学中侦探小说的首创。1843 年，爱伦·坡的小说《神秘的玛丽·罗瑞》获得费拉德尔斐亚的"金甲虫"奖。1844 年，爱伦·坡来到纽约，与当地的《纽约镜》杂志发生了联系，于此发表了诗作《强盗》，后来又在《百老汇评论》的帮助下出版了小说集《故事集》和诗选《强盗及其他》。同时，爱伦·坡还写了不少针对当时文学界的评论文章，主要有《纽约的文学界》等。他的自选集《文学界》包括了这方面的绝大部分文章。此外，爱伦·坡亦创作了诗《钟声》《致安妮》《阿娜贝尔·李》和具有神秘浪漫主义色彩的散文《我找到了》。

爱伦·坡一生共写了 70 多篇小说，按内容和风格可分为恐怖小说和推理小说两类。前者以荒诞可怕的故事为题材，着重刻画人物的变态心理，后者则是以推理的方法来侦破案件的侦探小说。《阿瑟·戈登·皮姆的故事》属于前一类。小说以第一人称的形式，通过一个名叫阿瑟·戈登·皮姆的偷渡者的自述，描绘了一个旷日持久的惊险故事：1827 年 6 月，皮姆为了偷渡出国，悄悄地登上了一艘名叫"虎鲸"号的捕鲸船，从美国马萨诸塞州东南面的南塔克特岛驶向太平洋。不料途中水手们叛变，接着又遭到一场风暴，船上的人差不多都同归于尽，只剩下皮姆和另一个水手幸免于难。他俩划着一艘独木舟，穿过梦一般的境界，在南极海地区和太平洋群岛上无目的地航行着，一个庞大的白茫茫的世界展现在他们面前……小说以一个真实的事件为基础，而爱伦·坡在作品中却显示出出色的虚构想象的才能，使人们似乎回到了那虚无缥缈的古老世界。

　　爱伦·坡的恐怖小说,最著名的当属《厄舍古屋的倒塌》和《红色死亡假面舞会》。《厄舍古屋的倒塌》讲述了行将没落的厄舍家族最后一代令人恐怖的命运。劳德立克·厄舍和他的妹妹玛德琳·厄舍都患有无可救药的癫痫病症,由于一种狂乱的病态心理,劳德立克在妹妹尚未咽气时就把她装进了棺材。不久之后的一个夜里,先是一阵微弱的挣扎声,尔后是棺材的劈开声,古屋门链的摩擦声,身裹寿衣、血迹斑斑的少女玛德琳像个幽灵立在劳德立克面前。她摇摇晃晃地跌进门内,倒在她哥哥身上,发出一阵垂死的呻吟,将他拉倒在地,劳德立克因极度惊吓而死,成了一具僵尸。就在此时,一阵旋风怒吼,古屋倒塌,响起了震天动地的回声。小说以奇特的文笔、令人毛骨悚然的气氛和耐人寻味的主题闻名于世,后来被列入世界短篇精华之林。《红色死亡假面舞会》使人进入一个充满中世纪传奇色彩的恐怖时代,读者犹如做了一个可怕的噩梦:从前有一个国家,由于发生了名叫"红色死亡"的瘟疫而变得荒芜和衰败。一位王爷决定保护自己和周围的人,带领大家转移到远处一个城堡里隐蔽起来。这个城堡里住着上千个骑士和小姐。他们在那里追求快乐和奢华的生活,过了几个月幸福的时光。一次,王爷在庞大的客厅里举行假面舞会,许多寻欢作乐者戴着假面具、穿着稀奇古怪的服装前来参加。狂欢方酣,时入子夜,一个恐怖的、蒙面人的影子突然来到他们身边,外表就像"红色死亡"。王爷见影子向他逼近,就大叫一声拔出短剑刺去,可是被刺倒的竟是王爷自己。众人围上前去企图抓住影子,但抓到的竟是一件寿衣和一个僵尸面具,他们才认识到王爷就是"红色死亡"本身。接着,这些寻欢作乐的人一个个倒在血流满地的大厅里,火光熄灭了。在这类作品中,爱伦·坡以丰富的形象思维和高超的叙事能力,展现了一个个令人心惊不已和怪诞恐惧的场景,以竭力渲染他心目中业已构建完成的恐怖。以《厄舍古屋的倒塌》为例,小说的末尾写到"我"——应主人邀请来此作客逗留的劳德立克·厄舍的童年好友——眼见幽灵似的玛德琳倒在她哥哥身旁并将他拉倒在地,成了一具僵尸时——我吓得几乎没命,立即逃出那间屋子,逃出厄舍古屋。不知不觉中穿过倾颓的堤道,只见四下狂风大作呼啸而过,突然向路上射来一道奇怪的光亮。厄舍古屋和它黑黝的影子已经掉在我的身后,我企图看清这道怪光的来源,原来它来自天上一轮猩红的月亮,光从缝隙透视下来,呈现出刺眼的白光。古屋的这道裂缝此前并不明显,如今竟清晰地从屋顶曲曲折折一直裂到墙脚。正在我呆呆地目视之际,耳边一阵旋风怒吼,裂缝瞬间扩大,在猩红色月亮的窥视之下,平地响起震天动地的喊声,那喊声经久不息,似万马奔腾,似波涛汹涌——就在此喊声中,古屋轰然塌下,令人心惊肉跳、头晕目眩——此刻,脚下只有幽深的山坳谷地,和那阴森森的被淹没于一片瓦砾之中的厄舍古屋。读者不难从这样的描述中体会到"恐怖"的感觉。

爱伦·坡的第二类小说是以推理侦破案件为主要情节的作品,所以他被后人奉为推理小说的鼻祖。1841 年发表的《莫格街谋杀案》是他此类文学创作的第一部作品。与《莫格街谋杀案》同属一类的还有它的续篇《神秘的玛丽·罗瑞》以及《失窃的信》和《金甲虫》等小说。

爱伦·坡虽写了不多的几部推理侦破小说,可是对后人的影响十分重大。他的作品推理细密,叙述完整,甚至对犯罪心理学方面的分析也可以成为经典之说。作者竭力塑造了一个有智有谋的业余侦探杜宾的生动形象,成为柯南道尔笔下的福尔摩斯和柯林斯笔下的克夫的先辈。杜宾身上体现了爱伦·坡的自我理想和人类智慧与才能的结晶。不仅如此,爱伦·坡的许多小说对后人的创作都产生了重要影响。

可以看出,在爱伦·坡的作品中,既有出色的描写,也有神经质的狂叫;既有对人类美好情感的抒发,也有恐怖狂乱的、梦魇般的发泄:纯洁与邪恶杂糅,天使与魔鬼并存。以小说创作而论,爱伦·坡的成就虽然在他的诗名之下,但从开创推理小说这一新的形式和着重作品中人物心理世界的描写这两点来说,他对后人的启发和影响是极大的。大家完全可以从 20 世纪荒诞主义、心理主义、表现主义身上看到爱伦·坡的影子。他的文学作品,尤其他的小说在世界上的地位和影响是不容否定的。因此不能把爱伦·坡的创作看成是美国文学的"逆流"。历史已经证明,在他身上存在着一种值得后代人深思的气质,他的诗歌、他的小说、他的理论都已成为全世界最珍贵的文学宝库中不可缺少的一个组成部分。

### 四、纳撒尼尔·霍桑的浪漫主义文学创作

纳撒尼尔·霍桑( Nathaniel Hawthorne, 1804—1864 )出生在马萨诸塞州塞勒姆镇。霍桑从小就非常喜爱读书,尤其对他出身的哈桑家族的历史感兴趣。在中学的时候他就对他的家族的迁徙和发家的过程做了仔细的研究和考证,对整个家族的发展历史以及当时新英格兰地区的社会面貌有了比较全面的了解。这个时候获得的知识对他以后小说的创作产生了非常重要甚至可以说是决定性的影响。

1825 年,霍桑大学毕业后返回塞勒姆镇家中,开始了 12 年的写作生活。他写历史小说,也写寓言故事,内容包括北美殖民地时期新英格兰地区的社会生活和人们在精神上的相互冲突。一个名叫古德里奇的出版商,见到了霍桑 1828 年自费印刷的小说处女作《范肖》后,对这位年轻的作者甚感兴趣,以后霍桑的作品大部分被古德里奇拿去发表在他主办的《象征》杂志上。《范肖》带有丰富的浪漫色彩,也可以视为霍桑的自画像,讲述了立志献身学业的范肖爱上了一名年轻漂亮的女生爱伦·朗斯顿的故事,但爱伦却另有所爱,最终范肖在情感的痛苦折磨中离开人间。作品揭示了主人公在思想观念和现实世界矛盾中的痛苦过程。1842 年,古德里奇特意重版了霍桑的短篇小说集《重讲一遍的故事》。这是作者的第一部作品集,其中著名的作品有《欢乐山的五月柱》《教长的黑面纱》《恩地科特与红十字架》《大红宝石》

《希金伯特姆先生的灾难》《白发勇士》和《从镇上水泵中流出来的小溪》等。这部短篇小说集的问世为霍桑初步奠定了小说家的地位。

1846 年,《小伙子古德蒙·布朗》《走向天国的道路》《优美的艺术家》及《拉帕其尼医生的女儿》等短篇以《古屋青苔》为题出版,这是霍桑第二部引人注目的小说集。1850 年为他带来巨大声誉的长篇小说《红字》出版,历史证明这是一部伟大的作品,它的成功使霍桑成为当时一流的小说家。以后的几年内,霍桑如一个骁勇的猛将向文坛的高峰一次次冲击,1851 年他写成并出版了第二部长篇小说《带有七个尖角阁的房子》,1852 年他的第三部长篇小说《福谷传奇》问世,同时出版了又一部短篇集《雪的雕像及其他重讲一遍的故事》,其中包括《雪的雕像》《人面巨石》等。

《带有七个尖角阁的房子》是霍桑继《红字》成功之后的又一力作,是一部包含丰富历史内容的家族世仇小说。《福谷传奇》是霍桑唯一以第一人称写成的小说,描写了一个名叫麦尔斯·卡沃戴尔的年轻诗人与另外几位“梦想家”在福谷施行“乌托邦”式改良实验的过程,其中穿插了卡沃戴尔与珍娜比亚、普丽丝拉两个少女的爱情纠葛。《福谷传奇》的知名度虽比不上前两部长篇作品,但它的朦胧意识和神秘色彩,显示了霍桑写作技巧的诡谲奇特。

《红字》被公认为是霍桑最杰出的代表作,也是整个美国浪漫主义小说中最有声望的权威作品。小说一出版,它的巨大思想价值和艺术成就即被当时的人们所肯定。1851 年《红字》出现了德文译本,1852 年有了法文译本,以后又被译成世界多种文字,并被戏剧家和音乐家们改编成戏剧、歌剧搬上舞台。小说的故事发生在 17 世纪中期加尔文教派统治下的波士顿,与霍桑的其他许多作品具有同样的时代背景。作者从当时的社会现状入手,通过一个感人的爱情悲剧来揭露宗教当局对人们精神、心灵和道德的摧残,抨击了清教徒中的上层分子和那些掌握政治、宗教大权的统治者的伪善和残酷。

《红字》故事女主角海丝特·白兰是一个婚姻不幸的女人,她年轻美貌,却嫁给了一个身体畸形多病的术士罗杰·齐灵沃斯,夫妻之间根本谈不上爱与情。后来罗杰又在海上被掳失踪,杳无音讯,白兰孤独地过日子,精神十分痛苦。这时一个英俊的、有气魄的男子闯进了她的生活,他就是青年牧师亚瑟·丁梅斯代尔。他们真诚地相爱了,度过了一段隐秘的然而又热烈的爱情生活。不久,白兰由于怀孕隐情暴露,以通奸罪被抓,在狱中生下了女儿小珠儿。按照当时的教规,犯有通奸罪的妇女必须当街示众,只有在她交代奸夫的姓名后才能得到赦免,否则将受惩罚。于是白兰被狱卒押送出狱,怀抱女儿,来到法院广场的高台上接受讯问和示众。白兰在枷刑台上镇静自若,拒绝回答所谓她奸夫的姓名,而执行审讯任务的却正是她的情人——牧师丁梅斯代尔!白兰宁愿独自忍受任何惩罚,为了把她与丁梅斯代尔之间的爱情深深地埋藏在心底,她坚强地挺住了。

海丝特·白兰终于受到了惩罚,她必须终身穿着一件绣有红色"A"字的外衣。在人们心中这是堕落和罪孽的标志——字母"A"代表英文"通奸"(Adultery)一词。忍受不了这种内心痛苦的丁梅斯代尔,在即将升任主教的前夕,在一次规模宏大的宗教典礼中,不顾后果的严重性,当众宣布了自己隐藏多年的秘密:他,就是海丝特·白兰的情人!他,就是那个孩子的父亲!他在自己爱人的身边,让女儿吻了他之后,离开了人世。

《红字》在艺术上也甚有特色。细腻的心理描写,梦幻般的浪漫气氛和丰富的象征手法,使作品充满着一股迷人的魅力,紧紧地吸引着读者。它既有中世纪神秘主义的色彩,又包含了早期资本主义社会的现实。作者用蔷薇花象征美和善,用监狱象征死亡,用一道光、一只鸟、一朵花象征丁梅斯代尔与白兰之间爱情的结晶——他们的女儿小珠儿,这均是浪漫主义艺术手法的具体表现。无论从哪方面说,《红字》都不愧为美国浪漫主义小说的伟大代表。

　　霍桑作品的价值是与他的创作思想紧密相关的,一个突出的证明就是《红字》的问世。正是由于霍桑心里有着对忠贞爱情的赞美,有着对殖民时期宗教势力的谴责,有着充满崇高情操的人道主义精神,霍桑才能创作出这部堪称伟大的作品。

　　霍桑的创作思想,让他的小说获得了美国浪漫主义文学的最高成就。正是由于霍桑不懈的努力,美国浪漫主义小说创作在民族文学的道路上掀起了一个新的高潮。霍桑从欧文和库珀的手里接过了文学的接力棒,完成了攀登浪漫主义高峰的最后冲刺。他值得称道的艺术技巧,使得小说这一文学形式,尤其是短篇小说,成了精美绝伦、令人赞叹的艺术品。在霍桑之前,欧文虽是短篇小说的首创者,然而他仅只做过为数有限的实践;库珀的贡献主要在于他那粗犷、雄壮的边疆小说,而他的创作则容易使人联想到荒诞的鬼怪;只有到了霍桑时代,小说才有了神奇般的魔力。

## 五、赫尔曼·梅尔维尔的浪漫主义文学创作

　　赫尔曼·梅尔维尔( Herman Melville,1819—1891 )出生于纽约,早年就读于当地的小学。1841 年 1 月 3 日,梅尔维尔上了"阿古希耐"号捕鲸船,从马萨诸塞州美国的捕鲸业中心新贝德福德港出发,去南太平洋做一次捕鲸航行。梅尔维尔的这次航行给他以后的经历带来了决定性的影响,使他无论在生活上还是在创作上都与海洋和捕鲸船结下了不解之缘。整整 18 个月,"阿古希耐"号一直航行在茫茫的海洋之中。由于忍受不了繁重的劳动和船长严厉的管教,1842 年 7 月 9 日,梅尔维尔终于逃离捕鲸船,登上南太平洋的马克萨斯群岛。之后,一路颠沛流离,于 1844 年 10 月 14 日随舰回到波士顿。

　　回家之后不久,梅尔维尔开始以他在南太平洋的冒险经历为题材写作小说。描写他在马克萨斯群岛上令人胆战心惊的生活情景的第一部作品《泰比》于 1846 年分别在伦敦和纽约出版,这

部长篇小说以新奇的题材、动人的情节和朴素的描述手法受到社会的欢迎。作品采用第一人称自述的形式,以作者当年在群岛上所遇到的各种惊险场面为主要内容进行描述。

此后,梅尔维尔又写了第二部小说《欧穆》,引起了更多读者的兴趣。1849年,他出版了寓言浪漫小说《马蒂》和以他早年航行利物浦的经历为题材的《雷德本》。他的第五部小说《白夹克》以海上战争为题材,于1850年出版。这一年,梅尔维尔为了料理他的出版业务前往英国,并在那里作了一次短期旅行。回国以后,他在马萨诸塞州中部的皮茨弗尔德定居下来,过起自由自在的乡村绅士生活。在那里他与霍桑相识,并很快成了知己。翌年,梅尔维尔出版了他最著名的小说《白鲸》;1852年发表了被认为是心理小说先驱的《皮埃尔》;接着他把创作的兴趣从海洋生活转向美国历史,写就历史小说《伊斯雷尔·波特》;不久,他又将几年来在《哈珀斯》杂志和《柏特曼斯》杂志上发表的短篇小说汇编成册,题为《广场故事》出版;1857年他出版了对美国生活方式进行讽刺的半寓言性质的小说《骗子》。

由于健康原因,1856—1857年,梅尔维尔去欧洲旅行。他一生最感兴趣的是海洋、旅行和雕塑,海洋是他的事业和生命,旅行是他最好的休息和工作方式,雕塑则是他艺术上的精神寄托。

《白鲸——莫比·迪克》是一部无愧于进入世界伟大作品之列的小说。小说通过对捕鲸船"皮阔德"号在海上捕鲸的惊险经历的描绘,典型地反映了19世纪初期在美国资本主义初步发展背景下,被迫出海捕鲸的水手们的悲惨命运,以及作为当时一种重要的生产方式存在的捕鲸业的真实面目。

《白鲸》刚出版时所引起的争议,主要是对"莫比·迪克"的不同认识。有人把它说成是"恶"的化身,但实际上梅尔维尔企图把它写成是一种超自然的"力"的代表。在对"莫比·迪克"的描写上,作品无疑带有浓重的神秘主义气氛,同时,作者又以拟人的手法描写了"莫比·迪克"神秘、宏大、顽强的搏斗精神,这是一种灵魂的寄托。它是力,是神,是人类残杀手段的反抗者,它的形象正是整个大自然伟大的化身!《白鲸》以非凡的气势,将整部小说的情节落笔于亚哈同白鲸之间的生死搏斗。它时而平静,时而狂怒,尤其是最后 3 天,他们之间面对面的交锋——紧张的追逐,愤怒的格杀,给人一种难以透气的感觉。最后的结局是在这场力与恶的搏斗中,鱼死,船沉,人亡,一切都毁灭了!

作者的原意想来是反映一种超自然的和与人类恶行之间的生死矛盾,但由于直接描写了水手们在捕鲸过程中的风险和苦难,以致最后几乎全部覆亡的不幸结局,因此作品客观上表达了当时社会中劳动者的苦难和剥削者的残酷。把"莫比·迪克"写得如此强大和可怕,看来也是作者对资本主义生产方式的一种抨击。

由于《白鲸》表现了一种特殊的气魄,尤其是在对"莫比·迪克"的描写上运用了浪漫主义手法,因而它遭到一些正统宗教保守分子的攻击,他们或认为这是现实与传奇混在一起的大杂烩,或认为是一派胡言。但作品的社会意义和象征手法及其人道主义进步倾向,即使在当时不为人们所理解,现在亦终于得到了历史的公认。

## 第三节　带有欧洲文学色彩的本土诗歌

除了具有纯粹美利坚民族特色的美国式小说之外,美国还诞生了带有欧洲文学色彩的本土诗歌,代表作家有艾米莉·狄金森(Emily Dickinson,1830—1886)、威廉·布莱恩特(William Cullen Bryant,1794—1878)和亨利·朗费罗(Henry Wadsworth Longfellow,1807—1882),本节将对他们以及他们的作品进行简单的阐述。

## 一、艾米莉·狄金森的浪漫主义诗歌创作

艾米莉·狄金森（Emily Dickinson，1830—1886）是美国著名女诗人，她出生于马萨诸塞州斯特镇一个古英格兰世家。正规教育不能满足她对知识的渴求，她通过自学深谙古典神话、《圣经》和莎士比亚的作品。她亦接触了许多英美诗人和小说家的作品。

狄金森约在二十几岁时开始认真进行诗歌创作，匿名发表的《写给威廉·豪兰德先生的贺卡》共68行，1852年在《共和党人》杂志上发表。1858年前后她开始把自己的诗作加以清理并收集起来，用线装订成小册。当时已写成52首，1862年共已得诗356首。1865年她创作诗歌85首，此后至卒世，平均每年20首，共写就1 775首诗。

狄金森和她的同代人梅尔维尔及诗人爱伦·坡一样，曾经历了一个被"重新发现"的过程。她在世时只有7首诗面世，而且经过编辑的"手术"，大都面目皆非了。去世后，她的诗作才得以陆续问世，并逐渐奠定了女诗人在文学史上的地位。1950年哈佛大学买下她诗作的全部版权，1955年出版了狄金森全集，包括3卷诗歌、3卷书信。狄金森在20世纪被"重新发现"了。

狄金森是一位思想敏感、内心活动极其丰富的人。她坐在二楼窗边，望着外面的大千世界，脑海充满激情和感受。自然界的花草鸟兽，人的七情六欲，她都悉心体验。狄金森的诗令人有机会洞察她的灵魂，并通过她的天才诗作了解到她所处的时代人的灵魂状貌。心理现实主义小说家亨利·詹姆斯（Henry James，1843—1916）对她推崇备至，热情地称她的诗是"灵魂的风景图"。①

狄金森的诗歌表现悲多喜少，她的悲源于她凄凉的内心，这和当时业已开始蔓延的信仰危机有关。狄金森笃信基督教加尔

---

① 常耀信.精编美国文学教程[M].天津：南开大学出版社，2005：87.

文教义,它的"命中注定"思想给她的思想和创作涂上了一层悲观色彩。她渴求肯定的宗教信仰、上帝的匡助和好的生活,读她的诸如《至少还可以做祈祷》等诗便可知晓。但是上帝对她并不总是真实的,她对上帝在人死后的安排并不总是相信。她对上帝的态度,特别是对允许恶存在的上帝的态度,并不总是恭维的,她有时辛辣的讥讽绝非出于偶然,对上帝的怀疑是她内心悲伤的基本原因。占据狄金森思想的重要问题之一是"死亡"和"永生",她一生写了五六百首关于死亡的诗歌。她对"永生"的态度是矛盾的,对死亡的情景和进天国的过程都悉心描述过。狄金森的诗歌也表现出她对社会政治的关心。她反对过分强调商业化,反对蓄奴制;对穷人富于同情,反对死刑,对美国的发展也充满喜悦的心情。

狄金森的美学观点和她的文学创作实践是契合一致的。她认为,诗歌非同小可,她要求诗有荡人心肺的激情。情源于内心,多因触景而迸发出来。狄金森认为,诗人的灵感来自于内心或内心感情的强度;只有真正的诗人才可以理解世界的全部内涵,真、善、美最终是一体,最高尚的美是积极的肯定的神圣所表现出的美。

狄金森诗歌的最突出特点是独创性。她渴求自由,不愿受任何传统形式的束缚。她承认,"我生活中没有君主,也不能统治自己"[1];在寻求创作自由方面,她确是无法无天的。她大概也深感来自传统和社会的压力,她说"疯极是最神圣的清醒","过于清醒是极疯",多数总是占上风,少数会成为危险人物,"被铁链锁起"。她无视语法、句法、大写、标点等传统文字的表达规则,无视英诗传统格律,她在这方面的"突破"众所周知。甚至某些词语,如果她的表达需要,她也会毫不犹豫地改变其词性或切掉其碍事的尾巴。

狄金森重视运用意象。她认为诗歌应通过具体形象体现思

---

① 常耀信.精编美国文学教程[M].天津:南开大学出版社,2005:88.

想,诗人应以生动的意象表达抽象概念。狄金森擅长运用视觉、听觉等意象,立意新颖深刻,想象奇特,寓情于境,比喻常出人意表,给人一种怪诞感觉。她的诗多是具体事物的巧妙排列,或并排,或重叠,或相互交融,不少时候,意象之间没有常有的连接,读来颇有中国古典诗歌的韵味。狄金森的诗作言简意赅,语言朴素,不事雕琢,简短、直接和普通。诗作短小精悍,不少只含有一个主导意象。她的作品中,每一个字都是一幅图画。她成为英美20世纪意象派诗人崇拜的先驱者。

狄金森一生辛勤笔耕,写出包括1775首诗的长长的"一封信"留给后世。她自知并非是名家大家,但并不气馁,她有一颗永远向上的心。她不愿出名,她宣称,出版是对人的思想的拍卖。然而,诸如《蜘蛛作为艺术家》这种诗篇又让人洞见到诗人自信具有永恒的力量。《胜利来得迟》中期望获得成功之心又何等迫切。狄金森深知世人对她尚无思想准备,她不求近名小利,希望能永垂青史,她看到了正在戴向自己头上的王冠。她在其名作《这是我写给世人的信》中以近似恳求的口吻说,"为着爱她吧,亲爱的国人,评价我时请客气"①,说明她并非全然漠不关心。《成功被认为是最甜美的》表露出诗人渴求成功的心态以及她的批评远见,她似听到了在耳际回荡的胜利凯歌。

狄金森的爱情诗读来也是悲多喜少,她虽终身未嫁,然而并非如死灰槁木之人。她的诗如《狂风夜! 狂风夜!》《我委身于他》《怀疑我吧,我的朦胧的伙伴!》及《既然是你使我心碎我感到骄傲》等都表现出女诗人胸内燃烧着的炽烈的爱的火焰。

## 二、威廉·布莱恩特的浪漫主义诗歌创作

威廉·布莱恩特(William Cullen Bryant,1794—1878)堪称美国浪漫主义诗坛的先驱。他出生在马萨诸塞州偏僻林区的卡明顿,自幼受到文化气氛的熏陶,对希腊文和拉丁文极感兴趣。

---

① 常耀信.精编美国文学教程[M].天津:南开大学出版社,2005:89.

也因家庭影响,早年宗教和政治观点皆倾向保守,认为人的堕落导致自然界的堕落,恰如后来他在 19 世纪 30 年代的《草原》一诗中所表达的。他的政治观点属联邦主义政治,1808 年他的第一首诗《禁运》是反杰斐逊的。1817 年布莱恩特发表《关于死亡的感想》一诗,一跃而为诗坛名人。1820 年年末他发表第一部诗集。1825 年举家迁至纽约,任《晚邮报》编辑 50 余年,使之成为美国国内很有声望的报纸。威廉·布莱恩特主要通过《晚邮报》发表见解,成为社会和文化生活的重要人物。作为坚决的杰克逊民主党人,他曾在党内领导反蓄奴制运动,写出《非洲酋长》及《奴隶制的末日》等立场鲜明的诗篇。威廉·布莱恩特维护有组织的劳工的权利,提倡贸易自由、言论自由、出版自由,后又帮助组建共和党。1860 年他在林肯总统竞选中成为很有影响的支持者。布莱恩特对国际事态也极表关切,他支持西班牙、希腊、意大利及拉丁美洲各国人民的民族解放运动,曾写出《西班牙》《致雪莱》《意大利》等诗篇,翻译和介绍古巴革命诗人何塞·马亚·埃雷迪亚的诗作,敬重拉美民族解放领袖西蒙·玻里沃尔。布莱恩特晚年声望达到顶点,成为国家先知性人物。年届古稀又开始翻译荷马史诗《伊利亚特》和《奥德赛》,译作先后于 1870 年与 1872 年面世,这是他文学生涯的终点。1878 年他辞世时,全国为失去一位伟大的诗人而悲痛,纽约市降半旗,店铺缀黑纱以致哀。

　　布莱恩特对美国诗歌的主要贡献在于用诗笔描绘美国的乡土景色。那漫无涯际的北美大草原,它的荒凉与寂寥,在诗人眼中呈现出令人肃然起敬的神圣色调。《草原》一诗以细腻的诗笔讴歌了北美的内在美。布莱恩特认为只有亲眼所见、亲身经历的事物才能激励诗人的灵感与想象。他的诗主要是自然抒情诗,写土地、小溪、森林和花草,以绘景为主,故有美国自然诗人之称。布莱恩特的《十四行诗:致赴欧的美国画家》总结了他的主要题材,表达了他热爱乡土的赤子之心。他在这首写给画家朋友的诗中说,你在欧洲可能会见到美丽的景色,美丽然而却不同,举止、房屋、墓地、低谷、山巅,一切都会不同,要永保本国的荒野形象又明又亮。

布莱恩特和华兹华斯一样,视自然为人的滋补剂,认为人的世界充满七情六欲,人居于其内天性会受到损伤,会失去纯真而堕落。自然界的一切都似充满生机和灵气,它对人的思想具有修补和洗涤作用。他的《入林处碑文》充分表现出这种思想,以及明显的自然神论色彩,和超验主义的"超灵"思想很有雷同之处。

布莱恩特的传世诗作是《关于死亡的感想》。这首歌颂死亡的诗表现出明显的"墓地诗人"的影响。"死"在这里成为宇宙运行之必然,不像基督教所宣扬的死后入天国那样快乐,或下地狱那样可怕。死是自古以来的现实存在。布莱恩特笔下的死很有异教的风貌,对死的态度很有自然崇拜的息味:人最终要同大自然的形体相融合,死不是造物的终结,而是开端,是再生的开端,人是永恒的。

布莱恩特主张诗歌应有教育意义,他的诗歌多为加强世人的观念或成见而作。他一生不断有诗集问世,逐渐地成为人们心目中的圣人式人物。他希望自己能成为一位导师和父亲,向他的国民论证和诠解美国人的命运及其文化发展趋向。布莱恩特像一个智者以慈祥的目光面对满腹狐疑的读者,以肯定的口吻阐明传统观点的正确。他的其他名篇包括《岁月》《往昔》《年华的溢流》《绿河》《水鸟》等脍炙人口的诗篇。布莱恩特以"墓地诗人"为张本,创作技巧属保守型。

### 三、亨利·朗费罗的浪漫主义诗歌创作

亨利·朗费罗( Henry Wadsworth Longfellow,1807—1882 )生于缅因州波特兰市,曾在博多因学院任现代语言教授,在哈佛任教授。朗费罗自幼富于想象,喜爱文学。他的故乡充满传奇色调,民间传说、移民的故事、印第安人神话等,都深深根植于诗人童年的头脑中。1839 年他出版第一部诗集《夜籁集》,其中收进《人生礼赞》这首 19 世纪最受欢迎的诗作。1842 年面世的第二

本诗集《歌谣及其他》，包括了诸如《乡村铁匠》等有口皆碑的诗篇。1847 年他的《伊凡吉琳》问世，成功地把欧洲格律移植于美国，运用古典希腊音步形式，述说不久前发生在北美的动人的伊凡吉琳的故事。1855 年，他发表《海华沙之歌》，运用芬兰民歌韵律颂扬印第安人的传说。他的《迈尔斯·史坦迪什求婚记》及《路边客店故事集》分别于 1858 年及 1863 年问世，后者在体例上和薄伽丘（Giovanni Boccacio, 1313—1375）的《十日谈》及乔叟（Geoffrey Chaucer, 1340—1400）的《坎特伯雷故事集》有明显的相似之处。朗费罗一生写过多首十四行诗、抒情诗，并以此而著称。此外，他还编译《欧洲诗人与诗歌》，把欧洲文学的精华介绍到美国；编写各国文学课本，做了大量翻译工作。晚年曾悉力翻译但丁（Dante Alighieri, 1265—1321）的《神曲》，并参加大型诗歌集的选编工作。他一生在平静和富裕中度过。最后一次赴欧洲访问，受到英国维多利亚女王的接见。在全国庆祝他的 75 岁诞辰之后不久，他与世长辞，英国威斯敏斯特教堂为他的墓碑举行了揭幕仪式。

　　朗费罗为他的世界带来了生的快乐和勇气，他的诗充满了一种乐观向上的精神。他生活在美国蓬勃向上的发展时代，坚韧不拔、知难勇进成为他诗作的主旋律，很有同代英国诗人勃朗宁（Robe Browning, 1812—1889）的热情和乐观情绪。《人生礼赞》堪称他在这方面的代表作。诗写成于 1838 年，副标题为"青年人的心对歌者说的话"。诗里说，人生不是一场幻梦，人要有英雄气概，要不断地进取和追求，哲理性强，语言浅易轻灵而富于情韵，因而具有永恒的魅力。

　　朗费罗的诗能给予人们一种肯定的信念，人们需要他的十四行诗《造物主》中所表达的那种肯定态度：造物主是可信赖的。《乡村铁匠》讴歌一位虔诚纯朴的劳动者实在而快乐的生活。诗人对生活、对人、对世界充满了爱，因此能够写出充满爱的动人心弦的诗篇。19 世纪的美国，在许多意义上讲，也是一个混乱的时代。政治、宗教信仰和经济领域都表现出潜伏的危机，人们处于一种思想混乱的状态,期望有人能给他们以慰藉和生气,给他们指出方向。朗费罗的诗作适应了人们的这种心理需要,因而成为他的时代声望最高的诗人之一。

朗费罗的长诗《伊凡吉琳》《迈尔斯·史坦迪什求婚记》及《海华沙之歌》花费了诗人不少心血和精力,从内容到形式都集诗人成就之大成。这些诗作都取材于美国的历史和生活。《伊凡吉琳》咏颂坚贞的爱情,取材于美国独立革命时期。《迈尔斯·史坦迪什求婚记》歌颂纯真的友谊和爱情,取材于美国殖民早期历史。朗费罗在诗歌创作上的壮举是《海华沙之歌》,这是美国文学史上描写印第安人的第一首长诗。这首诗共 22 章,洋洋十余万言,以细腻、翔实、富于想象的诗笔描述和记录了印第安人的历史、风俗、社会文化状貌和传统,表现了这个民族崇高的性格、勇敢和勤劳的品质,以及他们对理想的执着追求、对未来的美好憧憬。其中《海华沙的童年》章把原始印第安人与大自然的和谐一致表达得淋漓尽致。诗的结尾两章,《白人的足迹》及《海华沙的离去》,表现出一种新旧交替的悲壮和哀伤,也表现出诗人为历史申辩的局限。当然《海华沙之歌》自始至终透露出诗人对印第安人的强烈同情。朗费罗的其他诗篇,也同样表现出他的同情心与正义感。比如他的反蓄奴制的一组诗歌《奴役篇》,诉说了黑人受压迫的"血腥故事"。《奴役篇》共 7 首,其中最闻名的一首是《奴隶的梦》。他通过描述一个沦为奴隶的非洲部落的国王倒在田间、回忆昔日自由生活的梦境,抨击蓄奴制的罪恶,表达黑人对自由的向往。诗人对生活在饥寒交迫中的劳苦大众也饱含同情,他的《挑战》诗作,有时会令人想起杜甫"朱门酒肉臭,路有冻死骨"的著名诗句。

# 第四节　紧跟欧洲戏剧步伐的民族戏剧

　　美国于 1776 年宣布独立以前并未有独立风格的民族戏剧。从整体上来看,美国文学落后于欧洲,步欧洲后尘,对欧洲文学,特别是英国文学进行模仿是美国文学艺术的一个重要特征。落后于小说和诗歌的美国戏剧自然更是如此。在欧洲移民纷至沓来的时期,大都是欧洲剧团来北美洲演出,后来才有了当地剧团,上演欧洲剧目。又过了很长时间,当地有人开始模仿欧洲剧作家创作剧本,无论是写作题材和主题,还是艺术风格都缺乏独创性。随着戏剧活动的增多,戏剧创作实践经验的积累,特别是随着美国民族意识的逐渐形成,一些当地剧作家开始从模仿欧洲转向独创,逐渐形成自己的风格特点。首先,他们开始写当地题材和主题,特别是在独立战争期间,他们把戏剧当作一种政治武器,看作讴歌新独立国家的一种手段,写爱国题材和主题成了一种时髦,以反映时代的政治、社会和历史状况。其次,他们开始塑造当地人物形象,如美国佬、黑人和印第安人等,让他们登上戏剧舞台,成为重要角色,占领美国戏剧舞台。虽然这三类人从种族、阶级背景、社会地位等方面看差异很大,但他们在当时都有寻觅自由的强烈愿望。最后,美国风格的剧作逐渐增多起来,美国自己的剧作家队伍逐渐壮大。到了 18 世纪末叶,美国的民族戏剧已渐成雏形。

　　爱国主义是早期美国戏剧中的一个重要主题,写这类主题的剧作很少失败。约翰·戴利·伯克(John Daly Bukg,1776—1808)是为此类戏剧做出贡献的一位重要剧作家。他出生于爱尔兰,于 1796 年来到波士顿,后来又到纽约市和弗吉尼亚工作,从事文学和戏剧活动。他性格比较古怪,固执己见,不幸于 1808 年 4 月 10 日在一次因政治观点分歧而引起的决斗中丧命。约翰·戴利·伯克创作的《邦克山》又名《沃伦将军之死》,于 1797 年 2 月

17 日在波士顿海马克特剧院上演。它是一部历史悲剧,分五幕十二场,尽管评论家称它是一部"糟糕透顶的剧作",但演出却十分成功,主要是因为剧中充满了对爱国主义的热忱。剧本讴歌了中心人物沃伦将军高尚的爱国情操,他赞扬了美国的事业,抨击了英国的劣行。他的另一部剧作《女性的爱国主义》于 1798 年 4 月 13 日在纽约公园剧院上演,虽然是一出历史剧,但也表达了作者对美国独立战争事业的诚心支持。

从 1800 年至南北战争之间的半个多世纪里,美国戏剧处于平稳发展的阶段,也是美国戏剧发展史上的一个薄弱环节。同时期的美国小说和诗歌尽力挣脱和冲破欧洲文学,特别是英国文学的樊篱,在浪漫主义文学运动发展的潮流中,取得了显著的进步。但美国戏剧却恰恰相反,有紧步欧洲戏剧,特别是英国戏剧的后尘之趋势。这其中的缘由,一方面因为美国建国不久,许多演员和剧院热衷上演欧洲戏剧,这样对他们更有利,成名快,赚钱多,这自然就冷落了刚刚崛起、羽毛未丰的美国民族戏剧。另一方面,在当时的美国,做职业剧作家是非常困难的,因为靠戏剧创作无法维持生活。这种种原因无疑构成了美国戏剧难以迅速发展的障碍。

19 世纪 30—50 年代期间,美国戏剧继续沿着佩恩等人开拓的传奇剧模式发展,深受盛行欧洲和美国的浪漫主义文学运动的影响。美国佬、黑人和印第安人是当地美国人的主要组成部分,因而在剧中出现的次数日益增多,也就不足为奇了。渴望得到彻底自由的共同愿望把各类不同的当地人物联系在一起。美国佬不仅希望彻底脱离英国的统治,而且殷切地希望摆脱英国的精神和文化桎梏;黑人希望挣脱套在他们头上的一切枷锁;印第安人希望摆脱英国人的控制。这三类人物从不同的侧面反映了美国当时的社会生活概况,跟稍后登场的爱尔兰人和通常以商人形象出现在舞台上的犹太人一起,逐渐发展成为定型人物,成为美国现代戏剧人物的雏形。

南北战争以前的美国戏剧成就跟小说和诗歌不能相提并论,

因为这个时期已经涌现了一大批颇负盛名的散文家、小说家和诗人，像欧文、朗费罗、霍尔姆斯、霍桑、梅尔维尔等人都已是成就斐然，没有哪一位戏剧家在文学史上的地位能跟他们比肩。但人们不应该忽视的是，从殖民地时期到南北战争这一段时间里，美国戏剧经历了从萌芽到初具规模这一历史进程，有了自己的剧作家，写当地题材和主题，塑造当地人物形象，有的作品像《时髦》等已经引起了世界剧坛的注目。整体来看，他们的作品成就没有超出欧洲戏剧传统，但在戏剧演出方面却有独创。例如，白人化装成黑人演戏，船上演出等，都是美国特有的，在西方戏剧界是独树一帜的，这是美国对世界戏剧的贡献。南北战争以后的50年间，美国浪漫主义戏剧的影响力逐渐减弱。

# 第四章　超验主义文学运动影响下的美国文学

美国社会的发展,哺育了"一个伟大民族的文学"①。年轻的美国在谋求政治、经济等方面独立的同时,也加速了文化方面的背离。19 世纪 30 年代,美国国内的民主空气不断高涨,作为一场思想解放运动的超验主义随之兴起。它主张人能超越感觉和理性而直接认识真理,崇尚人的精神、自立和直觉,强调人的价值,反对权威,主张个性解放,一定程度上打破了神学和外国教条的束缚。它不仅对美国作家产生了不小的影响,并直接推动了美国浪漫主义文学向新英格兰超验主义迈进的步伐。

## 第一节　浪漫的超验主义运动

在美国历史上,1830 年至美国内战这一段时间往往被称为浪漫主义运动时期或超验主义运动时期。之所以有这两种称呼,是因为这一历史时期最著名的美国思想家,如拉尔夫·爱默生( Ralph Waldo Emerson,1803—1882 )、亨利·戴维·梭罗( Henry David Thoreau,1817—1862 )等,大多是集文学家身份和哲学家身份于一身的思想家。从文学方面来讲,他们像欧洲国家的浪漫主义作家一样,用生动的文学语言描写大自然这一永恒的主题,酣畅淋漓地表现人类对大自然无法改变的向往和热爱;从哲学方面来说,他们则像欧洲国家的超验主义哲学家一样,用哲学思辨的方式深入探讨人和自然之间的关系,试图揭示人的意志、主

---

① 杜明甫.传承与嬗变——美国浪漫主义文学浅说 [J].青年文学家,2009 ( 1 ).

观能动性与自然规律相互影响、相互作用的深刻哲理。由于这两个方面同属于一个思想过程,即文学上的浪漫主义和哲学上的超验主义融为一体,相关思想家的思想显得更加引人注目,更加引人入胜。因此,也有人将其称为浪漫的新英格兰超验主义运动。

超验主义作为 19 世纪 30—60 年代兴起于美国新英格兰的文学和思想运动,其直接的动力是对加尔文教正统思想和功利主义理性精神的反叛。新英格兰地区是美国的诞生地,那些漂洋过海到达北美大陆的清教徒首先踏上的土地就是新英格兰,他们在这一地区开辟殖民地,传播他们的清教主义思想,开创了美国最早的思想传统。19 世纪 30 年代,新英格兰正经历着深刻的宗教和思想变化,加尔文清教主义已被自由的唯一神教所取代,而唯一神教所散发出的浓重的理性味道到 19 世纪初叶又开始制约有识之士的思想。物质主义的猖獗,拜金主义的放恣,令头脑敏感的新英格兰人十分担忧。这些人于是聚集在一起,组成非正式的“超验主义俱乐部”,讨论文学、哲学及国家生活的形势和趋向。他们发表观点,出版《日轨》向世人宣传他们的主张。俱乐部成员约有三十几个男人,一两个女人,多为教师或牧师,其中著名者有爱默生、梭罗、布朗森·阿尔科特(Bronson Alcott,1799—1888)及玛格丽特·富勒(Margaret Fuller,1810—1850)等人。他们针砭波士顿人的发家致富,抨弹唯一神论的冰冷、古板的理性主义。

在此过程中,这些超验主义者深受德国哲学家伊曼努尔·康德(Immanuel Kant,1724—1804)、弗里德里希·威廉姆·约瑟夫·谢林(Friedrich Wilhelm Joseph von Schelling,1775—1854)、约翰·戈特利布·费希特(Johann Gottlieb Fichte,1762—1814)的唯心主义思想的影响,并以康德的“超验主义”为思想基础发展起来。康德在《纯粹理性批判》中用“超验的”这一词语来说明知识的来源和范围。在康德看来,关于经验世界的知识有必要建立在超验的原则基础之上。超验的知识即限于一切经验的知识,而获取知识的必要原则本身是超验的。美国超验主义者也认为人认识一定对象的方式是超验的,但他们试图辨明这种“方式”

到底是什么。换言之,美国超验主义者所说的超验主义是指一种新视角或一种看待事物的新方式——它不是建立在人的感觉基础上,而是"超验"地存在于人的思想或意识里。在美国超验主义者的视界,人内在拥有的纯粹的、自发的意识变成了人的注意力的中心、真理的源泉和德性的基础。

美国超验主义者深受康德哲学及后康德哲学的影响,相信人类对自然的认识是通过感觉的能力而成为可能的。这些感觉接着再根据空间、时间、原因、结果、数量和连续性等概念进行分类;当这种分类概念出现时,我们便完全领会了自己的感觉。因此他们认为,既然精神活动始于"感觉"而非"事物本身",那么,我们就永远不可能获得绝对的理解力。感觉无论在多大的程度上都不能把我们引向对上帝的认识。然而,了解神性方面的知识却是可能的,因为我们可以"超越"这些常用的感觉渠道,凭借精神的直觉能力来获取这种知识。他们声称有关感觉世界的所有知识都不能够解释道德规律的存在,并且认为这样的认识是直觉的认识。随着时间的推移,超验主义的思想在美国的影响越来越大,并在思想领域逐渐跃居统治地位,它的主要倡导人如爱默生则成为精神生活中举足轻重的"圣人","超验主义"便被人们作为正面的事物接受了。

此外,新英格兰超验主义者也深受欧洲浪漫主义文学家的影响,英国的浪漫主义诗人塞缪尔·泰勒·柯勒律治(Samuel Taylor Coleridge,1772—1834)、威廉·华兹华斯(William Wordsworth,1770—1850)等对他们的影响更是显而易见。在这些欧洲浪漫主义诗人的影响下,新英格兰超验主义者首先产生了创作美国本土诗歌、散文的冲动。与此同时,他们要求进一步把人从严格的基督教限制中解放出来。之前的启蒙思想家已经在追求宗教的自由方面取得了许多实效,但他们是通过强调贬神论或宗教的理性基础来争取宗教自由的。对于超验主义者来说,启蒙思想家的做法缺乏人本主义精神,不足以鼓舞人心。他们需要的不是对已有的观念、信念和机构进行改良或重建,而是一种新的视野、一种新的自发灵感,他们可以使人从内心深处对伦理学、宗教和自然产生一种"忠诚"。这样一来,自我认识、灵感或知觉就成了超验主义伦理思想的主旋律。人追求"优秀"或"德性"并不是出于服从某种外在的规范或制度的目的,而是为了体现其自身的整体性或完整性。

　　总之,新英格兰超验主义是在多种因素的共同作用下形成的,它的主要思想观点有三。首先,超验主义者强调精神或超灵,在他们看来,精神或超灵是宇宙间十分重要的一个存在因素,它们是一种无所不在、无所不包,且具有一定的扬善抑恶的作用。显然,这是一种新世界观,是对18世纪认为世界只由物质组成的机械宇宙观的反对,是对迅速机械化的资本主义美国的前进方向、对国人沉湎于积财致富而忽略精神生活的世风的一种反对。其次,超验主义者强调个人的重要性,认为个人是社会重要的组成因素,是推动社会革新的重要力量。也因为如此,它们提出,生存于社会中的个体的首要任务便是不断进行自我完善,而非社会上所提倡的追求个人财富的积累。显然这种关于人及其重要性的新观点反映出对人的新评价。它是对认为人的罪孽源于亚当,已彻底堕落,只能通过上帝的慈悲,灵魂才能得拯的加尔文宗观点的一种反对。另外,这一观点也是对处于资本主义发展上升阶段的美国,已开始把人变成机器,变成千人一面的机械部件,变成没有独立人格的人的非人格化现象的一种映射。超验主义者清楚地看到了这一进程,通过强调人的重要性,希冀世人能认识到恢复业已失去的人格的意义。最后,超验主义者认为在自然界中,除了物质,上帝的精神充溢其中,它是超灵的外衣。因此,它对人的思想具有一种健康的滋补作用。超验主义者主张人回归自然,接受它的影响,以在精神上成为完人。这种观点的自然的内涵是,自然界万物具有象征性,外部世界是精神世界的体现。这在客观上又加强了美国文学中的象征主义传统。

　　在美国哲学历史上,如果说清教主义主要是一次宗教运动,启蒙运动主要是一次社会政治运动,那么超验主义运动无疑是一次以个人主义和道德诉求为核心内容的思想运动。从伦理学角度来看,清教主义伦理思想强调人对上帝的义务;启蒙伦理思想则强调人对同胞的道德义务。与这两种伦理思想形成对照的是,美国的超验主义伦理思想试图使人超越一切形式的"依赖"和"中介",完全成为一种能够真正认识自我和保持自我本质的存在。美国的超验主义伦理思想建立在一种浪漫的唯心主义哲学基础之上——它的主要立场是通过富有浪漫主义色彩的文学形式表达出来的,而不是通过神学、政治学或哲学的形式表达出来的。

为了获得适当的视角,美国的超验主义者有时不得不从现实世界"隐退"。他们的"隐退"主要是通过追求意识或思想的"自立"来实现的。他们试图通过这种"隐退"更好、更深地认识世界,从而建构他们的道德理论和美学理论。他们把这两种理论有机地整合起来,强调美、善的创造和欣赏必须同时进行,并在此基础上将两个鲜明的主题即"自立性"和"自然"贯穿于他们的所有著作之中。爱默生大肆赞美大自然之美,并从变化莫测而又常变常新的大自然中获取无限的灵感,而梭罗则对大自然的美学价值,尤其是对大自然以它的野性赋予人的感官价值赞誉有加。

在清教伦理思想流行的时代,人存在的意义和价值只能从宗教信仰中得到解释。在启蒙伦理思想盛行的时代,人的自然权利得到了空前的张扬,但人的物质欲望也因此而被极大地刺激出来。在爱默生等超验主义者登上美国历史舞台的时候,美国的工业文明机器已经在不断加速生产物质财富,而美国人也在越来越多的物质财富面前变得越来越世俗化,这在美国的超验主义者看来是人不断庸俗化的表现,是人不断远离自然的做法,因而他们极力主张张扬精神生活的意义和价值。他们试图用高尚的精神拯救日益庸俗化的美国人。

美国超验主义者对美国传统中的人、自然、自由、民主等概念进行了富有想象力的阐述和解释。在他们之前,美国的思想传统不仅几乎完全建立在欧洲思想模式的基础上,而且很少对外来的思想进行诗学的或美学的反思和解释。清教伦理极端强调基督教《圣经》的权威性和常识的作用,而启蒙思想家则强调理性的作用。它们都没有试图去定义人、自然、自由、民主这些至关重要的概念。虽然美国超验主义者的思想仍然具有显而易见的"欧洲"痕迹,但是一种寻求思想自立的冲动已经变得清晰可见。爱默生等人试图通过诗学或美学的方式来反思和解释人、自然、自由、民主的真正含义。他们努力凭借诗的直觉或美的直觉从根本上树立人本身在世界上的权威和价值。他们主张人应该热情地亲近其周围的世界,特别是周围的自然存在物,反对人以冷漠的态度将其自身与周围世界隔离开来。在他们看来,人与他们所看见或关心的事物密切相关;或者说,人是他们所看见的事物或所关心的事物的组成部分。

　　倡导"回归自然"是一切浪漫主义文学家的思想倾向,美国的超验主义者也不例外。他们都把大自然视为人类的"导师",相信它可以给人以启迪和教诲。他们强调人的精神作用和直觉的意义,认为自然界充满灵性,人应回归大自然;认为世界为人而存在,人的潜力无限,能推动世界进步;提倡人人平等、个性自由,拥护民主政治,追求理想社会;由此吹响了美国精神独立的号角。但超验主义以唯心主义为基础,具有浓厚的宗教色彩。超验主义开启了美国文学的繁荣,被称为"美国文艺复兴"。

　　这里需要指出的是,美国超验主义者对大自然的热爱最终演变成了一种泛神论。他们提倡的泛神论是对自然价值的过分夸张。人类自产生之日起就一直与大自然发生着非常紧密的日常联系。对于人类来说,自然从来都是一个集"善"与"恶"于一身的形象。人类文明是人类与大自然不断打交道的结果。在此过程中,人类亲近自然和改造自然从来都是同时进行的两个过程。文明化程度越来越高的人类不可能仅仅通过亲近自然的方式生存和发展,他们必然会不断地改造自然,以改善自身的生存条件。如果将大自然泛神化,不仅人类改造自然的必要性会遭到根本性否定,而且人与自然之间的道德关系也会遭到严重质疑。人类亲近自然固然是一种美德,而人类适当地改造自然当然也是一种美德。即使到了普遍弘扬"可持续发展观"的今天,人类改造自然以获取生存资源的活动和行为也没有被看成是一种绝对的"恶"。

## 第二节　超验主义改革的灵魂——拉尔夫·爱默生

拉尔夫·爱默生(Ralph Waldo Emerson,1803—1882)一生坚持不懈地寻求真理,倡导民主、民族文化思想,宣传自主自立的个性解放思想,联络进步民主人士,扶植创立新文化的仁人志士,为以后美国浪漫主义新文化的发展奠定了理论基础并培养了力量。他的文化战士的作用曾遭到当时神学卫道士的诋毁。当时美国总统亚当把他看成是"狂热的、虚幻的怪物"。但是,他所领导的超验主义文化运动已被历史和后来者证明为进步的文化思想运动,从规模和内容上可以看作是美国的文艺复兴。

爱默生生于美国波士顿,1826年进入哈佛神学院学习,次年被获准讲道。1828年成为波士顿第二教堂牧师,属于当时在新英格兰居优势的唯一神教派。后因不赞成这一教派的某些教义,放弃神职,于1833年赴欧游历。爱默生在欧洲各国游历时,结识了浪漫主义诗人华兹华斯、柯勒律治、散文家和历史学家卡莱尔等人,获得了不少激励。浪漫主义先驱华兹华斯和柯勒律治对他后来的思想发展产生了重要的影响,爱默生接受了他们的先验论思想,对他自己思想体系的形成产生了一定的助益。他与卡莱尔也结下了终生的友谊,几十年间翰墨往来不断。在巴黎参观自然博物馆时,他突然萌发一种看法:人与自然之间有着种种神秘的关系。这是他后来日渐成熟的超验主义思想的发端,主张超验主义者认为人与自然存在精神上的对应关系。

爱默生从欧洲回国之后定居康考德,无固定职业,成为康考德一带无教职的义务布道者、演说家,同时开始写作。在演说中,他显示出超群的讲演才识。爱默生年少时就敬慕美国著名演说家爱德华艾弗雷特,从他那里学到了雄辩的气势和咄咄逼人的语调。他讲演时,言辞流畅生动,洗练而含蓄,华丽而不轻浮,有着很大的感染力。虽然爱默生生性羞怯,使人看上去有点死沉,缺乏活力,但他娴熟的演讲技巧和充满新精神的演讲词赢得了许多听众。

与此同时,19世纪30年代美国社会思想动荡。对金钱的崇拜、对物质的贪欲在一些人的思想上产生了反作用,推动了一些人,特别是青年人做思想上新的探索,追求一种新的精神价值。在这种社会背景下,爱默生思想日臻成熟。1836年他发表了阐述超验主义观点的第一篇重要作品《论自然》。(他指出:"我们的先辈正视神和自然界。而我们现在却要通过他们的眼睛。为什么不可以跟宇宙建立起一种更直接的关系呢? 为什么不能凭直觉而不是依靠传统的诗歌与哲学呢? 我们需要一种能直接启示我们的宗教而不是对他人的启示录……我们何必在历史的故堆中搜索……这里有新的土地、新的人、新的思想。我们要求有我们自己的工作、自己的法规和自己的宗教。"[①])这种观点的提出实际上是宣布了新大陆的精神独立。《论自然》还吸收了欧洲浪漫主义运动的精神养料,在论述自然本质时大胆提出:"每一种自然现象都是某种精神现象的象征物……在自然界的背后,浸透在自然界里的是一种精神的存在。"[②]爱默生的这些基本观点在后来的散文中得到了详尽的发挥。这些观点给予加尔文机械定命论的思想统治以强有力的冲击。

由于推崇精神至高无上,爱默生的思想学说被贴上了超验主义的标签。与此同时,爱默生和其他几位超验主义者共同创办的小型综合性文艺刊物《日晷》,也为超验主义思想的传播和超验主义文学作品的发表提供了重要平台,爱默生也因此成为美国超验主义思想传播的领头人物。

爱默生的超验主义思想体系包含着丰富的内容,涉及他的自然观、社会观、宗教观和文艺观等方面。

① 赵纬.论爱默生《论自助》中的超验主义[J].北京科技大学学报(社会版),2000(2).
② 陈凯.绿色的视野——谈梭罗的自然观[J].外国文学研究,2004(4).

在爱默生以前,自然界在追逐物质利益的殖民者眼里只是有实用价值的开发对象和财源,是神创造的、由一部分人用来支配另一部分人的工具。而在爱默生的眼中,自然界本身就是神对人的启示。"自然界就是思想的化身,又转化为思想……每一种存在物都时刻在教育着人们,因为一切存在形式都注入了智慧。"①这也就是说,人只需向自然界直接请教就可以得到指导自己行动的真理。自然界不仅向人们显示其自身的物质规律,而且还能启示道德真理。他说:"道德法则安居于自然界的中心,光芒四射。"②爱默生用这种新的、浪漫主义的眼光看待自然界,一方面抨击了美国当时物质文明给社会带来的精神道德上的某些灾难,要人们撇开对自然界实际价值的无限追求,捕捉其灵性;另一方面,否认了教会势力的神权地位,用自然界的启示代替神的启示,把人从神的精神统治下解放出来,是对神学思想统治的打击。

爱默生认为整个自然界,包括人在内,终极时都是要和谐归一的。他称这个终极的一体为"超灵"。宗教是个体的灵魂同这个"超灵"之间的感情交流。他认为人的存在就是神的存在的一部分。因为,在接受自然的启示时,不需要理性的助力,当然就更谈不上教会的权威,单凭直觉就可以掌握真理。这种推崇人的至高无上的思想是同长期萦绕在人们头脑中的加尔文教"人性恶"和"定命论"的思想对立的。爱默生始终把希望寄托于人的智慧和力量,他以对人的赞美代替了对神的膜拜,为美国思想文化界吹来一阵清新的春风。这也是为什么有人说爱默生是"泛神论者""无神论者"的原因。

爱默生的超验主义思想在反对宗教愚昧的同时,大力倡导发扬个性,推崇精神万能,实际上代表了浪漫主义对以金钱为中心的资本主义物质文明的否定。爱默生主张人们不要为了沉湎于物质而丢掉美、真理、艺术、诗歌……他对资本主义生产可能造成

---

① 卢晓白.爱默生超验主义思想对惠特曼的影响[J].外国文学研究,2009(4).
② 张云岗.爱默生超验主义思想的文本分析[J].石家庄铁道大学学报(社会科学版),2012(4).

的危害也十分忧虑,批判泛滥一时的拜金主义。他还指出,资本主义破坏人的全面发展,使人"蜕变为物件、各种各样的物件——神甫蜕变成一个空架子,律师蜕变成一部法典,机匠蜕变成一台机器……"[①] 爱默生这种器重人的精神价值的思想在美国后来许许多多作家创作中得到了发扬。崇尚精神价值、鄙夷物质追求成为美国文学史中富有社会责任感的作家们在作品中长期表现的主题。

爱默生虽然没有提出过明确的社会政治主张,但他的超验主义思想中的民主、民族思想倾向是非常鲜明的。他主张社会改革,认为改革虽然是令人不安的,但也是必要的。他支持当时美国社会发生的一些重大改革运动。在蓄奴制的问题上,坚决站在废奴派一边。南北战争时期,为庆祝黑奴解放宣言的颁布,他写了著名的《波士顿颂》,以诗歌形式为黑人的平等权利发出呼吁。爱默生十分憎恶"暴政",而又以宗教般的虔诚拥戴民主制度。他认为人类是平等的,"神"或"上帝"既不是只存在于某些人的头脑中,也不是存在于那些经过"推选"的特定的人的头脑里,而是在所有人的头脑中。他所赞誉和追求的是人性解放,恢复被现代美国社会所歪曲和桎梏起来的"超灵"境界。

爱默生的观点虽然从唯心主义出发,主张内省式的体察自然界的启示,甚至还保存了不少神秘主义的色彩,但绝不是消极地逃避现实。相反,从其实际作用来看,爱默生所主张的是以一种迂回的方式积极入世,重新认识自己和认识自然以及这两者的关系,这在当时神学统治和拜金思想统治下的美国社会是有积极意义的。贯穿于爱默生超验主义思想中的打倒权威、解放个性的思想就是当时伴随资本主义的发展而首先在东部沿海地区出现的思想解放运动的呼声。爱默生竭力崇尚的"自我"也正是资产阶级民主制度的思想基础。爱默生自己就说过:"民主主义的根基

---

① 张云岗.爱默生超验主义思想的文本分析[J].石家庄铁道大学学报(社会科学版),
2012(4).

和种子就是'相信自己,尊重自己'的学说。"① 可以说,他的学说就是政治上的民主主义思想在哲学上的反映。同样,爱默生的自然观也有它的现实意义和社会作用。爱默生从自然界即神启的学说引出的结论就是人必须积极认识自己和掌握自然界。这种理论正好为当时兴旺发达的资本主义生产和科学技术的发展大造舆论。此外,爱默生关于道德法则与自然法则对立的论点,破除了宗教戒律的约束,提倡一种在人与人的关系中更合乎理性的道德规范。总之,爱默生的超验主义理论概括了时代精神,在整个美国浪漫主义文学运动中留下了深深的印记,占据着重要的历史地位。

爱默生的超验主义哲学思想及其才华横溢的散文使其在美国文学中占有独特的地位。他的主要散文作品有《论自然》《论自助》《神学院献辞》等,基本观点主要有如下内容。

第一,高度重视人的自身价值。爱默生汲取康德先验论和欧洲浪漫主义理论家的思想材料,提出人凭直觉可以认识真理,因而在一定范围内人就是上帝。他说:"人就是一切,自然界的全部法则就在你自身。"② 因此,人的精神可以超越经验世界,无需依赖教会的权威,单凭直觉就可以接近真理,掌握真理。

第二,建立民族文学。爱默生倡导用独创精神,创建富于本土意识的文化,而不是亦步亦趋欧洲文化。1837 年 8 月 31 日,他在剑桥镇对全美大学生荣誉协会发表的演说《美国学者》中指出:"我们依赖旁人的日子,我们学习他国的长期学徒时代即将结束。我们周围,数百万计的青年正冲向生活,他们不能总是依赖外国学识的残羹来获得营养。"③ 他在该文中还进一步阐明创建美利坚独立文学的思想,呼吁美国作家描写新大陆发生的一切,将自己的作品根植于新大陆:(这里)"出现了一些必须受到歌颂

---

① 赵纬.论爱默生《论自助》中的超验主义[J].北京科技大学学报(社会版),2000(2).
② 苏福忠.将精神与物质融入诗中——爱默生的两首名诗赏析[J].名作欣赏,2001(3).
③ 刘保安.诗人爱默生:继承与开拓[J].河南财政税务高等专科学校学报,2009(5).

的事件与行动,它们也会歌颂自身。"① 爱默生特别强调诗人在建立民族文学中的作用,因为诗人感受力敏锐,更容易进入对象的本质,发掘美的事物。

第三,崇尚自然。爱默生的自然观在某种意义上比欧洲浪漫主义"回归自然"的口号更进了一步。他认为自然不仅是物质,也是精神法则的存在中心,它不仅向人们揭开物质规律,而且还能启示道德真理。

可以看出,爱默生超验主义理论的核心是以人为本,尊崇自然,建立具有民族特色的美国文学。它充分肯定了人类自身的智慧和力量,以对人和自然的赞美,代替了对神的膜拜,对于冲破长期禁锢人们头脑的"定论命""人性恶"等加尔文教的桎梏,无疑是具有积极意义的。另外,这类将精神世界置于首位的理论虽然从根本上说是唯心主义的,甚至保存了不少神秘色彩,但是它绝不是在消极地逃避现实,相反,在当时的社会条件下它是明显起了历史进步作用的,如打倒权威、解放个性的思想,就是伴随资本主义发展而产生的时代呼声。正因为如此,超验主义运动在文学史上有"美国文学复兴"之称。爱默生同时代和其后的一大批浪漫主义作家,如梭罗、霍桑等,都是在这一文学思潮的影响下进行创作的。

除了散文作品之外,爱默生的诗歌如同他的哲学思想、优美的散文一样迸发出警句哲理,闪烁着智慧之花。他的诗歌语言凝炼生动,感情真挚,诗歌形式常常与内容统一。他的诗决不拘泥于形式,根据内容需要,有时韵律整齐,有时舒展自由。爱默生的诗一般短小精悍,诚如他所言:"诗不必很长,每一个词都曾是一首诗。"② 爱默生经常使用象征,他那富于象征意义的诗行使其诗作极具普遍性。他曾说过:"我们就是象征,我们就生活于象征之中。工人、工作、工具、词语和万事万物,这一切都是象征。……"③

---

① 刘保安.诗人爱默生:继承与开拓[J].河南财政税务高等专科学校学报,2009(5).
② 刘保安.诗人爱默生:继承与开拓[J].河南财政税务高等专科学校学报,2009(5).
③ 陈滋意.霍桑对爱默生超验主义的认同与批判[D].华东师范大学,2006.

诗人凭借着自己内在思想的感觉,赋予它们一种力量,使人们忘掉它们过去的用途,使每一个沉默和无生命的物体有了眼睛和舌头。

在诗歌创作中,爱默生既受到传统英诗的影响,又不为传统所束缚。他在继承传统的同时,对诗歌的形式、韵式尤其内容进行了不懈的开拓。从诗的内容看,他基本上扬弃了传统英诗中的爱情、家庭、自然、宗教的主题。即使以这些主题为诗,也会有所发展。长诗《悲悼》以传统的"家庭"为主题,描写失去儿子的痛苦,但在诗的后半部分,诗人则节哀自劝,孩子的离去是因为上帝的爱,既然孩子回归了上帝,也就不必过分伤心。他的自然诗不仅咏赞自然之美,更主要的是通过讴歌自然阐释他的超验主义思想,《日子》一诗便是如此。从诗的题目长度看,大多数诗的题目都很短,如《寓言》《音乐》《日子》仅有一个英文单词,《问题》《杜鹃花》仅有两个英文词。但是,他的诗也明显受到 17 世纪和 18 世纪英国诗歌的影响,即诗的题目较长,如《赞歌:为康科德纪念碑落成而吟,1836 年 4 月 19 日》一诗。从诗的形式看,一些诗深受传统英诗形式的影响,如《个别与全体》为四音步双行韵,《杜鹃花》为英雄双韵体。《赞歌:为康科德纪念碑落成而吟,1836 年 4 月 19 日》的韵律极为整齐,隔行押韵,每节四行,每行四音步。而有的诗如《风雪》则不押韵。

我们从爱默生的一些诗中可以看出诗人的艺术特色,如《赞歌:为康科德纪念碑落成而吟,1836 年 4 月 19 日》一诗很多方面都深受传统英诗的影响。首先,诗的韵律极为工整,隔行押韵,韵式为 abab, abab, cdcd, efef, ghgh。其次,从诗的形式看,这首诗共有四个诗节,每节四行,每行四音步。诗中也有传统英诗中的头韵和跨行韵。头韵如第一诗节第一诗行中的 by 与 bridge,第二诗节第一诗行中的 since、silence 与 slept,第二诗节第二诗行中的 silent sleeps,第二诗节第四诗行中的 stream 与 seaward,第三诗节第一诗行中的 soft stream,第三诗节第二诗行中的 set 与 stone,第三诗节第三诗行中的 memory 与 may,第三诗节第

四诗行中的 sires 与 sons 等。跨行韵如第二诗节第一诗行中的
silence 与第二诗节第二诗行中的 silent 和第二诗节第三诗行中
的 time,第三诗节第二诗行中的 today 与第三诗节第三诗行中的
may,第四诗节第二诗行中的 die 与第四诗节第三诗行中的 time
等等。从诗的题目来看,诗的题目比较长,不仅写明了为什么而
作的这首诗,而且写明了作诗的时间。但是,从诗中所表现的内
容看,爱默生使用的则不是传统英诗的主题,而是以美国为背景,
描写的内容是美国历史上所发生的真实事件。从诗的长度来看,
这首诗并不长,仅有四个诗节。

又如《音乐》一诗,爱默生在模仿传统英诗的同时,又有所
开拓。从诗的形式来看,这首诗共有三个诗节,每个诗节由六个
诗行组成,大多数的诗行为四音步,但也有个别诗行为三音步、
三个半音步、四个半音步。从诗的韵式来看,第一诗节的韵式为
aabcdc,而第二、三诗节中的前四行则隔行押韵,后两行押同韵。
由此看来,一些诗行的音步整齐,一些则参差不齐;一些诗行的
韵律极为规则,一些则显得无章无规。当然,这首诗的音乐效果
很强。可以说,诗人运用的是音乐性的语言来描写"音乐"这个
抽象的概念。诗中最明显的艺术手法是对句,第一诗节的三、四、
五诗行,第二诗节的一、二、三、四诗行,第三诗节的二、三、四诗行
都是运用对句的典范。诗中的头韵也举不胜举,如第一诗节第二
诗行中的 sky 与 still,第一诗节第五诗行中的 fair 与 foul,第二诗
节第六诗行的 something 与 sings,第三诗节第四诗行中的 smiles
与 showers,第三诗节第六诗行中的 something 与 sings 等。行内
韵也很多,特别是第三诗节第二诗行中的 cup 与 budding,第三诗
节第四诗行中的 bow 与 shower,第三诗节第五诗行中的 mud 与
scum 等。一些词的重复如 I 一词和 always 一词的多次再现等都
给这首诗带来了极强的音乐效果。

《音乐》用朴素的语言阐释了深刻的哲理。美妙的歌声笛音
常常唤起我们美好的思绪,使我们如痴如醉,使我们忘却烦恼和
忧伤,使我们对未来充满希望和信心。音乐这个美妙的词常使我

们把它与自然界和人世间的一切美好的东西联系在一起,它与丑陋和邪恶无缘。正因如此,诗人用玫瑰、飞鸟、彩虹、女子的歌、星星、新吐的花苞、知更鸟的歌、彩虹的阵雨等象征来暗示音乐之美。但是,诗人还认为"在最最阴暗卑贱的事物中,/也总有些东西会发出歌声"。"就在万物的垃圾和渣滓中,/也有些东西会发出歌声。"① 诗人似乎由此揭示了一个普遍真理,平凡中蕴含着伟大,简单中饱含着深邃。诗人在开篇写道:"我常听见出自空中的音乐:/一切古老的东西发着音响,/它也来自一切年轻的东西;/从一切正直和一切邪恶的,/响亮地送出一支欢乐的歌。"② 是啊!生活是多色的,歌声是多调的,音乐更是复杂多样的。年轻人有欢歌,老年人有壮歌,还有和平的歌,正义的歌以及邪恶的悲歌。从这个意义讲,这首小诗十分富于哲理。

## 第三节　漫游于原野的自然之子——亨利·戴维·梭罗

亨利·戴维·梭罗(Henry David Thoreau,1817—1862)是美国 19 世纪著名的超验主义文学家和自然保护主义思想家。他那独特清新的思想、大胆的实践、简洁流利的文笔使他成为美国文学史上占有独特地位的人物。

梭罗生于马萨诸塞州的康科德镇。父亲是一位小货商,制造和出售铅笔,家境并不宽裕。但他的母亲是个颇有雄心壮志的女人,决心送梭罗上大学。梭罗 16 岁进入哈佛大学,在大学后期读到爱默生刚刚发表的《论自然》,初步受到超验主义思想的影响。19 世纪 30 年代末梭罗回到家乡康科德镇,结识了爱默生,尊他为师,接受了他的超验主义学说,并开始为超验主义杂志《日晷》撰稿。1845 年,梭罗到瓦尔登湖畔动手造屋,同年 7 月 4 日美国独立日搬入居住。他在这里住了两年零两个月,完成了《河上一

---

① 刘保安.诗人爱默生:继承与开拓[J].河南财政税务高等专科学校学报,2009(5).
② 刘保安.诗人爱默生:继承与开拓[J].河南财政税务高等专科学校学报,2009(5).

周记》及《瓦尔登湖》两部著作。1854年后，梭罗的著作以纪实为主，内容偏重历史和科学。他关注国内一触即发的民族危机，关注民族统一的问题。这一时期他的札记里充满有关印第安人的数千件史实，以及他对康科德自然界物类及环境的观察记录。其间的主要作品有《科德角》《缅因森林》《漫步》。在这三部作品里，他感叹新英格兰诸地区内原始荒原的逐渐消失，对当时风靡全国的向西拓殖之说提出质疑。1860年后，梭罗的思想重心又重回大自然。当国家陷入内战时，他仔细观察康科德镇，寻觅和谐的征兆。在去世前，他曾拟写两篇论文——《野果》和《播种》，以表达这一主题，然而未能如愿。1862年，梭罗去世。

梭罗所处的时代正是资本主义在充满矛盾与斗争的社会环境中日趋发展的时代。"个性解放"和"自我完成"成为整个时代进步思想的先声。可是，这种理想的精神却为冷酷无情的社会现实所不容，现实是：人们为了无止境的物质享乐而拼命争夺，社会是一个巨大的金钱角逐场，这与先进的资产阶级思想家们所倡导的思想相对立，也与梭罗的思想格格不入。梭罗为了使人们充分认识自己生存的精神价值，提倡克制贪求物质享乐的欲望，号召人们不要做金钱的奴隶，提倡"按照自己的原则行动"，去发掘生存的真正意义。这就是他所宣扬并为之实践了近一生的"探索自我"的精神。

在梭罗看来，人同自然本来是和谐完美地交融在一起的，人在物质引诱面前才被从自然中争夺过去组成了现代社会，被捆绑在功利主义的物质利益的追求上，从而破坏了大自然的和谐与完美，颠倒了事物的固有秩序，玷污了人们的生存价值。只有摆脱尘世利禄的烦扰，回到大自然的怀抱，才能实现"自我完成"的个性解放。

梭罗的笔下流露出对资本主义工业文明的唾弃和对拜金主义者的贪婪无度的批判。他的许多文章的基本主题是通过对自然风光的细腻描写和对自己在大自然中的生活乐趣的渲染，让人们厌弃贪得无厌的"非生活""非人性"的东西。他曾多次颇有感触地说："为了挣钱,无论你干什么也只能是真正意义上的懒散,甚至比这还要坏。"① 现代资本主义的发展必然激发人们对物质的贪欲,梭罗对物质利益贪求的批判便不可避免地触及资本主义发展吃人的本质。铁路交通的发展曾代表当时美国物质文明的顶点。对于这个物质文明的标志,梭罗做了这样愤慨的描写:"我们并不是乘坐在铁路上,铁路倒是乘坐了我们。你难道没有想到,铁轨底下躺着那些长眠的人,每一个都是人,爱尔兰人,北方佬。铁轨就压在他们身上,上面铺了黄沙,列车平滑地驶过去⋯⋯"② 在资本主义的美国,物质文明恶性发展,人完全沦为金钱的奴隶。相比之下,梭罗超然于物质享乐之上的思想,令人感到清新、健康。

从文学创作历程上来看,梭罗创作的精华时间在 1840—1860 的二十年里。首先他由连载刊登的文章或完整出版的作品积攒了一定的知名度,尤其是他对自然的描写,更为他赢得了多方的赞美。梭罗也没有让赏识他的人失望,他的第一篇散文《马萨诸塞州的自然史》发表于 1842 年 7 月的《日晷》;1849 年,《康科德与梅里马克河上一周》印刷出版。然而,由于该书比较晦涩难懂,真正让梭罗名扬后世的作品是他在 1854 年出版的《瓦尔登湖》。在《瓦尔登湖》中,梭罗忠实地写出他所观察到的大自然风貌。在他的眼中,大自然是一个完整的全体,包括了四季变化、狂风暴雨等各种现象都呈现自然的真实性情。

梭罗的作品早期集中于诗歌及散文的创作,晚期亦以散文为主,此外还有他长期撰写的日记。《梭罗日记》与他的散文作品处于一种伴随的关系,又自成体系,因为不少他的创作蓝图来自于他的日记。此外,他还发表了一些演讲和翻译文章。而在诸多的作品中,《瓦尔登湖》是其最重要的作品。

《瓦尔登湖》是一部博大浑厚的文学作品,记载了从 1845—1847 年作者来到当时荒凉的瓦尔登湖边隐居,像一个原始人那样过着

---

① 宁倩.美国文学名家[M].哈尔滨:黑龙江人民出版社,1983:62.
② [美]梭罗著,张知遥译.瓦尔登湖[M].天津:天津教育出版社,2005:82.

简单的生活的故事。他想试试一个人的基本生活究竟能够简单到什么程度,想试试用自己的手能做些什么。在两年的时间里,瓦尔登湖不仅为梭罗提供了一个栖身之所,也为他提供了一种独特的精神氛围,让梭罗认识到"通过试验我至少学到了:如果一个人自信地向着梦想前进,并且努力去过自己设想的生活,就会取得通常情况下意想不到的成功"①。全书不仅文笔优美,而且蕴含深意,可以说是一个认真的灵魂思考者和写作者一生中不可错过的必读作品。

真正能以描写大自然而形成一个明确而独特文体结构的,在美国梭罗是当之无愧的第一人。《瓦尔登湖》中描述康科德的动植物的章节是最精彩的部分。美国有的书评家甚至这样奉劝其读者:"你一定要读《瓦尔登湖》,如果没有时间的话,你可以选择阅读描写自然界方面的部分。"②美的趣味最好在露天培养,再没有比自由地欣赏广阔的地平线更快活的事了。梭罗——一个"大自然的挚爱者"在书中和大自然融为一体,他就是大自然的一部分,我们也同样领略到书中自然描写带给人神清气爽的愉悦。

更多的人愿意把《瓦尔登湖》作为一部自力更生、简单生活的指南来读。因为梭罗经过实践发现,他能以二十八元一角二分来建立一个家,用二角二分钱来维持一周的生活。他以一年中六个星期的时间,去赚取一年的生活费用,剩余的四十六个星期,去做他喜欢做的事。读《瓦尔登湖》中梭罗的流水账就像读一首诗。他计算了自己造那间小木屋的支出,也计算了他在一段隐居期间的饮食费用及其他支出,得出了收支相抵后的差额,读这些看来枯燥的数字就像读一首诗。梭罗的手不仅拿笔,也拿斧子;梭罗的眼睛不仅看书,也看绿树、青草、落日和闪动着波光的湖水。他的脑子自然也在思考,是在接近思维之根的地方思考,在那里大概也埋着感觉之根、情感之根。也正因如此,《瓦尔登湖》在当时便具有了巨大的诱惑力,之后几年,梭罗的仿效者究竟有多少难

① [美]梭罗著,张知遥译.瓦尔登湖[M].天津:天津教育出版社,2005:87.
② 李细莲.与时光贴身而行——阅读《瓦尔登湖》的感悟[J].审计与理财,2016(9).

以计数,他们隐退林中,在瓦尔登湖畔建造茅舍,成为美国风行一时的时尚。

从作品所表达的思想感情来说,《瓦尔登湖》中两个内容并行发展,一曰大自然,一曰人,总体讲人应返璞归真,回归自然。梭罗是一个具有独立性格的人,他对名利极其淡泊,对世人争先恐后的发家致富行动很不以为然。于是他在周围凡夫俗子的一片喧嚣声中,悄悄独步。他在瓦尔登湖畔开荒种田,每年用六个星期的时间忙于生产自己生活的必需品,其余时间里,则随心所欲地做他认为应当做的崇高的事情,如读书、写作、欣赏自然、静观默想等,总之是真正地活着,真正地做人。从这个角度出发读《瓦尔登湖》便会发现,该书自首至尾讲的全是做人的道理。作者希冀找到一种新的生活方式,帮助人们从浑浑噩噩的生活中解脱出来。用他自己的比喻,就是他想做一只雄鸡,"金鸡一唱天下晓",把人们从梦中唤醒,开始真正的人的生活。

此外,梭罗在《瓦尔登湖》中还提出了修身的呼声。他在作品的第一篇《高级法则》中明确指出:"我们的生活自始至终惊人地充满是非曲直。善与恶之间的斗争一分钟也没有休止过。德是唯一可稳操胜券的投资。"[①]梭罗认为,人的本性由两部分组成,即高等的或精神的一面及低级的或兽性的一面,人应当悉心发展前者,克服后者。人们是知道自己的兽性的,高等次本性愈迟钝,兽性便愈嚣张。纯洁是人成熟的象征,所谓天才、英雄主义或圣贤等品格都是纯洁的果实。人的神性可以压倒兽性。梭罗在此章中引用《孟子·离娄章句下》第19章中一段话:"人之所以异于禽兽者几希,庶民去之,君子存之。"[②]孟子认为,失去德性的"妄人"无异于禽兽,因为在他的天性中兽性居上,人性居下。梭罗的《瓦尔登湖》,尤其是《高级法则》章所讲与此雷同。他不像某些现代评论家所说的那样,对人与兽之间的关系高谈阔论;他论述了人不应该忘却和失去人兽间仅存的一点差异。他看到世

---

① [美]梭罗著,张知遥译.瓦尔登湖[M].天津:天津教育出版社,2005:202.
② [美]梭罗著,张知遥译.瓦尔登湖[M].天津:天津教育出版社,2005:203.

人沉湎于追求金玉富贵、宁愿受名缰利锁的束勒、精神空虚得如行尸走肉,而感到忧心如焚。这又和两千余年前孟子的思想不谋而合。孟子也曾为世人"放其心而不知求"而感到忧伤。"放心"即"失去心灵"。这位中国圣人尖锐地指出,"人有鸡犬放,则知求之,有放心而不知求";因而,"学问之道无他,求其放心而已矣"。

　　此外,梭罗和爱默生一样,对"儿时的天真"津津乐道。"小儿的天真"是19世纪欧美浪漫主义思想的一个中心内容。梭罗认为,人们修身的根本目的在于恢复童稚的纯真。儿童对生活真谛的领悟力比成年人强。他在《瓦尔登湖》的第二篇《我居住过的地方,我的生活目的》一篇末尾说:"我一向感到遗憾的是,我不像降生时那样聪慧了。"①在第十二篇《与禽兽为邻》中,他又谈起"婴儿的纯真"。他本人一生保持了一颗赤子之心,因此他的一个传记家称他为"永恒的稚子"。这又不由得令人忆起孟子的"大人者,不失其赤子之心者也"的遗训。梭罗注重洁身自好。在瓦尔登湖畔居住期间,每日清晨必到湖中沐浴,很有去掉污朽、开始新生的意味。他要做到"日日新"。他主张人自省自助,人先正己,也便促进了社会和人类的进步。人心一旦息息相通,虽独居也不会感到寂寞。在第十八篇《结束语》中,他指出:"我相信把自我当作猎物的射猎活动来得更高尚些。"②他劝告人做周游内心世界的哥伦布,在自身的大西洋和太平洋上探险。让每个人都管理好自己,努力成为生来就应当做的人。归根结底,世界本身是以努力使自己完善起来的个人的意志为转移的。由个人意志而产生自尊,由自尊而开始修身,修身可导向再生、新生。

　　需要注意的是,梭罗对世人的批评虽然时有尖刻,但是他的字里行间却洋溢着一种坚定信念,相信人的天性纯洁,只要肯于付出努力,便可达到完美境界。《瓦尔登湖》一书的结构框架便是一个很好的佐证。它由夏到秋至冬,而经过严酷的冬寒之后,复

---

① ［美］梭罗著,张知遥译.瓦尔登湖［M］.天津:天津教育出版社,2005:92.
② ［美］梭罗著,张知遥译.瓦尔登湖［M］.天津:天津教育出版社,2005:292.

又回到万物复苏的春天:湖面隆隆作响,急欲融开;青蛙蹦跳,上鼠腾跃,松鼠唧唧,麻雀唧啾。整个宇宙似在解冻,处处一派生机。作家貌似写景,实则是以景状人。他把人手比作张开的棕榈叶,把耳朵比作地衣。在他眼中,嘴唇、鼻子、下巴和双颊,都在大自然中有相应物作比拟。梭罗之所以这么比喻,是因为他坚信,人体内含热能和神圣的种子,人虽可能堕落,但也能和大地死而复活一般,再生长出永恒的绿叶。

## 第四节 离经叛道的诗歌创作——沃尔特·惠特曼

沃尔特·惠特曼(Walt Whitman,1819—1892)是19世纪美国最杰出的民主诗人。他站在人民一边,用自己战斗的歌声和行动的呼号,宣传"自由土地,自由言论,自由劳动,自由人"[①]。他的《草叶集》像"那消耗不尽的力量的火焰"[②],像那嘹亮的号角和鼓声,鼓舞着人们前进。他和他的诗歌,过去与现在一直受到美国人民和全世界人民的欢迎和崇敬。

惠特曼出生在纽约附近的长岛,父亲是农民兼作木工。由于家境贫寒,惠特曼11岁时被迫辍学,独立谋生。他当过使童、信差、学徒、排字工人和乡村学校教师。1839年曾在家乡办过一种自己编辑、自己排字、自己印刷、自己发行、以农民为对象的小报,后来又到纽约当了印刷工人,并开始练习写作。由于他刻苦自学,博览群书,不断丰富自己的文化知识,锻炼和提高自己的写作才能,逐渐从一个只受过5年小学教育的工人成长为一个能够用笔作战的新闻工作者、作家和社会活动家。1848年,他因为在奴隶制和美墨战争问题上持反政府的激烈立场而被解除《布鲁克林之鹰报》的编辑职务,随即又受聘前往南方城市新奥尔良办报。在新奥尔良的时间虽然不长,却成为诗人生活和思想的一个重大转

---

① 刘翠湘.惠特曼的创作主体诗学思想[J].求索,2009(4).
② 刘翠湘.惠特曼的创作主体诗学思想[J].求索,2009(4).

折,因为在这里他亲眼看到南方蓄奴制的野蛮罪行。1849年,他在纽约担任民主党激进派办的《自由人报》的主笔,因与当权者政见不和,愤而辞去主笔职务回到家乡从事体力劳动。坎坷的生活经历使他能够更深刻地了解社会,并亲自体验劳动人民的生活和思想感情。南北战争爆发后,年已40余岁的惠特曼又以极大的热情,自愿到纽约、华盛顿等地的战地医院当义务看护。他亲自为伤员敷伤,为他们募捐,料理他们的生活,并为他们朗诵诗歌,从精神上鼓舞他们。内战结束后,他曾在内政部和司法部供职,然而由于当年在战争环境中过度辛劳,以致积劳成疾,终于1892年病逝。

惠特曼是一个土生土长的美国作家,他不崇拜古老的欧洲文明,全心全意为建立美国式的民主的文学而奋斗。因此他敢于"离经叛道",大胆创新,逐渐形成了自己特有的艺术风格。他在诗歌形式上一洗当时流行的委婉低回的感伤主义情调,打破了长期以来美国诗歌的因袭的形式,代之以热情澎湃、高昂、乐观、健康的旋律;并采用人民群众日常生活中常用的语汇,创造出一种"波涛滚滚"、舒卷自如的新韵律的"自由诗体",开创了美国一代诗风。这种诗摆脱传统的格律,用短句作为韵律的基础,比较接近口语和散文诗。诗人还大量采用重叠、排比、设问、比喻和象征等修辞手法,大大提高了诗歌的表现力。这种雄浑豪放,摇曳多姿的"自由诗体"是诗歌形式上的一次革命,对后世诗人的创作产生了深刻的影响,显示了美国浪漫主义诗歌的艺术魅力。

具体来看,在惠特曼之前,英美诗皆格律诗:每首诗有一定长度;或每节有一定长度(9行、4行等);每句诗有按轻重或重轻固定格式排列的音节;每行诗有规定数量的音步(音节重复数目);有固定的押韵方式(也有无韵诗)。历来不断有人做诗体改革,但也只是"诗体自由";而惠特曼作的是"自由诗体"。惠特曼虽也作过格律诗,如《啊,船长啊,我的船长!》,但他的绝大部分诗完全打破了传统格律诗的束缚,没有韵,没有格律,而接近口语和散文。他的诗句或很长,或很短,随表达思想和感情的需要而变化：诗句不以重音为单位组成音节，而是以思想、标点符号、停顿等为单位，形成节奏和旋律。他大量采用重叠诗句或曰"平行法"：两行或多行诗的思想类似，或语法结构相同，甚至词类相同。更常见的是多行诗甚至整首诗中，每一句诗的句首是同一个词、词类或同一个短句。这使惠特曼的诗给人以波涛滚滚、一泻千里之感。例如，《自我之歌》：

> 我信奉你，我的灵魂
> 但我的肉体绝不对你自惭形秽
>
> 同我在草地上游荡吧，放开你的喉咙
> 我喜欢静谧，喜欢你用适度的声音发出低吟
>
> 我记得我们曾如何躺在明澈夏日的早晨
> 你将头横跨我的大腿，温柔地在我身上扭动
> 分开我的胸衣，将你的舌头伸进我裸露的心
> 直到你抚摸我的毛发，直到你将我牢牢锁紧
>
> 倏地在我周身焕发扩散出一种安详和启示
> 足以超越人间一切争论
> 天地万物的核心是爱
> 无穷无尽的是田野里僵硬枯萎的树叶
> 是树叶下小孔里的棕蚁 [①]

从其创作历程上来看，惠特曼从 19 世纪 30 年代末到 90 年代初，写出了大量的作品，尤其是他的诗歌，为美国文学史增添了绚丽的光彩。惠特曼的创作大致分为三个时期。

早期创作包括 19 世纪 30 年代末到 40 年代的诗歌、中短篇小说和评论文章，以诗歌与评论为主。诗人较早的诗歌大多表现了诗人不满现实的思想情绪和消极感伤的主题。例如，诗人在《我

---

① 郑克鲁．外国文学简明教程 [M]．武汉：华中师范大学出版社，2001：126.

们终于要休息了》一诗中,悲叹人生乏味,只能在叹息声中传递出诗人的民主理想。19世纪40年代的最后几年,惠特曼的民主主义精神昂扬起来,这在他当时的评论和后来的诗作中都有充分的体现。

中期创作包括诗人从19世纪50年代初到南北战争结束时的作品,这是诗人写作旺盛的时期,创作了《欧罗巴》《我歌唱带电的肉体》《大路之歌》《黎明旗帜之歌》等诗篇,表达了诗人争取自由民主、反对南方蓄奴制的战斗呼声。惠特曼这一阶段的诗作,突出地反映了诗人为实现真正美国的民主理想而坚持斗争的决心,诗歌艺术技巧也日趋成熟。

后期创作包括诗人南北战争结束后的诗歌与散文。这一时期的诗歌以揭发美国资产阶级的假民主与金融集团的掠夺罪行为主要内容。他在19世纪70年代和80年代写的一些优美的抒情诗,表现了高度的艺术技巧。但在这一时期,诗人的思想弱点使他的诗歌的战斗性不如内战之前和内战时期。

《草叶集》是惠特曼一生创作的唯一一部诗集,是他一生经验的结晶。整部诗集是一个独立的有机体,它随着诗人的成长而成长,随着合众国的发展而发展。从第一版到第九版,每一版的内容都有所变化。直到诗集的篇幅从首版的14首,增加到临终版的近400首为止。可以毫不夸张地说,《草叶集》既是惠特曼自我心灵发展的史诗,又是美利坚民族发展、成长的史诗。

惠特曼有意选择了"草叶"这一既简单又复杂的意象作为他的诗集的总名。草叶来自新大陆的泥土和空气,是充满希望的绿色,是诗人"意向的旗帜"。草叶是生命力的象征,不论高山平地,不论地方宽窄,它都能扎根生长。草叶又是发展的象征,它自发性地生长、繁殖,不需要人们的照料、栽培。《草叶集》本身就是自发性生长的一个极好的例子。同时,草叶亦是民主的象征,民主的理想和草叶的意象合二为一。在诗人眼中,遍布新大陆的草叶与星球的运行同样重要、同样神圣;正如在社会生活中,黑人与白人、男人与女人、总统与平民没有高下、卑贱之分一样。

《草叶集》涉及的领域十分广泛,思想十分丰富、庞杂,但其基本的主题可大致归结为以下几个方面。

第一,讴歌民主,礼赞自由。惠特曼是公认的民主诗人,对民主和自由的渴望和追求是贯穿他一生诗歌创作与社会活动的一条主线。例如,在《斧头之歌》里,诗人把歌唱劳动的题旨提到了新的高度。诗人以阔斧的形象为中心,通过精巧的构思,贴切的比喻,强烈地表达了劳动创造世界的巨大威力,充分地肯定了劳动者的历史功绩。特别是在描绘劳动者挥舞阔斧,开垦荒原、辟建城市的过程中,因势利导地点明了来自底层的人民群众不仅是大自然的主人,而且是社会的主人:

> 那里没有奴隶,也没有奴隶的主人,
>
> 那里人民立刻起来反对被选人的无底止的胡作非为
>
> 那里男人女人勇猛地奔赴死的号召,有如大海的汹
>
> 涌的狂浪,
>
> 那里外部的权力总是跟随在内部的权力之后,
>
> 那里公民总是头脑和理想,总统,市长,州长只是有
>
> 酬的雇佣人。①

惠特曼所表达的民主思想,在当时是难能可贵的。他叙写了时代的强音,揭示了历史发展的趋势,表达了他追求的理想,充斥着自由主义的热情,这在美国诗歌发展史上是少见的。

第二,歌颂人类平等,反对民族压迫。惠特曼认为一切民族都应该是平等的,他的很多诗歌都对在蓄奴制度下遭受压迫的黑奴表达了深切的同情和敬意。例如,《鼓啊! 敲吧! 敲吧! 》直接表明了诗人反对民族压迫,支持废奴战争的坚决立场。诗歌为北方联军的胜利进军擂鼓助威,激励斗志,号召人们去参加战斗。他自己也义无反顾地投身于这场旨在消灭蓄奴制的伟大斗争,不愧是一名"打着鼓前进"的战士。

正由于诗人对蓄奴制度刻骨铭心的仇恨,所以他对领导废奴

---

① 刘劲予.自由的乐章 爱的颂歌——试论惠特曼与泰戈尔的诗歌创作 [J].广东教育学院学报(社会科学版),1990(4).

战争的统帅林肯崇敬备至。当林肯遇难逝世的消息传来,诗人陷入巨大的痛苦之中,他含着热泪写下了《啊,船长,我的船长哟!》和《当紫丁香最近在庭园中开放的时候》等动人心魄的"泣血"之作。

第三,歌颂劳动和劳动人民。在美国文学史上,惠特曼是第一个自觉地歌颂劳动和劳动人民的诗人。他用铿锵有力的诗句,旗帜鲜明地表示:"我寸步不让,我的书页里从头到尾都必须是男工和女工。"[1]《草叶集》中,不仅随时可以看到劳动者的身影,而且能够听到他们劳动的歌声。在《我听到美洲在歌唱》一诗中,诗人写了机器匠、木匠、泥瓦匠、船家、水手、鞋匠、帽匠、伐木者、犁田青年以及缝衣、洗衣的女孩子等不同职业的男女劳动者,他们都在"歌唱他的愉快而强健的歌"[2]。

第四,突出地歌颂"自我",抒发"人"的力量,肯定"人"的活力。诗人通过"自我"歌颂人体的健美,歌颂普通人的伟大,歌颂劳动中人与自然之间的和谐。惠特曼在《草叶集》的许多诗歌中,如《自己之歌》《常性之歌》《大路之歌》《开拓者!啊,开拓者!》《我歌唱带电的肉体》等,都塑造了主人公"自我"的形象。这是一个在外形上飘忽不定、瞬息多变,在思想气质上闪耀着奇光异彩的"新人"的形象,这种"新人"在文学史上被称之为"惠特曼式的人",他们富于理想,崇尚科学,热爱劳动,乐观向上,与孤独悲哀的"拜伦式英雄"形成了鲜明的对照。

艺术形式上,首先,《草叶集》打破了以爱伦·坡为代表的形式主义的垄断地位,冲破了美国诗歌因袭的形式,创造了"自由体"的诗歌形式。这种"波涛滚滚"的自由体,大量采用重叠诗句、平行句及夸张的、形象的语言,使用一些劳动人民的语汇和少量的外来语,构成有节奏变幻的语句,产生了丰富的形象表现力和雄辩的说服力,给人以"直觉"的"完整的美"。其次,《草叶集》

---

[1] 张晔.民主之歌——浅析惠特曼《我听见美国在歌唱》[J].科技视界,2014(36).
[2] 《读者原创版》编辑部.草叶集 惠特曼诗选[M].兰州:敦煌文艺出版社,2014:21.

一洗当时流行的委婉低回的感伤主义情调,代之以高昂、乐观、健康的旋律。它打破了传统诗的格律,不落俗套地创造了一种汪洋恣肆、舒卷自如的崭新的自由诗体。它不受传统题材的约束,写出了"大胆、现代、包罗四周一切以及整个宇宙的诗"①。再次,《草叶集》为后世诗歌开辟了全方位的新的视角。诗人把赤裸裸的现实主义叙述和描绘,同火辣辣的浪漫主义激情相融汇,既用新奇的场景和形象冲击人们的习俗和观念,又以奔放的热情震颤人们的心灵,获得了前所未有的艺术效果,增强了诗歌的感染力。这一点使惠特曼在美国诗歌发展史中成为一个从浪漫主义向现实主义过渡的伟大诗人。最后,《草叶集》的诗歌语言也是全新的。为了表现崭新的思想内容,诗歌的语言冲破了一切束缚。凡人类使用的语词,无不可以入诗。政治的、商业的、工业的和科技的语汇与日常生活的语汇交融,《圣经》的与民间的、书面语与口语、高雅的与民间俚俗的语汇相混杂,形成全新的、大众化的诗歌语体风格,这是世界诗歌史上前所未有的现象。

当然,也应当看到,惠特曼作为美国资本主义上升时期的一个进步的小资产阶级诗人,他的思想、观点和立场具有一定的局限性。《草叶集》往往流露出资产阶级个人主义的杂音,类似神秘主义的东西也有迹可寻,一部分诗篇甚至反映出人性论的观点。所有这些,都说明惠特曼的诗既具有进步性的一面,也具有局限性的一面,不过我们可以肯定地说,他的进步性是占主导地位的。惠特曼这位"善良的自发诗人"在贫困和战斗中度过了自己的一生,他为之呕心沥血的巨著——《草叶集》在美国文学史和世界文学史上树立了一块永志纪念的丰碑,以人类的巨大精神财富而永驻人间。

① 彭继媛.激情绽放的诗之奇葩——论惠特曼诗歌抒情方式对中国现代诗歌的影响[J].湖南科技学院学报,2007(11).

# 第五章　现实主义文学运动影响下的美国文学

　　现实主义文学通常是指 19 世纪 30 年代以后在欧洲文学艺术中取代浪漫主义而占主导地位的一种主要文艺思潮和运动。这一文艺思潮和文艺运动后来影响了美国文学,并经历多种演变,与其他文学思潮融合而向前发展。现实主义文学运动,是社会科学进步和自然科学发展的产物,科学与民主深入人心,促使人们更现实地看待人生,并自觉地通过文学从社会角度来反映人生、反映社会现状,并严厉地揭露社会现实,对美国文学的发展产生了深远的影响。

## 第一节　民族文学的真正开端——现实主义之风的蔓延

　　美国内战(1861—1865)持续 5 年,耗资 80 亿美元,死亡人数达 60 万,其残酷状为美国人之前所未闻。这使许多人开始从超验主义的赞歌和浪漫主义的乐观中清醒过来,开始对超验主义者和浪漫主义者关于人性、人生、自然界和上帝的许多观点提出疑问,现实主义之风开始蔓延。新兴的现实主义作家们主张运用现实主义手法写人生,写平庸的人和事,写生活的卑贱、低微、阴暗的侧面,主张揭穿伤感主义的"谎话",而正视人生、讲出真话。另外,随着美国政治体制的巩固和工业化的飞速发展,社会对文学提出了新的要求。创作具有本国风采的文学作品,完全表现美国的特色,成了作家和历史学家共同的愿望。在美国现实主义文学中,占主导地位的无疑是小说。而美国内战前的废奴小说又是浪漫主义小说向现实主义小说发展的过渡,具有明显的现实主义特性。废奴小说作家包括理查·海尔德烈斯(Richard Hildreth,1807—1865)、比彻·斯托夫人(Harriet Beecher Stowe,1811—1896)、威廉·威尔斯·布朗(William Wells Brown,1816?—1884)、弗莱德里克·道格拉斯(Frederick Douglass,1817—1895)。而马克·吐温(Mark Twain,1835—1910)、亨利·詹姆斯(Henry James,1843—1916)和威廉·狄恩·豪威尔斯(Willian Dean Howells,1837—1920)实际上是美国南北战争的产物。战后,他们表现了巨大的创作力量,其作品是地地道道的美国作品。以下重点讲废奴小说代表作家和南北战争结束后的部分现实主义小说作家。

### 一、理查·海尔德烈斯的现实主义小说创作

理查·海尔德烈斯(Richard Hildreth,1807—1865)生于马萨诸塞州迪尔弗特,1826年考入哈佛大学,1830年毕业后在波士顿做律师(1830—1832),1832年起任《波士顿每日邮报》编辑。1836年海尔德烈斯创作了他唯一的长篇小说《奴隶,或阿尔琪·摩尔的回忆》,反响热烈。此书于1852年修订后再版,改名为《白奴》。这是一部描写奴隶血泪史的小说,故事发生在19世纪上半期美国南方的弗吉尼亚州。主人公阿尔琪·摩尔是春茵种植园主查理·摩尔上校与一个混血女奴的私生子。他身上只有1/32的黑人血统,外表与白人无异,但由于他的母亲是奴隶,所以他的身份也只能是奴隶。他被派去服侍上校夫人刚生下来的第二个儿子詹姆斯,也就是他同父异母的弟弟。詹姆斯生性温和,主仆关系还算融洽。阿尔琪17岁那年,他的母亲突然患重病,弥留之际把出身的秘密告诉了儿子。从此,阿尔琪开始仇恨以生身父亲摩尔上校为代表的庄园主。接着,詹姆斯突然夭亡,摩尔上校又安排阿尔琪服侍凶狠残暴的大少爷威廉。不久,上校的大女儿从学校放假回家,她的贴身女奴卡茜与阿尔琪得以相识并相

恋。正当他们打算结婚之时,摩尔上校企图霸占卡茜,阿尔琪便密约同卡茜逃离了种植园,在荒野暂时栖身。后来,他们被一个白人出卖,被摩尔上校抓回。摩尔上校将两人毒打后分别送到奴隶市场出卖。阿尔琪先后两次易主,后来在一次郊外祈祷会上意外地遇到了想念已久的卡茜。原来卡茜也转辗经过几个主人,当时正在洛特高茂莱夫人手下当女仆。两人重逢后,也迎来了儿子的诞生。但是,好景不长,厄运又一次落到阿尔琪夫妇头上。阿尔琪再一次被主人出卖,新主人是鲁查哈契种植园老板卡特尔将军。在这个种植园里,阿尔琪遇到了敢于反抗的黑奴汤姆,并在汤姆的帮助下逃离了种植园,来到自由州的纽约。后来又被抓,但阿尔琪又得以逃脱,漂洋过海跑到英国,并在那里做生意发了财。20 年之后,阿尔琪以自由公民身份重回美国找到了妻儿,获得了幸福。

《白奴》以阿尔琪为个人自由和幸福所进行的反抗为主线,通过对奴隶们所经受的令人难以想象的磨难的描绘,揭示出美国奴隶制的罪恶本质,对广大奴隶的非人生活给予了极大的同情。阿尔琪一开始并没有反抗,而是安于现状,在得知了自己出身的秘密和未婚妻遭难之后,他才奋起反抗。阿尔琪这时的反抗还停留在为自己、为妻子的目的上,后来在汤姆的启发下,他才勇敢地投入了黑奴的起义队伍,通过艰险的历程而获得自由。汤姆是位英勇的黑奴反抗者,作品称赞他是"一个伟大的战士",是"站在为自由而斗争的战士最前列而使残暴的统治者发抖"[1] 的人物。《白奴》初版时的阿尔琪·摩尔是一个普通的黑人奴隶,1852 年再版时,作者将他改为具有庄园主血统的"白奴",意在指出即使是作为一个完全白色皮肤的人,由于无法改变奴隶身份因而最终也逃脱不了苦难的命运;同时,这一修改也更加揭露了奴隶主堕落、凶残的面目。

---

① 李恒方."巧克力血液"的尊严求证——从约翰·格里森姆的《杀戮时刻》谈起[J].开封教育学院学报,2000（2）.

## 二、比彻·斯托夫人的现实主义小说创作

比彻·斯托夫人（Harriet Beecher Stowe,1811—1896）生于康涅狄格州列奇文城,其父是一个当时在美国颇有威望的加尔文派教士。年轻时的斯托夫人在父亲严格的监护下生活,加上身体多病,因而性格内向。由于受舅舅自由党信仰的影响及本人大量阅读司各特的浪漫主义小说,学生时代的斯托夫人思想活跃,成为一个激进的资产阶级民主主义思想的拥护者,这种倾向在她以后创作的小说中得到了明确的体现。1832 年,斯托夫人随家庭迁居到俄亥俄州辛辛那提城,在当地一所女子中学当教员。她从小爱好文学,此时开始尝试创作,写出了第一部小说《杰出的故事:一个新英格兰地区的速写》,1834 年出版。1836 年,斯托夫人与卡尔文·斯托结婚。婚后,斯托夫人连生七个子女,身体虚弱,经济拮据,但她仍坚持写作。1843 年出版了她的第二部作品《五月花》,这部小说同第一部作品一样并没有给作者带来多大的声誉。

早在年轻时候访问肯塔基州的一次机会中,斯托夫人便十分留心地观察了那里被奴役的黑奴们的生活情景,此后,她对这些贱民的悲惨遭遇一直寄予深切的同情。辛辛那提城位于俄亥俄河的北岸,河对面蓄奴的肯塔基州常有黑奴冒死凫水逃跑,斯托夫人曾尽力救过一些黑奴。但毕竟力量有限,更多的逃亡奴隶难逃严刑或被处死的厄运。面对奴隶主灭绝人性的血腥暴行,斯托夫人义愤填膺,加之兰民神学院内高涨的废奴主义思想的影响,她决心写一部以黑奴的非人遭遇为主要内容的小说。

1850 年初,斯托夫人随丈夫来到缅因州。当时掀起了反对奴隶制的全国性讨论,这成为她创作《汤姆叔叔的小屋》的最直接动机,用半年时间就完成了这部长篇小说。这部作品为她带来了极高的声誉。小说直击当时美国奴隶制度的存废问题,出版后,斯托夫人受到了南方奴隶主阶级的激烈攻击,认为小说是对南

方生活的歪曲,完全是斯托夫人编造的。1853 年,斯托夫人发表了《关于〈汤姆叔叔的小屋〉的答辩》一书,以批驳这些无耻的谎言和诡辩。当然,还有另一种情况,那就是,广大劳动阶级、左翼资产阶级分子都支持斯托夫人的正义立场,由此也大大地推动了美国废奴主义运动的发展。为了进一步反对奴隶制度,1856 年,斯托夫人出版了第二部废奴小说《德雷德,阴暗的大沼泽地的故事》。作品以美国历史上黑人起义领袖德雷德·司各特为原型,描写了黑人奴隶德雷德为了争取自由而率领一批逃亡奴隶在大沼泽地与奴隶主军队进行殊死搏斗的故事。此后,斯托夫人亦写过几部以她早年感兴趣的新英格兰地区的生活和历史为题材的小说:《教长的求爱》《奥尔岛上的明珠》及《古镇上的人们》。南北战争之后,斯托夫人定居在佛罗里达州,过着平静的晚年生活,主要作品有为妇女权利辩护的小说《我的妻子和我》和以作者童年生活为题材的《波格纽克人》等。1896 年 7 月 1 日,斯托夫人在康涅狄格州首府哈特福特病逝。

斯托夫人的名著《汤姆叔叔的小屋》讲述的是一个令人心酸的悲惨故事:汤姆叔叔是肯塔基州仁慈的庄园主谢尔比家一个品格高尚、虔诚地信奉基督教的黑奴,由于他为人可靠而被主人提拔为总管。但不幸的是后来谢尔比破产,为还债而计划卖掉汤姆和女奴伊丽莎的爱子小哈利。得知消息后,伊丽莎连夜携子出逃,在途中与不堪忍受主人虐待的丈夫乔治·哈里斯相遇,一家三口历经波折终于逃到加拿大,获得了自由。与之不同,汤姆为了不连累其他黑奴兄弟而选择留下,然后被卖给了奴隶贩子海利。在去南方的船上,汤姆救了落水的女孩伊娃。为报答汤姆,伊娃的父亲圣·克莱亚就将汤姆买下来带回家中。在圣·克莱亚家,汤姆度过了两年的平安生活。可是不久圣·克莱亚因意外而死于非命,主人又将汤姆卖给凶狠的庄园主雷格里。汤姆开始受到雷格里的重用,还有意提拔他当监工,但由于他生性正直,多次得罪主人而遭到鞭打。后来为了掩护逃走的女奴,善良的汤姆叔叔终于死在了主人的鞭下。他生前虔诚地皈依于上帝,但上帝并没有来救他。临死前他盼望家里人能来赎他回去,但当谢尔比的儿子乔治·谢尔比前来接他时,他的身子已经冰凉了。作者在小说的"原序"中指出:"这个故事的场景,是落在一个素为文雅的上流社会所不齿的种族之中;人们来自异域,其祖先生长在热带的烈日之下,带来了(并传给他们的子孙后代)一种与专横跋扈的盎格鲁-撒克逊人截然不同的民族性,因而长期以来,一直受到后者的误解和蔑视。"①序言明确地表明了作者的倾向。伊丽莎一家三口通过斗争获得了自由,而汤姆一生委曲求全,虽然善良、正直,经常帮助他人,从没做过一件坏事,但在黑奴制度下毫无生存空间。所以"汤姆叔叔主义"也成了软弱、幻想性格的代名词。小说以精心构思的情节、生动深刻的故事为奴隶们指出了一条以奋斗求解放的道路。

《汤姆叔叔的小屋》的最大艺术成就在于对汤姆叔叔复杂而真实形象的塑造。他安分守己,相信命运,又富于幻想,正直不阿,宁死不屈。他身上集中了老一辈黑奴可贵而又愚昧的品格。伊丽莎丈夫的形象也十分成功,这个人物通过他前半生叱咤风云的英雄胆略给读者留下了不可磨灭的印象。凯茜、圣·克莱亚、雷格里、海利等人也都各有个性,生动形象。《汤姆叔叔的小屋》自问世以来,被译成30余种文字,在美国和世界各国改编成剧本上演,后又被搬上银幕,可见其价值之伟大。

### 三、威廉·威尔斯·布朗的现实主义小说创作

威廉·威尔斯·布朗(William Wells Brown, 1816?—1884)原名不详,只知道他生于肯塔基州中部列克星敦的一个奴隶家庭。他从小就很倔强,对奴隶主的凌辱非常不满,少年时代曾多次企图逃跑。1834年,布朗终于成功脱逃,来到自由州俄亥俄州,得到当地一个名叫威尔斯·布朗的废奴主义者的帮助,因而改名

---

① 欧华恩.论美国废奴文学及其代表作《汤姆叔叔的小屋》[J].湘潭师范学院学报(社会科学版),2006(3).

以表纪念。布朗逃到北方以后,通过自学,获得了一定的知识,后来结合自身的苦难经历,写了几篇关于黑奴生活的作品,并在报上发表。他还经常发表演讲,与社会上改革运动的各种团体交往频繁,后逐渐成为黑奴领袖人物和废奴运动的骨干。1849年开始,布朗在欧洲逗留了五年,期间创作了长篇小说《克洛泰尔,或总统的女儿》(以下简称《克洛泰尔》)。《克洛泰尔》素材来自美国第三任总统托马斯·杰弗逊与他的黑人女管家所生混血女儿的传说。克洛泰尔虽然是总统的女儿,但由于母亲是奴隶身份,她也只能是奴隶,受尽各种折磨。长大后,克洛泰尔被弗吉尼亚州一名叫霍拉旭·格林的政客买走。格林让克洛泰尔当自己的情妇,生育了两个女儿。正式结婚后,格林转手就又把克洛泰尔卖到边远的南方。克洛泰尔也因此被迫与女儿分离。为救出女儿,克洛泰尔历尽艰难逃回弗吉尼亚。此时,德雷德·司各特领导的黑奴起义刚受到镇压,同为黑奴的克洛泰尔也被捕入狱。被押到华盛顿后,克洛泰尔又成功越狱,逃跑途中在华盛顿长桥附近被追兵包围。处于绝望的克洛泰尔最后跳河结束了自己的生命。小说通过克洛泰尔的特殊身份和她与广大黑奴一样最后被逼上死亡道路的描写,强烈控诉了罪恶的奴隶制度。小说并以大量的篇幅描述了德雷德·司各特起义的情景,也表现了作者明确的革命倾向和立场。

　　布朗早年的作品有自传《威廉·威尔斯·布朗的记事:一个逃亡的奴隶》、散文集《我在欧洲的三年》;他亦写过剧本,但都已失传。此外,他还创作了《黑人:他的祖先、他的才华和他的成就》《克洛泰利:南方联盟的故事》及《起义者的儿子》等,但社会影响都没有超过《克洛泰尔》。作为一个在南北战争前有影响的黑奴领袖和第一个黑人作家,布朗以自己的斗争和创作为美国社会的发展做出了不可磨灭的贡献。

## 四、弗莱德里克·道格拉斯的现实主义小说创作

　　弗莱德里克·道格拉斯(Frederick Douglass,1817—1895)

生于南方马里兰州特尔勃特县。他是一个名叫哈丽特·贝利的女奴与一个不知名的白人的私生子,幼年时母亲即不知去向,直到8岁都是由外祖父母抚养。此后,道格拉斯在劳埃德的种植园里生活,由于不堪忍受繁重的奴隶劳动,几次因反抗主人而遭受鞭打,几乎丧生。1836年,道格拉斯终于逃到马萨诸塞州,开始从事体力劳动,后因他善于演说,又遭过磨难,被当地的废奴协会聘请做宣传鼓动工作。

1845年,道格拉斯根据自己早年非人的奴隶生活和逃亡奋斗的经历写成自传体小说《弗莱德里克·道格拉斯生活的自述》(以下简称《自述》)。该部作品出版后引起了很大的社会反响,并有力地推动了废奴运动的发展,作者也因此暴露了自己身份,陷入了随时被奴隶主追捕的危险当中。后来在友人们的资助下,道格拉斯成功逃到了英国。1847年,道格拉斯回国,赎回了自由。恢复自由身的道格拉斯创办了一份废奴主义报纸《北极星报》,成为职业政治家和废奴运动领导者之一。南北战争结束后,道格拉斯一直活跃于政界。道格拉斯一生的主要作品是《自述》,这部作品几乎记载了一个世纪以来美国的政治、经济、文化、社会、宗教等各方面的情况,其中还描述了许多历史人物的形象,可以说是19世纪美国一部形象、艺术的历史。

### 五、亨利·詹姆斯的现实主义小说创作

亨利·詹姆斯(Henry James,1843—1916)生于纽约一个名门望族。祖父系来自爱尔兰的移民,通过奋斗而成为百万富翁,父亲老亨利为哲学家,亦是一名治家严格的长老会教徒,长兄威廉为著名心理学家和实用主义创始人。亨利数次游历欧洲,并在日内瓦、波恩等地接受中等教育,1862—1865年,在哈佛大学法学院求学,1864年开始写小说和评论。他第一部短篇小说《伊罗的悲剧》于1864年出版。1869年,詹姆斯首次单独旅行到英国。1871年发表了他的第一部有影响的小说《一个热情的旅行者》。

1875 年他再次去欧洲,在巴黎逗留期间结识了屠格涅夫、福楼拜、左拉、莫泊桑和都德,开始跨入法国作家的圈子。1876 年下半年,詹姆斯迁移至伦敦定居。此时起直至去世,詹姆斯除中途四次回国探亲之外,绝大多数时间住在英国,期间频繁出入各种沙龙,与丁尼生、勃朗宁等人为伍。詹姆斯一生著作甚丰,主要为中长篇和短篇小说,也包括评论、自传和杂记。他的中长篇小说代表作有《美国人》《黛西·密勒》《贵妇人的肖像》《波士顿人》《卡萨玛西玛公主》《波音顿的珍藏品》《梅西所知道的》《在笼中》,这些作品多发表于 19 世纪后期。20 世纪初也有作品发表,如《鸽翼》、《专使》和《金碗》等。詹姆斯在小说中重点强调人物品德的崇高、心地的善良和情操的高雅等,并认为这是解决世界一切矛盾的基本前提。虽然作者也往往在作品中赋予女主人公以纯洁的心灵、宽容的品格,但她们并不是同社会恶势力做斗争的强者,却几乎都是深居闺阁、崇尚修养的资产阶级女性,《波音顿的珍藏品》即是这种创作思想的代表。这部小说描写:老吉瑞斯夫人为了替庸庸碌碌的儿子欧文寻找一个合适的妻子,来到布里奇斯朵克乡下,遇到了年轻的弗莱达·弗奇小姐,并选定其为未来的儿媳妇。吉瑞斯夫人对弗莱达也很有好感,就邀请她到波音顿庄园去作客。当见到收藏在那里的壮丽豪华的艺术珍品时,弗莱达高兴得流下了眼泪。老夫人认定这就是自己所要寻找的儿媳妇,这些珍藏品也只有托付给她才可以放心。于是就要求弗莱达能与儿子欧文相爱,谁知欧文却另有所爱。一天他把女友蒙娜带来波音顿,吉瑞斯夫人却不满意这位未来的媳妇。特别是蒙娜也同欧文一样,对艺术一窍不通,只想把这些珍藏品卖了捞钱。由于不可避免的矛盾冲突,母子之间终于吵起来,老夫人被迫搬离老家,同时也搬走了大部分最珍贵的收藏品。蒙娜与欧文知道后千方百计逼老夫人把收藏品搬回来。欧文上门去找弗莱达,表示愿与她结婚,只要母亲将东西搬回去;弗莱达则告诉欧文,他首先必须与蒙娜断绝关系,欧文应允了弗莱达。但是,不久,欧文与蒙娜突然结婚;接着欧文给弗莱达寄来一封信,强令她交出由她保管的部分波音顿珍品。一年以后,弗莱达再次来到波音顿庄园,但那里已被一场意外的大火烧得一干二净,所有的财产全被毁灭,欧文已流落他乡不知去向。小说作者力图证明人只有不被物质束缚,精神才能获得自由。弗莱达这个孤儿出身的年轻女子拥有如此高尚的精神境界,她的行为与纨绔子弟欧文形成对比。

《专使》《鸽翼》和《金碗》是詹姆斯后期的三部力作,被认为是他的叙事艺术的高峰。《专使》以讽刺美国上层社会的欧洲风尚为主题,是一部充满思想理念矛盾冲突的正喜剧。《鸽翼》写成于《专使》之后却出版于《专使》之前,它以伦敦和威尼斯为背景,描述了米莉·西尔的恋爱故事,情节曲折动人,主题颇具悲剧色彩。《金碗》以通奸为主题描述了四个男女之间的复杂关系。

詹姆斯早期的作品,明显受到狄更斯、巴尔扎克和霍桑的影响,后期作品则注重于艺术上的雕琢;特别是人物心理描写上的细致入微,对20世纪心理现实主义小说的产生和发展有过重大影响。

# 第二节　文化与文学发展历史的必然——乡土文学

乡土文学风行于19世纪60年代末期,它是美国各种历史及美学因素自19世纪初起长期酝酿和发展的必然结果。在19世纪末的30余年中,它风靡全国,成为现实主义文学运动的一股重要力量。美国当时的社会及文化环境极有益于乡土文学的滋生和蔓延。从国家的社会与政治状况分析,乡土文学似与内战以后人们的区域概念及态度不无关系。联邦业已建立和巩固,继续不断的向西拓殖运动正在人们心中引起一种帝国正在形成的新鲜感。然而联邦内各地文化、社会及地理经济状况差异极大,远未形成统一的整体。不同区域的人民有一种强烈的心理要求,希望能以某种形式向外界诠释他们的乡土性格、地貌、动植物、方言以及乡俗,强调自身异土风貌之美,夸耀自己高尚的历史,以突出本乡本土的个性、能力及尊严的目的。这种文化与文学环境也就为乡土文学的发展铺平了道路。关于什么是乡土文学的问题,哈姆林·加兰(Hamlin Garland,1860—1940)在其《摇摇欲坠的偶像》一书中指出,乡土文学是一种具有特殊质地和背景特点、除本地人外其他任何地方或任何人都不可能创作出的文学。加兰所说的"质地"实指构成一种乡土文化的诸种因素,这些因素包括某地区所特有的当地语言、风土人情、民间传说、地区迷信等。他所说的"背景"实指其地区内影响人的思想与举止的地理状貌及特征而言。乡土文学覆盖面广,不仅包括新英格兰、南部或西部地区,还包括缅因州海岸地区、佐治亚中部、路易斯安纳南部及亚利桑那的畜牧区等地。不同地区的作家注意发掘当地的生活素材和语言特色,创作了乡土色彩浓烈的文学作品,构成了美国文学的独特性。美国乡土文学作家主要有布雷特·哈特(Bret Harte,1836—1902)、爱德华·埃格尔斯顿(Edward Eggleston,1837—1902)、萨拉·奥恩·朱厄特(Sarah Ome Jewett,1849—1909)、马克·吐温(Mark Twain,1835—1910)、斯托夫人(Harriet Beecher Stowe,1811—1896)。由于斯托夫人已经在本章上一节介绍过,而马克·吐温将会在本章的下一节进行分析,因此这里重点分析哈特、埃格尔斯顿、朱厄特的创作。

## 一、布雷特·哈特的乡土小说创作

布雷特·哈特(Bret Harte,1836—1902)被称为美国西部故事的始祖,但他并非生在"野蛮的西部",而且在西部逗留的时间也不很长。他实际上来自东部,出生在纽约州的奥尔巴尼镇,父亲是位希腊文教授。在他9岁时,父亲卒世,母亲移居加利福尼亚州再嫁,哈特16岁时也到西部与母亲团聚。19世纪中期的加利福尼亚是作家成长的福地。哈特在旧金山自力谋生,当过教员、淘金矿工、印刷工人、编辑,最后成为为杂志撰稿的作家。他的早期作品并无出类拔萃之处,然而故事情节生动,性格刻画饱满。

他的第一部作品《浓缩小说》，是一部模仿库珀、狄更斯、大仲马以及雨果等作家的作品集。1868年，他的短篇小说《咆哮营地的幸运儿》一发表便轰动全国，次年《扑克滩的零落人》问世，使他蜚声海外。后来他又相继发表了几篇思想充实、语言幽默清新的故事；写了名为《老实人詹姆斯的老实话》的诗，极为读者所喜爱。1870—1871年他担任加利福尼亚大学文学教授，1871年他迁居纽约市并为《大西洋月刊》撰稿。后来他又写了多篇诸如《田纳西的伙伴》等反映西部边境生活和风光的故事，此后哈特的文学创作便走了下坡路。1878—1885年间，他出任美国驻德国和苏格兰领事，1888年后客居英国直到去世。

哈特是美国第一位名闻天下的乡土作家。他以新的风格描写新的题材，激发了世人对美国西部边地的浓厚兴趣。他的魅力在于他能幽默、逼真地呈现出丰富多彩的边地生活画面，塑造出令人难忘的人物形象。他善于捕捉当时西部边地生活的特点，把一个包括淘金者、探矿工、流浪汉、赌徒、强盗、酒鬼以及妓女在内的社会底层，以亲切和富有同情的笔墨绘声绘色地描述出来。他有讲故事的独特模式及其所体现出的不落俗套的道德标准。他的人物多居住在偏僻角落（如"咆哮营""红狗""扑克滩"或"沙洲"）里，那里文化水准低下，和外界几乎隔绝。哈特以充满感情的目光望着那里人们的举止，以奇妙的模式表现他们。《咆哮营地的幸运儿》便是例证。

《咆哮营地的幸运儿》的故事背景是19世纪美国西部"淘金热"时期。"咆哮营地"是探矿工集聚的一个村落的名字。在这个村落里，除一个女人外，其余都是粗野的男人，而这个唯一的女人又在生下一个男孩之后死去了。小说主要讲述孩子降生以后为这个村落所带来的变化。所谓村落，无非是几十处简陋的小屋错落不齐地聚集在一起而已，村民们皆属乌合之众，有矿工，有逃犯，有的来路不明。他们没有法律和信仰的管束，人人衣着污秽，言语粗鲁。孩子降生之后，有人认为他为"咆哮营地"带来好运，于是为其取名"拉克"，意"幸运"，新生的迹象开始出现。拉克的家开始粉刷,室内装饰开始考究,孩子、大人每天都穿戴得干干净净。村民开始意识到这一变化,开始改变自己及环境的状貌。村里要人之一肯塔克一向不修边幅,现在为能前去探望拉克,也突然每天下午衣冠整洁起来。人们的语言也在发生微妙变化,粗俗、污秽的词语在无声息中消失。村里财路也一时亨通,精神面貌也为之一新,田园式的快活气氛笼罩着这块营地。不料次年山洪暴发,冲走了村落,也淹死了拉克。故事虽然不长,却不乏动人心肺之处。透过粗人粗事粗言粗语,人们可以敏锐地觉察到一颗颗善良的人心在跳动。故事主要人物之一肯塔克的形象尤其令人难以遗忘。在拉克降生那天他随众人走过小床时,婴儿的小手不知何故握住他的一个手指。肯塔克逢人便谈及此事,心里感到一股欣喜。后来洪水淹村时,他冒生命危险把小拉克从屋内抱出,随洪水沉浮一夜,清晨才被救生船救起,其时他周身伤痕,业已昏迷不醒,然而怀里依然紧抱着小拉克。当幸脱灾难的村人看到他们时,拉克的脉搏已经停止跳动,勉强睁开眼睛的肯塔克听到死讯时已处弥留之际,口里喃喃地说着"他也带我去了",停止了呼吸。作家用于肯塔克身上的笔墨不算很多,然而一个粗犷但却善良的人物形象栩栩如生地站立在读者面前。

《扑克滩的零落人》是一个荡人心腑的故事。作家在不足 10 页的篇幅内,把 6 个人物形象栩栩如生地刻画出来。不仅如此,除比利叔叔之外,其余人物的真面貌直到故事讲出五分之四以后才初露端倪。故事开篇讲述扑克滩村民决定放逐几个不良分子:欧克斯特先生、年轻女人、公爵夫人、希普顿妈妈、比利叔叔。这些人或者是赌棍,或者是小偷、酒鬼,职业不正当。扑克滩认为他们或有伤风化,或危及财产安全,因而暗里组成审判委员会,决定驱逐他们。四人结伴穿越山谷,欲到"沙洲"去探试一下运气,中途巧遇一对逃婚的年轻男女——汤姆·希姆森和刚满 15 岁的女友潘妮。汤姆曾初入赌场输在欧克斯特手里,但欧克斯特却把钱款退还给他,因而汤姆对欧克斯特满腔热情。夜来六人在山中歇息,不料清晨醒来发现比利叔叔不见了:他把几个人的坐骑都拐

走了。风云又突变,转瞬降下鹅毛大雪,无法前进,干粮也快断
了。一天午夜,希普顿妈妈把欧克斯特唤至身旁,从枕下抽出一
包干粮,嘱咐欧克斯特把食品送给小潘妮食用,然后自己在无声
息中离世。欧克斯特多日来夜里值班,以使汤姆多睡一些时间。
在埋葬了希普顿妈妈以后,他送给汤姆一双自制的雪地鞋,嘱他
逃往扑克滩,"两天能到,她(指潘妮)就有救"。汤姆踏上雪鞋去
逃命,欧克斯特陪他走一段路后坐在一棵树下用枪结束了自己的
性命。当救援人员赶到时,两个女人偎在一起,早已睡熟,无人能
分辨出哪位是犯过罪孽的人。在这部作品里,哈特塑造人物性格
从大处勾勒,小处细画,明暗结合。以欧克斯特为例:他是西部
文学中硬汉形象的典型,寡言少语,城府很深,不畏艰险,置生死
于度外。故事虽然只写他这两周内的言行,但是却显露出他一生
为人处世的概貌。他碰到困难临危不惧,精明地指出不到半路便
停脚歇夜是"牌没打完就绝望"的表现;发现比利叔叔逃走后,他
没有惊慌失措,也没有追赶,知道那样徒劳无益;当他确知不可
能全部逃生时,他毅然牺牲自己而成全年轻人。欧克斯特观察外
界细腻,小说描述:"1850 年 11 月 23 日晨(他)一踏上波克·弗
拉特大街,心里就觉察到它的精神气氛自前天晚上以来已发生
的变化……(他)镇静的英俊的脸上没有露出对这些事表示关切
的表情。"[1]然而他敏锐地感觉到,他们可能是在谋算自己。足见
欧克斯特外松内紧,胆大而心细的性格。哈特刻画人物常出人意
表:比利叔叔颇有"大智若愚"的情态,而"希普顿妈妈"又有"面
恶心善"的貌相。比利叔叔是小偷、酒鬼,在读者心目中,他虽无
益于人,但也不会害人太甚,而当欧克斯特发现他把牲畜都牵走
时,读者便突然震憾,惊愕地发现自己受到了比利叔叔——或作
者——的捉弄。再如"希普顿妈妈",作者虽然也用婉约的笔触不
动声色地透露她的善良,但是直至故事发展到近高潮时,读者一
直对她的为人不以为然。她因行为不轨而被逐出村庄,口中还骂

---

[1]　常耀信.美国文学史(上)[M].天津:南开大学出版社,1998:500.

声不绝；中途宿营之后，她即刻鼾声大作——只用两笔便把一个粗里粗气的女人形象勾画出来。可是突然一天夜里，她把丝毫未动的一星期的口粮交给欧克斯特，宁肯牺牲自己，也不愿潘妮丧生。明处一种色调，暗里一种色调，产生了一种强烈的对比效应。

哈特以现实主义的笔触描绘他熟悉的地区的生活。他的作品时代性强，乡土性强。他刻画的人物，多是来自亚洲与欧洲的移民，其举止言谈极富现实性，又有高度想象成分在其内，穷形尽相，令人神往。哈特的故事情节总能以其既实际又离奇的特点令读者产生兴趣。他的细节有时显得荒诞，他的幽默有时显得放肆。他的对话及方言有时显得勉强和生硬，但决不过分。哈特的作品描绘了美国历史上一个重要时期——西部边地拓殖时期的状貌，相当大胆地触及他的时代相当敏感的生活领域，如性、情爱、死亡等，为现实主义文学的崛起和成功拓展了道路。

## 二、爱德华·埃格尔斯顿的乡土小说创作

爱德华·埃格尔斯顿（Edward Eggleston，1837—1902）生于印第安纳州，童年时体弱多病，不能上学，主要在父亲的教育下成长。埃格尔斯顿运用印第安纳州的呼泽方言创作出一些乡土味道极浓郁的作品，促进了乡土文学的发展。他写小说的目的之一似乎在努力冲破新英格兰对文学创作的垄断性控制。埃格尔斯顿的主要小说作品包括《呼泽的小学校长》《世界末日》《巡回牧师》《罗克西》等。其中，《呼泽的小学校长》以作者年轻时所听到的俄亥俄河北岸乡下土话写成，有十足的乡土现实主义风味，是新英格兰以外最早的一部乡土文学作品。该部作品讲述了印第安纳州一所只有一位教师的学校的逸闻趣事。拉尔夫·哈特苏克到一个乡下小村里执教，面临严峻的挑战，他要应付的真正危险来自村中恶人的阴谋诡计。他不意间卷入同他们的对垒中去。以斯莫尔医生为首的强盗集团在作案后被拉尔夫看出马脚，他们惶恐之余掀起一场恶毒的诽谤活动，旨在把他赶走或推上法

庭。拉尔夫临危不惧,最后强盗集团全部落入法网,离开小镇。这部小说中故事的焦点在善恶相争上,人心向善,以善胜恶为快事。作者深谙人们的这种接受心理,以善战胜恶为故事主线进行叙述。拉尔夫以善良之心首先战胜孩子心中的恶。他们欲让老师落入水中以示报复,拉尔夫则在某些学生的帮助下略施小计,为惩一儆百,对"首恶者"以其人之道还治其人之身。圣诞节师生斗智,拉尔夫不慌不忙,用浓烟把学生熏出教室。斯莫尔医生可谓狡黠至极,他沉默寡言,指使桑德斯夫人散布流言,要怀特夫人相信鬼话,从不动口讲话,不露声色。从城里到乡下,法庭内外,果然一时都倒向了他一边。读者眼睁睁地看着拉尔夫逐步落入他的圈套,但结局最终显示了拉尔夫的善的大无畏精神。

善恶之争过程中所表现出的浓郁的宗教色调是《呼泽的小学校长》的乡土特点之一,当时西部边地的宗教复兴亦为他的故事增添了宗教味道。在拉尔夫的奋战中,牧师索丹充溢着硫磺味的布道发挥了不可小觑的助威作用;索丹的虔诚和嫉恶如仇颇似18世纪美国宗教大觉醒中的乔纳森·爱德华兹。

《呼泽的小学校长》的乡土味道除却在通篇地道的印第安纳方言中有明显表现之外,一棵树,一条山间小路,某人的某一动作,都使人有机会洞见当时边地的生活状貌。例如,小说第9章中肖吉引以自况的那棵"可怜的老树",向读者透露出边地移民伐木之苦,大片原始树木仆地,露出了禾田与村镇。第11章中那条林中小路,自由自在,时曲时直,逶迤穿过树林,显示出初到者脚踩出的痕迹;小路从一个侧面表现了原始开拓者们的拓殖景象。

《呼泽的小学校长》注重描绘人物的内心世界,使人物形象倍加丰满。主人公拉尔夫表面看去智勇超人,泰然自若,而内心却一直是波涛汹涌的。例如,他发现盗窃集团之后很紧张,小说写道:"小学校长的思想象古高卢——一分为三。其一,他机械地勇于完成学校的工作职责。其二,他勇于自问,'对抢劫案我该怎么办？'其三，他勇于论辩巴德和罕娜的关系。"[1] 想到好友巴德会因他和罕娜接近而生气和报复，意识到抢劫犯们对他的怀疑和仇恨，不惜一切地娶到罕娜、揭发抢劫犯的想法掠过他的脑际，而同时又怕引火烧身、自寻烦恼。一时冲动，一时镇定，如此反复不辍，令他心神不宁。在某种紧张时刻，他对上帝的信仰仍会发生动摇，甚至怀疑上帝是否存在。其内心斗争激烈，但从宗教意义上讲他取得了最后的胜利。19世纪，宗教的这种威力确是现实生活的一部分。经过作者这一番描绘，拉尔夫的形象便跃然纸上，呼之欲出了。

《呼泽的小学校长》出版后，曾风靡文坛一时，不仅扩大了对西部的影响，而且助推了现实主义文学发展的气势，此乃埃格尔斯顿及其作品对现实主义文学发展的贡献。

### 三、萨拉·奥恩·朱厄特的乡土小说创作

萨拉·奥恩·朱厄特（Sarah Orne Jewett，1849—1909）生于缅因州贝里克南部。童年时期，朱厄特经常跟随身为医生的父亲出诊，接触各种各样的病人和他们的家庭成员，了解并熟悉了新英格兰地区人们的性格特点和行为习惯。父亲休息在家的日子，朱厄特就痴迷于家中丰富的藏书。1865年朱厄特从贝里克郡高等专科学院毕业后，陆续发表了一些论文和评论。1877年她发表了第一篇短篇小说《深深的天堂》，此后一发不可收拾，相继发表了十几部小说。朱厄特的作品很多都艺术地再现了她的家乡新英格兰的乡村风貌，观察细致入微，语言幽默文雅，这让她得以跻身新英格兰最优秀的作家行列，并影响了薇拉·凯瑟和其他一些作家。就在朱厄特雄心壮志地准备在文坛上大展身手时，1902年的一次意外事故使其脑部受到强烈震荡，颈部受伤，大大影响了她的思考能力，此后便很少有作品与读者见面，直到去世。

朱厄特的创作根植于新英格兰土壤，作品多以缅因州与新罕

---

① 常耀信.美国文学史（上）[M].天津：南开大学出版社，1998：505.

布什尔州交界处的海港城市南伯威克为背景。朱厄特28岁那年发表了自己的第一部作品,当时任《大西洋月刊》主编的豪威尔斯建议她把以前在《大西洋月刊》上发表过的故事收集在一起,整理、补充后结集出版。这部集结而成的文集即为1877年发表的《深港》。此后她创作不断,多发表于《哈帕斯》《斯克勒伯纳》《大西洋》等杂志。朱厄特一生创作中长篇小说和短篇故事集15部,除了《深港》,还包括1884年、1896年分别发表的长篇小说《乡村医生》《尖尖的枞树之乡》及1886年发表的短篇小说集《白苍鹭》。其他作品有《玩耍之日为孩子们写的故事》《新老朋友》《沼泽岛》《白欢鸟及其他故事》《新英格兰故事》《皇后的孪生子和其他故事》等以及大量的诗歌作品和评论文章。朱厄特卒世后,在长达半个多世纪的时间内,文学界没有什么重要评论问世,人们的注意力多停留在她的最佳短篇上,长篇中唯有《尖尖的枞树之乡》尚有人问津。以内容及形式论,《尖尖的枞树之乡》均可堪称朱厄特的代表作。这是一部关于缅因州一个村镇生活的小说,叙事者是一位中年女作家。两三年前她曾到此一游,现在又前来消夏,同时从事写作,故小说第一章题目为《归来》。敦内特是个沿海村镇,女作家住在阿尔米拉·托德夫人家中,以每周50美分租用小学一间空屋用于写作。托德夫人年逾花甲,孤寡一人,采集和种植草药,帮乡里祛病除灾,两个女人很快成为好友。作家受到村里生活的吸引,发现自己已不能稳坐教室、全神贯注地创作。托德夫人带她四处走动,同村人会面,听他们说话,看他们做事,感情逐渐和他们靠近,对他们的世界的了解愈益深刻。船长里特佩奇的神奇的故事,乔娜·托德的感人的际遇,年逾八旬的布莱吉特夫人的古朴,她的儿子威廉的赤诚,女牧羊人埃斯特·海特的执着,老渔夫伊莱加的情愫——这一切都令作家感慨不已。鲍登家族兴旺人丁一年一度的团聚集会,马丁夫人身居山野每时每刻都在注视维多利亚女王言行的痴迷情态,托德夫人的善良、热诚、含蓄及开朗的完整的人格——这一切都在作家的胸中回荡。她把自己夏日的所见所闻,用细腻而生动的文字,以舒缓而悠闲的节奏,系统地记录下来,一则为记事,一则为抒情,一个情字把一个个独立的人、事、物串联在一个艺术机体内,虽语调平淡,却不乏动人之处。

《尖尖的枞树之乡》的世界里充溢着人的崇高的感情。母女、母子之间(如布莱吉特夫人与其儿女、海特夫人与其女儿之间)、朋友之间(如托德夫人与本村及邻村相识之间、客人与房东及村民之间)、生者与死者之间(如提里与其亡妻、托德夫人与其亡夫之间)等都有一种深厚的情意。故事叙事者在描绘凡人凡事时巧妙地在不知不觉中运用了不少神话典故,如她如此描绘托德夫人忆起亡夫时的表情:

> 她的目光避开我,立起身,自己向前继续走。她的高大的坚定的身体显示出一种寂寞与孤单。她极像底比斯平原上寂寂一身的安提格尼。在嘈杂的世界里并不常见巨大悲哀与绝对沉寂。一种绝对的、古老的悲哀支配了这位乡村妇女;她仿佛某一历史性灵魂的再现,整日忙于乡下简单事务。沉浸在太古草药的熏陶中,有其悲伤,亦感到渺茫。[①]

这段描述把读者顺时间隧道推回到几千年前。在希腊、罗马神话里,安提格尼是陪伴盲父俄底甫斯的女人,她生活在上古英雄时代,是酷似女神般的人物。托德夫人的悲伤颇具安提格尼的深度与强度,是后者的古灵魂的复活。而在书的另一处,叙事者索性直言,把她比作古代神祇的堂妹,正健壮地踏在"西西里的原始土地上"。城市世风日下,究其原因,是缺少了爱和理解。尖枞树之乡之所以依然是尖枞树之乡,也正是它保留了人类元初时的崇高的感情。

《尖尖的枞树之乡》也以浓重的笔墨描绘了缅因州这片净土的自然景色,书中镶嵌着各种大自然美景。其中有几笔勾勒而成的素描:"海与岸的华丽世界展现在我们面前。秋色业已为风景

---

① 常耀信.美国文学史（上）[M].天津:南开大学出版社,1998:519.

添了一层光彩；在一片暗绿尖枞树的边缘，到处立着一排排光亮的沼泽枫树，宛如红色的花朵一般。蓝色的海和大潮水湾在微风中一片平静。"[①] 望去颇似一幅静物图。写景旨在抒情，朱厄特要抒发的是她的怀古之情。小说叙事者怀念人类童年时期人与自然的协调一致。事实上，她在敦内特镇发现和感受到了这种物我交融的情状。托德夫人、布莱吉特夫人、埃斯特等都是大自然的天然组成部分。托德夫人的院落就是自然界的延伸，她生活在鸟语花香之中，周围的一草一木，在她看来都和人一样有生命，有思想。一株桦树的荣枯，一枝月桂的茂盛或凋零，都能让她联想到人。托德夫人接近大自然，心总是年轻的，宇宙的活力在她身上得到了充分体现。她的母亲布莱吉特夫人所生活的绿岛，其实就是人间伊甸园。在敦内特，人多是完人，生活中人情味浓郁，女作家在这里生活一段时间之后，找到了克服精神贫乏、失调和恢复对信仰的实在、肯定感的途径，离开大城市，回到敦内特去。

《尖尖的枞树之乡》应属见闻录类作品，但因作者的巧妙运筹，不同的镜头被编辑到一起，突出了一个主题，也塑造了一些人物形象，于是具备了小说的特点。以人物论，《尖尖的枞树之乡》不同于一般的见闻录或报告文学作品，它对人物的刻画功力深厚。它的人物并不都是"平面性"、自首至尾毫无变化的，比如威廉的性格在故事中便颇有发展。威廉刚露面时，令人觉得他胆怯、腼腆，见不得世面，成不了气候，鲍登家族那么大的集会，人人伺机争而趋之，而他却缩头缩尾，匿影藏形。后来在埃斯特的母亲海特夫人面前，他依然有点"胆小的男孩"的姿态，但是在场的女作家却看出他出去和埃斯特幽会的决心是谁也动摇不了的，海特夫人允许与否都已无关紧要；他不仅去了，而且和情人一起度过了很长的时间。待到后来他和埃斯特结婚时，他的姐姐担心他撑持不起，其实他早已胸中有数，握筹布画，人前人后都已运算好。他落落大方迎来新娘，拜别亲友乡邻，顺风扬帆打道回府的洒脱

---

① 常耀信.美国文学史（上）[M].天津：南开大学出版社，1998：519－520.

样,便知道他已不是从前的他。以结构论,《尖尖的枞树之乡》颇有小巧玲珑的艺术特点,它颇似一件完整的艺术品,把一种生活、一种景观或一种意念,包容在其内。小说以《归来》为开篇,实在妙不可言:作者完全可以《度假》或《消夏》开笔。读完全书,人们开始觉悟到,原来第一章与最后一章是遥相呼应的。结尾处,女作家又离开敦内特,恰如她"两三年前"曾乘游艇去过又离开一样。最后一章所表现出的恋恋不舍之情表明,她终归是要回来的。于是一来一去,一启一闭,叙述一"圈",复又折回原地,形成一个艺术圆形体,把作家的理想镶在里面。作家的文笔以细腻著称,描写人物时,用笔虽轻却能勾勒出近乎完整的轮廓。如女管家玛利亚·哈里斯,开始出现在送葬人群中,给人留下一个侧脸(第 4 章),又过十几章,托德夫人母女又谈起她,重描几笔,她的脸庞开始清楚起来(第 18 章),至最后一章,她本人终于亮相。又如那位痴情的老渔夫伊莱加·提里,他首次出现在托德夫人同故事叙述者的交谈中,后来这位叙述者竟有专章(第 20 章)交待他的来龙去脉。朱厄特写人如此,写物亦然。例如,象征人情的珊瑚针,当初本是纳桑送给乔安娜的,乔安娜转送给托德夫人作为爱的标志(第 14 章),由此表达了人类的美好感情。当女作家参加完威廉的婚礼准备返城时,她发现托德夫人又把珊瑚针转送给了她。一件不足道的区区小物竟跨越九章的篇幅(第 23 章),故事结局时再次重现,一脉贯穿,前后呼应。

## 第三节　现实主义小说的两极分化

美国现实主义小说的真正开始是威廉·狄恩·豪威尔斯(Willian Dean Howells,1837—1920)和马克·吐温(Mark Twain,1835—1910)的创作。他们分别代表了两种完全不同风格的现实主义:前者是站在大贵族、大资产的立场上观察和描写社会现实,而后者则是从底层劳动群众的角度去观看和描摹社会现实。他们从思想内容到艺术手法都存在极大的差别：豪威尔斯被称为"英国和欧洲的现实主义"，马克·吐温则被称为"美国本土的现实主义"。

## 一、威廉·狄恩·豪威尔斯的现实主义小说创作

威廉·狄恩·豪威尔斯（Willian Dean Howells，1837—1920）出生于俄亥俄州马丁县富利村。他的父亲是一家周报的编辑，家境并不富裕，豪威尔斯并没有受过多少正规教育，靠自学成才。豪威尔斯酷爱读书，涉猎广博，据说在他 10 岁时就开始了文学活动。约 1855 年，豪威尔斯全家迁到乡下，以种田为生。这个时期的豪威尔斯开始阅读大量文学名著，曾试图运用几种文学形式进行创作。1856 年，豪威尔斯担任了辛辛那提《新闻报》的记者，1857 年，出任《俄亥俄州报》新闻编辑，直到 1861 年。后来，受邀担任《大西洋月刊》助理编辑，1871 年正式担任主编，历时十年。作为主编和评论家，他表现出深邃的洞察力和善良的心，一面介绍许多欧洲名作家，一面大力推荐本国青年作家，他发现新崛起的亨利·詹姆斯小说的价值，第一个肯定马克·吐温是个伟大的艺术家，并与之建立了深厚的友谊。在此期间，豪威尔斯写了许多评论文章，主要是为了宣扬和提倡现实主义文学传统，同时开始对创作长篇小说进行尝试创作。1881 年，豪威尔斯辞去《大西洋月刊》主编职务到欧洲侨居一年。在此后的十几年中，他的创作力达到顶峰，《现代婚姻》《塞拉斯·拉帕姆的发迹》《晚秋之暖》《安妮·吉尔伯恩》《时来运转》等小说都是这个时期面世的。1886—1892 年，豪威尔斯为传播现实主义的文学理论和观点写了大量的批评文章，主要发表在《哈珀杂志》上。

豪威尔斯被称为美国"现实主义文学奠基人"。他提倡现实主义小说创作应该忠实地再现生活，应当真实地处理和表现素材的本质，叙事角度不但要客观，而且应该富戏剧性，应该具有令人信服的动机；小说语言应当来自于日常生活，真实地描写某一特

定地区生活具体的细节。豪威尔斯认为,现实主义应该要忠实于生活,动机应该是真实的,应寻求表现一般性和习惯性。不过,豪威尔斯的现实主义是"温文尔雅"的,深受爱默生和惠特曼的影响。豪威尔斯的"现实主义"并不是以剖析社会的矛盾为主要原则。

豪威尔斯是一位多产作家。从 1852 年他 15 岁发表第一首诗时算起,到 1920 年卒世前,他的文学生涯前后近 70 年。他一生刻苦笔耕,写了一百余部作品,包括小说 35 部和戏剧、诗集、文论和政论文等。但是,他的主要创作领域是长篇小说。他所描写的生活领域并不宽,他的主人公多来自中等中产阶级,但是他的小说世界的内容却极为丰富,新英格兰的城镇生活,纽约的大都市场景,旅欧美国人的状貌,俄亥俄州的往昔,年轻人的爱情,作家们的际遇,犯罪者的心理,骗子手的尴尬,古老门阀的高傲,新暴发户的追求,种族问题,遗产纠纷,人的责任,现实的缺陷,理想的美好及潜在的危机等,几乎美国社会生活的各个侧面都在他的作品中有所反映。这里重点探讨他的代表作品《塞拉斯·拉帕姆的发迹》。

《塞拉斯·拉帕姆的发迹》讲述 19 世纪中期波士顿一家暴发户的故事。主人公塞拉斯·拉帕姆经过自己的艰苦奋斗而获得成功,他来自维蒙特州乡下,因在祖产上发现一种可以制成优质颜料的矿物,而成为一个颜料制造商。他和妻子帕莉丝省吃俭用,小心经营,生意越做越好,开了几家分公司,日益成为百万富商。物质上已经丰富的塞拉斯对波士顿文雅的上流社会垂涎三尺,因此他在城里的高雅区内建了一所设计精妙、建筑材料高档的住宅,想以此作为进入上层社会的跳板。塞拉斯公司的年轻职员汤姆·考利来自文雅但却清贫的上流社会家庭,由于工作关系,考利有时到塞拉斯家里,因而认识了塞拉斯的两个女儿——佩内洛普和艾琳,并和大女儿佩内洛普相爱。不久,塞拉斯投机受挫,几乎破产,女儿佩内洛普与汤姆的恋爱失败。汤姆爱佩内洛普,然而妹妹艾琳却误以为他爱自己。佩内洛普苦恼不已,她爱汤姆,但也很爱妹妹,二者不可兼得。在塞拉斯困顿不堪之际,英国一家辛迪加企业愿出高价购买他那份已没有什么用途的产业。但是,塞拉斯不愿损人利己,最终拒绝出售。祸不单行,一场意外的大火毁了塞拉斯施工中的豪宅,因保险期已过,他一文未能取回,最终破产。他只好携妻女回老家务农,社会地位一落千丈,但是他的诚实和善良心地使他在道德和精神上"发迹"了。同时,佩内洛普接受牧师的建议:与其三人受煎熬,不如两人享欢愉。佩内洛普接受了汤姆的求婚,获得了一段美满的婚姻。

作者以重伦理道德的人生哲学为批判武器,揭露经济竞争中不择手段的行为方式,反映工业化进程中资本垄断对美国中小资产阶级的冲击,讽刺没落贵族阶层的腐朽生活,同时主张"为富"不能"不仁",要为他人着想。小说主要揭示了拉帕姆道德发展的进程:从纯洁无邪,到经受诱惑和堕落,最终又获得拯救和新生;与此并行不悖的是他的社会地位的循环——从农村的简朴生活,到腰缠万贯的奢华,最终又回到农村的简朴生活。这一过程背后隐含着对"美国梦"的批判和嘲讽:只有在拉帕姆那栋豪华别墅于大火中坍塌以后,只有在他变得身无分文以后,他才赢得了真正的"发迹"——他在道德上、精神上得到了升华!经济上的"发迹"和道德上的"发迹"形成鲜明对照:塞拉斯面临两种"发迹"的选择,也就是价值取向上的选择;他最终为了维护道德原则,宁肯自己破产,也不愿与坏分子同流合污。小说中没有宽广宏大的社会全景,但我们却能从作品的每一个角落体会到时代的气息,观察到时代留下的痕迹。豪威尔斯以赛拉斯一家为具体描写对象,描述了处于资本主义上升时期的中小资产阶级的生活状况。这种以小见大、由点及面的写作手法,生动而形象地描绘出处于转折时期的资本主义社会的历史画卷,给读者以深刻的启示。

豪威尔斯一生孜孜不倦地提倡现实主义,强调小说不该再集中于异常巧合和悲惨结局的描写,而应该表现平凡的实际生活。在豪威尔斯的推动下,美国现实主义文学发展迅速,并很快成为当时的主潮。

## 二、马克·吐温的现实主义小说创作

马克·吐温（Mark Twain，1835—1910）并不是真实的名字，其原名为塞缪尔·郎荷恩·克莱门斯，出生于密苏里州的佛罗里达村。4 岁那年，马克·吐温随父母移居密西西比河畔，12 岁时因家庭贫困而开始独自谋生。自 1853 年起，马克·吐温开始周游圣路易斯、纽约、费城、依阿华州的基厄卡克及辛辛那提等地，主要职业是当印刷工。1856 年，他开始在密西西比河当领航员。他的笔名马克·吐温便是水手报告测水深度的惯用语，笔名表达了作者对密西西比河的无限眷恋之情，密西西比河上的经历亦成为他以后文学创作的重要素材。1861 年，美国南北战争爆发，马克·吐温结束了领港生活，在内华达州弗吉尼亚城任《企业报》记者。次年，开始以"马克·吐温"的笔名在报上发表以描写密西西比河水手生活为主要题材的幽默小品。1864 年，他到旧金山，任《晨报》记者，正式踏上文学创作的历程。在他一生创作的多篇长篇小说中，多取材于密西西比河的生活。1865 年，马克·吐温发表了第一个短篇小说《卡拉维拉斯县著名的跳蛙》，一举成名，两年后出版短篇小说集《卡拉维拉斯县著名的跳蛙及其他》。1867 年，他以记者身份到欧洲、中东旅行，在途中发回 50 篇通讯，后结集为《傻子出国旅行记》出版。19 世纪 70 年代，他创作了很多优秀作品，短篇小说《竞选州长》和《高尔斯密的朋友再度出洋》、长篇小说《镀金时代》《汤姆·索亚历险记》、散文集《艰苦岁月》、自传小品集《密西西比河的往事》等就是这个时期发表的。19 世纪 80 年代，马克·吐温出版了两部借古喻今的讽刺杰作《王子与贫儿》《亚瑟王朝廷的康涅狄格州美国人》，另外还出版了《汤姆·索亚历险记》的续篇《哈克贝利·费恩历险记》。19 世纪 80 年代末，马克·吐温经营的出版公司以及投资入股的"佩奇排字机"工程每况愈下，经济陷入困境，1893 年公司破产。为了还债,马克·吐温开始带家人巡回演讲,期间写成游记散文随笔集《赤道旅行记》、中篇小说《败坏了赫德莱堡的人》、长篇小说《傻瓜威尔逊》、短篇小说集《百万英镑及其他新作》、历史传记《贞德传》以及《汤姆·索亚在国外》等。后来,妻子和女儿连患重病,先后去世。这时的美国,机械文明、垄断资本的发展扭曲了人性,社会贫富不均,道德风尚败坏,这些因素使得马克·吐温的写作风格从乐观主义转向悲观主义,尖刻的讥讽和抨击代替了以前的幽默。马克·吐温还写了大量反帝、反战的政论文章,著名的如《给在黑暗中的人》《为芬斯顿将军辩护》《沙皇的独白》等。19世纪90年代后期到20世纪初,马克·吐温的很多著作文章都鲜明地表达了反对帝国主义侵略扩张的立场,尤其是《败坏了赫德莱堡的人》,作品批判的锋芒更为锐利炽烈。

马克·吐温创作了很多精品佳作,以通俗幽默而著称于世。他擅长嘲讽社会时弊和描写人物心理,小说富有强烈的民主精神和夸张幽默的艺术风格。

《卡拉维拉斯县著名的跳蛙》的素材取自民间故事,同时融进马克·吐温自己的创意,旨在嘲弄吉姆·斯迈里这一类人游手好闲但又异想天开做发财梦的懒汉心态,情节生动,诙谐有趣。故事一开始,叙事人"我"应东部友人之托,前去拜访老西蒙·惠勒。闲聊中,老惠勒给"我"讲述了关于吉姆的故事。吉姆整天无所事事,唯一的爱好就是赌博,生活中的一言一行都可以下赌注,可谓是一个赌博瘾君子,就连一个牧师太太的病会不会好也要同别人赌。一天,他捉到了一只青蛙,花了三个月时间专门教这只青蛙跳高、翻筋斗、捉苍蝇。他吹嘘说这只青蛙比卡拉维拉斯县任何一只青蛙都跳得更高。一天,吉姆遇到一位过路客人,两人便打起赌来。就在吉姆去捉另一只青蛙来与他那只著名的跳蛙比高低时,那位过路客人却在吉姆跳蛙的肚子里灌了两把打鸟的子弹,结果吉姆输了。小说最后,吉姆的40元钱被赢走了,等到他发现跳蛙肚子里的子弹,赶紧去追过路客人时,早就不见人影了……这是作者对早期西部地区社会生活和人物性格的第一次描写,由于故事内容与作者所擅长的创作风格达到了和谐的统一,大获成功。

假如《卡拉维拉斯县著名的跳蛙》是马克·吐温艺术上幽默才华的一次尝试,那么《竞选州长》则是他以锐利的讽刺手段揭示美国社会本质的一支掷向统治阶级的投枪。小说写于1870年,其时,南北战争结束已经5年,代表北方大资产阶级利益的共和党利用战争胜利的机会继续掌握国家权力。战争时期的共和党总统林肯被刺身死之后,由副总统约翰逊继任。约翰逊属于共和党的右翼,他表面维护民主,暗里却与战时的对手、南方奴隶主相勾结。1865年战争刚结束,约翰逊就赦免了一部分叛乱的奴隶主,并准备以"平等的原则"接受南方叛乱各州重新加入联邦。同时,北方资产阶级也乘机在南方投机倒把,发财致富。在共和党的纵容下,南方的奴隶主又开始放肆活动,罪恶的三K党继续野蛮地迫害黑人。这种倒行逆施的反民主政策激起了美国劳动人民和社会进步力量的强烈反对与回击,民众开展了各种形式的斗争,甚至对总统提出弹劾。在人民群众的强大压力下,美国国会不得不通过"重建南部"的法令,并于1866年4月公布了黑人公民权法案;1868年颁布宪法修正案,规定所有美国公民不分肤色、种族和出身,一律具有选举权。但是,在这民主外衣下,依然是弱肉强食、尔虞我诈。在州长竞选中,民主党与共和党各自拉拢选票,不惜重金收买想在竞选中获胜,两党互相攻击,不惜造谣中伤。小说主人公"我"就是一个准备参加州长竞选的独立党候选人,竞选对手是共和党斯蒂瓦特·伍德福先生、民主党候选人约翰·霍夫曼先生。"我"是一个"正派人",自认为声望很好,因此对竞选信心满满。然而,作者笔锋一转,写他内心的阴影,如被人评头论足,因而满心烦恼,后来他写信给祖母倾诉自己的苦恼,结果祖母回信认为他竞选州长是一件"羞耻"的事情。这一"羞"字把美国选举制度所谓"民主""平等"的外衣剥得一干二净。然而"我"接连遭到其他竞选者的造谣中伤,先后被诬为"伪证犯""小偷""盗尸犯""酒鬼""舞弊分子"和"讹诈犯"。最后,

"我"百口莫辩,不得不放弃了竞选。小说揭示了对美国"民主""自由"的真相,批判矛头直指美国共和、民主两党。马克·吐温抓住美国政治生活中的核心问题——选举,以一个并非虚妄的故事情节,透过作品中光怪陆离的描写和共和、民主两党政客们淋漓尽致的表演,极其愤慨地揭露了这"两大帮政治投机家"的丑恶嘴脸。艺术上,小说采用夸张与正反颠倒的手法,取得了强烈的喜剧效果。小说情节紧凑曲折,语言简练生动,颇具特色。

《镀金时代》是马克·吐温与查尔斯·达德利·华纳合写的小说,也是他的第一部长篇小说。小说从贫穷的霍金斯一家从田纳西迁居到密苏里,想投靠亲戚开始,随后对从西部边疆到东部政界的社会进行了广泛的描写,主要塑造了塞勒斯上校和参议员狄尔华绥两个人物形象。塞勒斯表面上不计得失、彬彬有礼、慷慨大方,实际上是个幻想发财的小市民。他开始是一个没有固定职业的穷汉,一个夸夸其谈的幻想家,整天沉湎于空想的发明和冒险的投机。在他看来,甚至到处都可以挣钱,他从糖的买卖、制造眼药,到进行修筑铁路、建城市的投机事业,无不津津乐道,但最终一事无成,过着苦日子。这一幻想发财的美国小市民形象反映了内战后弥漫在全国的拜金主义和投机风气。参议员狄尔华绥满口仁义道德,但无恶不作:为了拉选票而贿赂其他议员;利用萝拉的美貌而搞"院外"活动;以解放黑人为借口而建立了所谓的"园园岗大学";唆使国会通过议案,拨出巨款,企图从中牟取暴利。作者通过这个人物的描写,讽刺和批判了南北战争后随着资本主义的迅速发展而出现的政治上的腐败现象和弥漫在美国社会上的"投机"风气。

《哈克贝利·费恩历险记》是美国现实主义文学的杰作,充分体现了马克·吐温的艺术风格。小说所刻画的人物和描绘的事件都能在南方现实生活中找到底本。哈克与他的父亲、吉姆、骗子手、舍伯恩上校以及醉汉博格斯,都有真实的生活原型。例如,黑人吉姆的原型为马克·吐温幼年时认识的叔叔家田庄上的黑奴丹尼尔。又如,奴隶制、富室大户间的宿仇与格斗、小城镇里的流氓瘪三、"文明"与"野蛮"两种状态的对立等现象都是马克·吐温的描写对象,而这些又都是美国南方生活的逼真写照。小说的现实主义主题可以用"自由"来概括:反抗"文明规矩"的主旨和反对奴隶制的思想融为一体,扩展并丰富了全书的内涵。黑奴吉姆是自由精神的化身,他不像一般黑奴那样逆来顺受,而是冒死从主人家逃出,途中结识了同样具有自由精神的白人少年哈克,两人一起开始了寻找自由家园的旅行。随着故事的展开,读者可以发现吉姆身上许多优秀的品格:勇敢、坚强、真诚、无私等。他一路像父亲一样照顾小哈克,甚至甘愿冒着失去自由的危险,向受伤的汤姆伸出援手。吉姆的形象集中体现了人文主义思想和超越种族偏见的理想。

《哈克贝利·费恩历险记》一扫当时流行的伤感主义文风,所描述的普通人和事物来源于现实生活,尤其突出实际生活中人们应当关心的事和承担的责任,给人以耳目一新的感觉。作者在冷峻地描写密西西比河沿岸小镇的衰败鄙陋、居民的愚昧贫困的同时,又满怀深情地描写两岸如诗如画的自然风光。丑恶的社会与美丽的自然风光形成鲜明的对比,表达了作者对现实的不满和对美好生活的向往。小说行文自然流畅,将轻松的幽默和辛辣的讽刺融为一体。作品行云流水般地向读者呈现了一个又一个幽默的场景、诙谐的对话,但幽默之中常伴有犀利的讽刺。小说既有人物心理的具体剖析,又有奇特风趣的想象。小说着重人物心理状态的刻画,如哈克对黑人的观点与态度的转变、对社会成规积习的认识过程、对宗教训诫和社会道德规范的背叛,以及他宁愿"下地狱"也不出卖朋友的行动等,所有这些都因活泼圆转的语言和生动的形象得以体现。20世纪新批评派主将克林斯·布鲁克斯和罗伯特·沃伦在《美国文学创作与作家》中曾经高度评价《哈克贝利·费恩历险记》这部小说。他们尤其赞赏马克·吐温的口语表述所创造的貌似粗俗,但十分神奇的艺术效果,而不是用刻板的叙述人的语言;用哈克的口语写,使人物的情感与事件完美融合。因此,这部小说也被认为是现实主义文学的典范。

综览可见,马克·吐温从民主理想出发,以幽默讽刺为武器,以美利坚合众国的社会生活为题材,植根于人民生存的土壤,大胆揭露了美国社会的腐败、种族歧视和虚伪民主的种种罪状,可谓幽默中含有哀怨与讽刺。马克·吐温把19世纪美国现实主义文学推向了世界的高峰,当之无愧地被誉为"美国现实主义文学之父"。

## 第四节　资本主义经济的高速发展与现实主义小说的深化

19世纪末至20世纪初,美国资本主义发展到了垄断资本主义,也就是帝国主义发展的时期。这个时期美国经济高速发展,但政治上是寡头统治,对外更有侵略性,由此也加剧了国内资产阶级与工业阶级之间的矛盾。于是,到了20世纪上半叶,人们开始从过去单纯对社会不平等现象的揭露和抨击转化为对这种现象产生原因的探索,从过去要求改变社会现状的强烈愿望转化为对这种反抗力量作用的重新估计。这也反映到现实主义小说中,小说更具有反抗性、揭露性,也具有更为广泛的思想内容。这个时期的现实主义小说上承19世纪的批判现实主义传统,同时又受自然主义理论的影响,使得一部分小说家的创作观念和作品中也有了自然主义的风格和内容,表现出处于高速工业化和现代物质文明的时代中对人性本质的困惑。这一时期的美国现实主义小说从19世纪文学的单一性走向20世纪文学的多元性过程逐渐成熟,艺术表现上具有更鲜明的时代特征,对美国社会制度进行根本性的探讨,突出人物命运的普遍意义,指出对社会的反抗手段,更注重环境、人物的典型性和细节描写的真实性。20世纪上半叶美国的现实主义代表作家有欧·亨利(O.Henry,1862—1910)、伊迪丝·华顿(Edith Wharton,1862—1937)、薇拉·凯瑟(Willa Cather,1873—1947)、厄普顿·辛克莱(Upton Sinclair,

1878—1968）、辛克莱·路易斯（Sinclair Lewis，1885—1951）、约翰·斯坦贝克（John Steinbeck，1902—1968）等，以下重点探讨具有代表性的作家辛克莱、路易斯、斯坦贝克的现实主义小说创作。

### 一、厄普顿·辛克莱的现实主义小说创作

厄普顿·辛克莱（Upton Sinclair，1878—1968）出生于马里兰州巴尔的摩市，10 岁时随家迁居纽约。1893 年进入纽约市立学院读书，1897—1901 年又入哥伦比亚大学深造。早在少年时代，辛克莱就表现出惊人的文学创作才能，他已经可以靠写惊险小说、卖通俗杂志度日了。他曾受到巴尔扎克、弥尔顿和雪莱伟大作家的影响，从他们的作品里学到了反对不公正社会的斗争和艺术力量。1904—1910 年间，他先后就出版了好几部长篇小说，但反应平平。1906 年《屠场》的出版为他赢得了巨大的声誉和一定的财富。1908—1940 年，辛克莱出版了 100 多部作品，其中就有《大都会》《煤炭大王》《一个爱国者的故事》《他们叫我木匠》《正步走》《金钱作家》《波士顿》和《山城》等。1940—1946 年，辛克莱出版了"兰尼·巴德系列小说"，共有 10 部长篇小说，包括《世界末日》《两个世界之间》等。后来续集《兰尼·巴德归来》出版。20 世纪 50 年代后，辛克莱创作日渐减少。

辛克莱受马克思主义思想的影响，对社会问题特别感兴趣，常用简洁、清新和明快的风格表述他的观点，笔锋尖刻、直率，敢于大胆地揭露大商业公司的背信弃义、垄断财团的相互勾结，赢得了社会各界的赞赏。在他创作的众多作品中，《屠场》和《波士顿》价值最高。

《屠场》主要反映的是芝加哥屠宰工人的悲惨生活，旨在揭露帝国主义阶段美国社会的真实面目。小说主人公约吉斯·路德库斯以及他的妻子奥娜都是欧洲移民，他们怀揣着发财梦来到美国，但是，从踏上美国土地的那一刻起，迎接他们的只有贫困、饥

饿、欺骗、讹诈。结婚前,他们努力很久才在芝加哥屠宰场找到一份薪资微薄的工作。工作环境非常恶劣,强度又很大,生命随时受到威胁。为了多挣点钱,约吉斯拼命干活,但厄运连连。他与奥娜结婚前夕被骗走了仅有的几百元,结婚后又欠了很多债。后来他在工作中受伤,养伤休息的期间,他的屠场工作又被别人顶替。后来,奥娜死于难产。约吉斯付不起房租,流落街头,迷迷糊糊走进市区,偶然误入会场,听到了社会党领袖们"组织起来"的号召。联系自己的身世,约吉斯很受启发,于是鼓起勇气加入了社会主义者的行列。约吉斯的命运在 20 世纪初期的美国确实具有典型意义。作者明确地指出,约吉斯的一切灾难都是美国政府的政策和垄断资本家的剥削造成的,而大资本家和政客们的腐朽生活则是建立在约吉斯这样千千万万受苦受难的穷人们牛马般的劳动之上的。小说第二十四章中所描写的约吉斯在屠宰行业垄断资本家公馆中见到的仙境般的建筑和奢侈的生活方式,同他亲身经历过的肥料厂地狱般的生活是一种强烈的对照:一边是古董名画,美酒佳肴,灿烂夺目的屋舍,仅造一座浴池就花了四万元;另一边却是骨粉弥漫,臭气冲天,这正是美国阶级对立、贫富悬殊的写照,是《屠场》首要的社会意义。

《波士顿》的素材主要取自 20 世纪 20 年代美国历史上最黑暗的"萨科—万塞蒂"案,该案涉及的主要人物是萨科与万塞蒂,小说还虚构了一个叫科妮莉亚·西奥尔的女子,作线索用。作者通过科妮莉亚的见闻写出萨科与万塞蒂这两位工人领袖的故事。科妮莉亚是有产阶级的女子,丈夫是工业巨头,但她并不喜欢本阶级的生活,丈夫死后她分文未取就离家出走,来到普利茅斯一家工厂当工人,因此结识了万塞蒂、萨科。受这两位工人领袖的影响,科妮莉亚参加了秘密的工人组织。在一次罢工中,萨科和万塞蒂以杀人抢劫的罪名被捕,将被处死。对此,科妮莉亚动用所有的人脉关系,到处呼吁营救,但表面上公正执法的审判员、法官、州长、总统都坚持死刑的判决,萨科和万塞蒂最终被杀害。小说以强有力的、令人信服的描述,再现了 20 世纪 20 年代美国垄断统治阶级残酷、卑劣的嘴脸。

作为"黑幕揭发运动"的代表作家,辛克莱以自己的亲身经历描绘社会现实,用马克思主义观点剖析和诠释美国文化。他的作品结构紧凑,主题深刻,在 20 世纪美国文学史上颇具影响力。

## 二、辛克莱·路易斯的现实主义小说创作

辛克莱·路易斯( Sinclair Lewis,1885—1951 )生于明尼苏达州索克新特镇,6 岁丧母,父亲和两个哥哥都是医生。1902 年,他到芝加哥大学念预科,后转入耶鲁大学,在学校期间尝试进行创作。1908 年毕业后,他当过记者、编辑,也尝试写过诗歌和短篇小说。1912 年,为了挣钱养家,路易开始正式写小说,后来快速发表了多部长篇小说:《我们的雷恩先生》《鹰的踪迹》《求职》《无辜的人们》和《自由的空气》,但反响平平。直到 1920 年,他的长篇小说《大街》问世,才引起了社会的广泛关注。1922 年,长篇小说《巴比特》出版,这使得路易斯声誉日增。1925 年,路易斯发表了《阿罗史密斯》,受到了热烈欢迎。接着,他又分别于 1927 年和 1929 年发表了《埃尔默·甘特利》和《多兹华斯》。之后,路易斯又继续创作了 10 部长篇小说,但质量平平,创作力逐渐衰退。路易斯继承和发扬了马克·吐温优秀的现实主义文学传统,以刚健有力的笔调和讽刺幽默的对比手法,描绘了美国中西部小镇 20 世纪 20 年代的社会生活,并巧妙地将中西部的语言,包括方言和俚语引入小说,具有浓郁的生活气息,有"美国的狄更斯"的美称。路易斯是个多产的作家,创作的小说有 20 多部。在他的众多小说作品中,影响较大、取得较高成就的现实主义小说为《大街》和《巴比特》。

《大街》从构思到出版,历时 15 年,主要围绕女大学毕业生卡罗尔·米尔福德的经历以及她与小镇人之间的冲突展开。卡罗尔出身法官家庭,美丽活泼、充满浪漫理想,立志要离开城市到中西部戈佛草原小镇,以改变那里农村文化教育的落后状况。为此,

她嫁给了戈佛草原小镇的乡村医生威尔·肯尼科特。令人意想不到的是,在戈佛草原小镇住下后,卡罗尔发现小镇的居民闭塞、保守、狭隘,不愿意与外界沟通,与新思想格格不入,而且自以为是。为了改善戈佛草原小镇的文化生活,卡罗尔积极开展各种活动,竭力主张改建大会堂,整顿公共图书馆,并且提倡诗歌欣赏,成立业余剧团,演出萧伯纳戏剧等,任劳任怨。然而,她一系列的言行举止受到了镇上保守势力的攻击,镇上人众目睽睽地注视着她,议论她,视她为异端。这使得卡罗尔心灰意冷,无所适从。同时,卡罗尔强烈的个性及革新的作风,引起她那秉性敦厚而墨守成规的丈夫的不满,以致争吵、矛盾愈演愈烈。卡罗尔陷入深深的惶惑与绝望,一气之下,她告别了丈夫,离开了戈佛草原小镇,来到华盛顿。不过,在华盛顿生活了两年后,卡罗尔无奈地发现,像戈佛草原小镇这样追求物质享受、文化平庸的地方,美国到处都是,大城市与乡镇其实并无本质区别。意识到这些后,卡罗尔返回小镇,适应小镇的陋习,至此,卡罗尔改造小镇的宏大计划失败。但是,卡罗尔仍然对未来抱有希望,她瞩望 2 000 年后那伟大的未来,把希望寄托在重回小镇后出生的女儿身上。

路易斯在《大街》中揭露了大街的真面目:呆板单调,毫无生气。人们愚昧迟钝,安于现状,自以为是,并以此为荣。他们没有理想,没有道德,脑子里全是铜臭,耳朵里听的是刻板乏味的音乐,嘴巴里赞美"福特"汽车有多好……这样的一种生存状态,事实上是美国真实社会的写照。小说主人公卡罗尔理想的破灭,揭示了传统习惯的强大,作者由此提出了"美国这么下去怎么办"这一发人深思的问题。路易斯认为他所写的明尼苏达州这个小镇的"大街"并不是个别的、孤立的,而是同整个美国所有这一类的"大街"相连接的,它们是一个整体。因此,"大街"具有典型性和代表性,"大街"上的市侩们、"大街"生活的保守和闭塞、"大街"上令人窒息的空气具有了普遍意义。

《巴比特》对城市的中产阶级进行了深刻有力的讽刺。小说主人公巴比特是美国中西部齐尼斯市一个有道德、有事业心的房地产经纪人,40多岁,身体已经有点发胖,具有训练有素的精神气质和规范的家庭生活。事实上,巴比特却无时无刻不在觊觎别人的钱财,并每每以诈骗业主的佣金为乐事,还无理开除要求提高工资的雇员,以显示他的精明强干作风。为了扩大自己的人脉资源,巴比特加入远足高尔夫乡村俱乐部,为了利用政权增加经济财富,巴比特广交政客,巴结富豪,终于成为津尼斯市出席全州房地产联合会大会的唯一代表。巴比特热衷于追求物质生活,成为代表后转而投身到过去敌对的自由主义派阵营,与一帮寻欢作乐、玩世不恭的人沆瀣一气。巴比特因此也被标上了自由主义分子的帽子,这使得他失去了社会上显要人士的支持。巴比特企业即将要垮台,买卖眼看也即将要泡汤。在妻子的规劝下,巴比特不得不重新回到传统的势力范围中来,恢复了保守派的政治立场。小说通过对巴比特的思想观念和生活情操先后演变过程的描写,揭示了中产阶级的庸俗生活,成功地塑造了20世纪20年代美国社会中的市侩的形象,也为读者呈现了一幅色彩斑斓的社会风俗画。

## 三、约翰·斯坦贝克的现实主义小说创作

约翰·斯坦贝克( John Steinbeck,1902—1968 )生于加利福尼亚州蒙特雷县沙利纳斯镇,父亲是一个稍有资产的农场主,兼营一家面粉厂,母亲是一位教师。斯坦贝克从小在母亲的指导下阅读文学作品。1918年,斯坦贝克在当地高中毕业,第二年进入斯坦福大学英文系。由于经济困难,他两度辍学,以做小工谋生,直到1925年才修完学业。同年,他到纽约做记者,业余从事写作,相继于1929年发表第一部长篇小说《金杯》、1932年发表《天堂里的牧地》以及1933年发表《致无名之神》等,但都未引起人们太多的注意。后来在父亲的资助下,他决定专门从事文学创作。1935年,《托蒂亚平地》的出版使他崭露头角。1936年,他发表了《胜负未决》,讲述采摘工人的罢工斗争。也正是从这部作

品开始，斯坦贝克从和谐的幻想世界中走出，开始关注群众斗争。1937年，他发表了《鼠与人》《红马驹》，声誉进一步提升。1939年，斯坦贝克出版了《愤怒的葡萄》，引发了一场社会公众的激烈争论，他的文学创作成就走向最高峰。20世纪40年代是他创作的第二个时期，作品的题材有所扩大，思考也更为深入，作品有《月落》《罐头厂街》《违意的公共汽车》《珍珠》等。20世纪50年代，斯坦贝克开始了后期的新探索，作品具有了明显的象征主义色彩。

斯坦贝克是20世纪30年代美国文坛上崛起的现实主义小说家，他在创作上的贡献和影响是巨大的。他的小说大多采用现实主义和浪漫主义相结合的手法，后期作品则具有明显的象征主义色彩。也有文学史家认为他是自然主义与现实主义相结合的风格作家。从他整个创作而言，背景往往是广阔的农村。斯坦贝克的长篇小说大都以第一手的素材为基础，关注群众斗争，忠实于生活，精心取舍。斯坦贝克的著名代表作《愤怒的葡萄》真实、严肃、及时、典型地反映了20世纪30年代在经济危机冲击下美国破产农民的悲惨命运，具有鲜明的时代特色；同时也写出了新一代年轻人反抗情绪的增长，表达了资本主义制度下劳动阶级的思想感情。

《愤怒的葡萄》以俄克拉荷马州"尘埃盆"的佃农乔德一家12人及牧师吉姆·凯西为描写对象，以深沉含蓄的笔触描述了他们背井离乡长途跋涉前往西部迁徙谋生的经历。他们挤在一辆破旧卡车上举家西进，途中受尽折磨与欺凌，乔德的祖父母相继死去。到达加利福尼亚州时，他们又受到当地官员和雇主的欺诈，工作难找，收入微薄，无奈之下只好去收容所过夜，到农场干活。小说刻画了近20个人物，但主要人物有乔德家的妈妈、牧师吉姆·凯西和汤姆三个。斯坦贝克运用现实主义手法，塑造了乔德一家，尤其是汤姆和乔德大妈在认识上的成长。他笔下的人物描写有血有肉，感情丰富，个性鲜明，极具感染力。在艺术结构上，小说艺术性地交替使用叙事章和插入章，使篇章结构立体化。其中,小说穿插介绍了经济大萧条的凄凉景象、旱灾的惨状,乔德一家西行的历史背景、途中见闻和其他人的可怜处境,展现了丰富而生动的背景知识,拓宽了佃农艰辛的生活画面。同时,作者还插入自己对人情世事的评论,叙述情节和论述观点相辅相成,一张一弛,一唱一和,烘托渲染,推动故事向纵深发展。

## 第五节　社会矛盾演变与左翼小说繁荣

进入 20 世纪 20 年代后期,美国社会表面上的经济繁荣与贫富悬殊、大批工人失业现象形成了鲜明的对比,社会矛盾激化,寡头政治与垄断资本统治终于导致 1929 年"黑色的星期四"引起的全国性经济危机。国民经济大幅度衰退,底层劳动者甚至包括小资产阶级在内,面临空前的生活灾难。广大劳动者的强烈不满直接导致了工人运动的高涨,罢工斗争、示威抗议、劳资纠纷以至局部的武力冲突,使整个美国出现了自南北战争以来最严重的社会动荡。面临这样的局势,一部分具有进步倾向的美国作家开始意识到自己的社会责任,努力探索导致国家政治与经济危机的根本原因和解决的办法,积极学习马克思主义的革命理论,关注苏联社会主义革命与建设,自觉参加工人运动,积极投身到民众的斗争行列之中,以文学作品为武器努力反映当时的社会现实,揭露寡头政治和垄断资本主义罪恶的本质。大批左翼政论著作、报告文学、诗歌作品诞生,左翼刊物纷纷出现,形成美国"红色的30年代"左翼文学高潮,而其中小说创作尤为活跃,形成了左翼小说繁荣的局面。在长达 40 年左右的左翼小说发展过程中,涌现了一批优秀的小说家,著名的如迈克尔·高尔德( Michael Gold,1893—1967 )、多斯·帕索斯( John Dos Passos,1896—1970 )、厄斯金·考德威尔( Erskine Caldwell,1903—1987 )、伯特·马尔兹( Albert Maltz,1908—1985 )等。以下重点探究高尔德、考德威尔的左翼小说创作。

### 一、迈克尔·高尔德的左翼小说创作

迈克尔·高尔德( Michael Gold,1893—1967 )生于纽约东区贫民窟,父母都是犹太移民,生活贫苦。高尔德12岁时辍学打工,业余时间自觉刻苦学习。1916 年到哈佛大学念书,但很快因经济困难停学,后在波士顿当记者。1917 年为了逃兵役去了墨西哥,并加入美国共产党,曾经在左翼刊物《解放》《新群众》以及《工人日报》任编辑、编委、编辑部负责人,写了许多抨击美国资本主义社会的杂文。高尔德曾提出"无产阶级艺术"的口号并努力实践,发表了不少作品,如剧本《节日》《霍伯根哀曲》《战歌》,散文诗集《十二亿》,论文集《改变世界》,文学评论《空虚的人》以及《约翰·布朗传》等。半自传体长篇小说《没有钱的犹太人》中,作者以自己的创作实践"无产阶级文艺"为基调。高尔德的小说无刻意雕琢的痕迹,以真实事件为基础,用朴实的白描手法,生动地再现了城市贫民的苦难生活和他们可歌可泣的故事。

《没有钱的犹太人》写的是第一次世界大战前曼哈顿东区犹太移民的生活经历,主题是旧世界的价值观与新思潮的冲突,伦理道德与宗教信仰的冲突,以及犹太人与纽约白人市民艰难的融合。小说以一个犹太移民的孩子麦克尔为轴心,既讲述他成长的故事,也从他的视角出发描述周围发生的一切。麦克尔从小就卖报、干零活帮助养家,父亲汉门因伤失业,只能靠妻子一人去自动食堂打工维持生活。全家人一次次在生存的边缘挣扎,饱受贫苦的煎熬。虽然失去了劳动能力,汉门的发财梦并没有中断,他依然认为纽约是一个发迹的地方,因为这里有大批有钱的犹太人。这和题名相映衬,构成巨大的反差,具有了极大的反讽意味。对此,麦克尔觉得父亲是一个令人心酸的梦想家,空头的富翁。最后,穷困潦倒的汉门觉得自己的梦无法实现,就把这个梦想寄托在儿子麦克尔身上。但是,麦克尔不像父亲那样做发财梦,因为他对残酷现实的认识比父亲清醒得多。小说最后一章中,麦克

尔已经成长为二十出头的青年,始终找不到一份稳定的工作,但终于觉醒,明白了贫困的根源是阶级剥削,只有参加革命才能改变这一切。最终,"没有钱的犹太人"麦克尔成为一个共产主义者。他满怀深情地说:"啊,革命,它逼着我去思考,去斗争,去生活。"①小说既充满政治激情,又富有浓烈的生活气息,生动地揭示了犹太移民在纽约碰到的现实问题及他们朴实的理想。

在《没有钱的犹太人》中,高尔德糅合了现实主义创作手法和印象派风格,对纽约下东区贫民窟的生活作了"扫描"交代:纽约是个穷人的"监狱",像个"屠宰场";恶劣的工作条件、疾病的蔓延、资本家的无情使犹太人痛苦万分。城市下层贫民可怜而又可悲,日夜企盼着发财。高尔德的人物塑造犹如肖像速写,往往只有寥寥数笔的勾勒,但栩栩如生;小说场景不断变更,事件纷杂,展现了一幅混乱嘈杂的城市贫民窟的全景图。在这部小说中,高尔德将他本人提倡的"无产阶级文艺"这一概念具体化、文本化了。从主体思想到叙事手法,《没钱的犹太人》都为后来同类小说树立了样板,影响了不少同时代的青年作家。

## 二、厄斯金·考德威尔的左翼小说创作

厄斯金·考德威尔(Erskine Caldwell,1903—1987)生于佐治亚考埃塔,家庭贫困,念书断断续续,干过许多工种,也当过记者。1930 年,考德威尔发表了两部中篇小说《讨厌鬼》和《穷傻子》,而为他获得作家声誉的是 1932 年发表的长篇小说《烟草路》。1933—1940 年间,考德威尔发表了《上帝的小块土地》《旅行者》《七月的风波》,反映了南方的种族仇恨。直到 20 世纪 70 年代,考德威尔才发表了多部小说。

《烟草路》主人公吉特·莱斯特是现代佐治亚州的一个佃农,种棉花 6 年却没有钱买种子和肥料,上有老下有小,全家处于饥饿状态。为了解决家人的饥饿问题,吉特偷了邻居本森的萝卜。

① 杨仁敬.20 世纪美国文学史 [M].青岛:青岛出版社,1999:285.

吉特的妹妹是一个寡妇,用汽车引诱侄子杜德(吉特的 16 岁儿子)跟她结婚。杜德开车不小心撞死了祖母和一个黑人农民。最后,吉特 12 岁的女儿珀尔外出找工作。一夜,吉特和妻子在家遭遇大火,双双被烧死。小说通过吉特一家的悲剧,反映了美国南方佃农的贫困生活和社会变迁给他们带来的精神冲击。作品夸大人物的古怪性格和荒唐行为,突出人物同环境之间的格格不入和悲惨结局。小说语言朴实生动,对话富有幽默感。《烟草路》问世后并未立即受到社会的欢迎,但在一部分读者中间还是引起了大的反响。1934 年,杰克·柯克兰将其改编成剧本,由于作品对吉特这一人物以及他的家庭和邻居充满理想追求和失望痛苦、悲喜交集的生动描绘,轰动了纽约舞台,连续上演 7 年而不衰,成了美国剧院的主要剧目之一,"烟草路"成了美国农村堕落污秽的代名词。

《上帝的小块土地》继续了《烟草路》的主题,但小说揭示人性在财富与道德的矛盾面前日渐堕落方面,有了更深一层的意义。小说的主人公泰伊·沃尔顿是佐治亚州的农民,他以一小块被纳入教会的土地收入维持生计。泰伊坚持认为自己的土地底下有丰富的金矿,而且连续挖了 15 年之久,他让女儿达琳·吉尔找来妹妹罗莎蒙德及妹妹的丈夫汤普逊帮他挖金,但汤普逊却趁机与女儿私通,使愤恨中的罗莎蒙德要置丈夫于死地。汤普森回斯科兹维尔后,又占有了送他回去的泰伊的小儿媳格赖塞尔达,第二天汤普森在罢工骚乱中丧生。泰伊的大儿子杰姆企图引诱弟媳妇格赖塞尔达,结果被弟弟巴克杀死,巴克也自杀身亡。最后,只剩下泰伊一人独自在挖金矿,因为他坚信地底下是有金子的,在他看来,一切道德传统都不如财富重要,他的梦想是有朝一日能够发财。

# 第六节　移民文化与族裔文学中的民族记忆

　　美国是个移民国家,因此移民文化在美国文化中占据十分重要的地位。仅就文学领域,在 20 世纪 50 年代以前,由于白人群体在社会中占据主导地位,其他族裔或多或少地受到歧视和不公正对待,这也导致 20 世纪 50 年代以前,美国的族裔文学并不突出。进入 20 世纪 50 年代以后,随着各类民权运动和反歧视政策的推行,其他族裔的不公正生存状态逐渐得到改善,族裔文学也逐渐进入美国主流文坛,成为美国文学不容忽视的重要组成部分。其中,黑人作家理查德·赖特(Richard Wright,1908—1960)、拉尔夫·艾立森(Rolph Ellison,1914—1994)和詹姆斯·鲍德温(James Baldwin,1924—1987)等创作的文学作品,不仅为消除种族歧视做出了较大的贡献,而且使得黑人文学成了美国文学的主流。此外,随着战后德国法西斯犹太人死亡集中营的发现,美国犹太人的地位引起了人们的关注和同情。20 世纪 50 年代,一批犹太作家进入了美国文艺殿堂,如伯纳德·马拉默德(Bernard Malamud,1914—1986)、索尔·贝娄(Saul Bellow,1915—2005)、菲利普·罗斯(Philip Roth,1933—　　)、艾萨克·什维斯·辛格(Isaac Bashevis Singer,1904—1991)等,他们的作品以独特的"犹太味"受到了很多读者的喜爱。随着华人移民人数的不断增多和华人在美国社会各个领域作用和影响的增大,美国华裔小说的主流创作也开始发展壮大。著名的华裔作家如汤亭亭(Maxim Hong Kingston,1940—　　)、谭恩美(Amy Tan,1952—　　)、任碧莲(Gish Jen,1956—　　)等。另外,也有不少美国印第安人作家坚持从本民族的视角叙述自己的故事,并成功地改变了原来被一些白人作家歪曲的印第安人形象,使得文学作品里的印第安人更加贴近现实,也更加富有活力。以下重点以艾立森、马拉默德、汤亭亭的族裔文学创作为代表进行探讨。

### 一、拉尔夫·艾立森的族裔小说创作

拉尔夫·艾立森（Rolph Ellison，1914—1994）生于俄克拉何马州俄克拉何马市，是在黑人作家赖特和休斯的鼓励下开始创作小说的。1952年，他发表了长篇小说《看不见的人》，一举成名。《看不见的人》的主人公是一个普普通通的黑人，无名无姓，经常躲在纽约市一家地下室的"洞"里。他偷偷接上电力公司的电线，装了一千多只灯泡，将小洞照得非常明亮，但他所接触的人仍看不见他，他得不到重视，饱受歧视。这可悲的情景使他回顾了自己前半生在南方闯荡的经历。中学时，他曾参加过一次小镇的演讲，没按要求谈"社会责任"而大谈"社会平等"，受到了白人的警告，为了保住奖学金，只好违心道歉。进了大学，他发现黑人校长专断独裁，虚伪自私，对待黑人学生和白人学生时判若两人。后来，他被从大学开除，只好去纽约谋生。在纽约，他被医院当作新仪器的试验品，他参加哈莱姆黑人区的"兄弟会"，但领导者只搞党派政治，不关心黑人生活。他亦受到牧师和小偷拉斯的愚弄。最后，哈莱姆区进行种族暴动和放火抢劫，他在逃跑途中掉进了打开盖子的地下煤窖里。从此，他又成了"看不见的人"。《看不见的人》与其他描写黑人遭遇的小说不同，艾立森着重通过黑人的生活经历和他们与白人的种族关系，使人们认识到黑人的身份问题，西方现代人对自我的追寻、发现和幻灭的问题。第二次世界大战后，这些问题在很大程度上困扰着美国人。主人公受伤躺在医院里扪心自问："我是谁？""我的身份是什么？"作者从存在主义的独特视角，反映主人公如何失去自我和寻求自我本质，隐喻现代社会里人与人、人与现实、人与自我的关系，大大加深了作品的深刻意义。

从小说创作艺术特征看，该作品在以下几个方面非常突出。第一，小说并没有一个统一的故事情节，全书主要由主人公的种种经历组成，以第一人称叙述，其中包含了一系列插曲，每个插曲

又是围绕一些事件展开。第二,小说结合了现实主义和超现实主义的写作技巧。例如,在写黑孩子的拳斗、佃农特鲁布拉德故事中的故事、黑人校长坏话连篇的工作推荐信和最后哈莱姆区的黑人暴乱等,都采用了很多现实主义的细节描写,让人印象深刻。而在描写主人公昏迷和梦幻状态时,又通过意识流的手法,将主人公对昔日生活的回忆和内心痛苦的感受充分展现了出来。第三,小说充分采用了象征主义手法。小说的题名是"看不见的人",在小说中,艾立森正是将生活在"地下"、与社会格格不入的人与当代美国孤独的个体联系了起来,塑造了一个无名无姓的主人公的独特形象。主人公生活的世界充满了荒谬,不可信的事被当作了正常的事,而真理被当成了谎言。主人公走南闯北,不断追寻真实的信仰,但读者始终不知道他的名字。可以说,他就是一个反讽者的化身。第四,小说中包含了生动的黑人民间传说和宗教故事,爵士乐和布鲁斯节奏强烈,有力地展示了美国黑人要身份、要自由的双重意识。此外,小说叙事语言随主人公经历的变化而变化,精彩多样,恰到好处。艾立森的《看不见的人》是一部具有艺术魅力的小说,它的影响力亦经久不衰。

## 二、伯纳德·马拉默德的族裔小说创作

伯纳德·马拉默德(Bernard Malamud,1914—1986)出生于纽约市布鲁克林区,父母都是俄国的犹太移民,在纽约开店做小生意,经济状况不佳。中学毕业后,马拉默德进入纽约市立学院和哥伦比亚大学读书,毕业后先任职于华盛顿人口调查局,后在某中学夜校教书,并开始创作小说。1949—1961年,他在俄勒冈州立学院任教,业余时间坚持写作。陆续在报刊上发表了一些短篇小说后,他于1952年出版了第一部长篇小说《天生的运动员》。1957年,小说《店员》问世,引起文坛重视。此后他的小说作品不断,重要作品如长篇小说《新的生活》《基辅怨》《费尔德曼的肖像》《房客》《杜宾的生活》及《上帝的恩惠》;短篇小说集有《魔

桶》《白痴优先》《拉姆布兰特的帽子》和《马拉默德短篇小说集》等。在众多的作品中，《店员》奠定了马拉默德在美国文坛的地位。

《店员》的主人公莫里斯·鲍勃是犹太移民，在纽约布鲁克林区开了一家小杂货店，但因受到附近一家熟食店的影响，生意日渐萧条。一天晚上，莫里斯正要关店门时，两个抢劫犯进到店中，因嫌钱少用手枪打伤了他的头。过了些日子，来自意大利的浪荡青年弗兰克来到他的小杂货店希望能被雇为店员。一开始，莫里斯拒不收留弗兰克，但在发现了他的生活窘境后同意他到店里工作。弗兰克对顾客和气，使得店里的生意有所改进。但一天，弗兰克在钱柜偷钱时被莫里斯发现，不得不离开。与此同时，莫里斯的小店因一家新经营的更大的店铺而受到破产的威胁。后来，莫里斯煤气中毒住院，弗兰克又回到店里，说自己欠莫里斯的"债"，并向莫里斯坦诚自己是之前的抢劫者之一，但莫里斯却不吃惊，说自己早已知道，可仍因不能原谅他在店里偷钱而又将他辞掉。不久，莫里斯因肺炎去世了，而弗兰克再次回到店里进行经营，以支撑莫里斯一家。慢慢地，他的表现和莫里斯越来越像。莫里斯这一形象的意义在于，他阐释了马拉默德对有关"犹太性"的界说，即用忍受苦难和善行救赎自己。同时，更为重要的是，马拉默德通过这一人物形象，意在说明美国犹太人应该如何在非犹太社会中生活，如何用犹太人所特有的坚定的宗教信念在救赎自己的同时，完成对非犹太人的救赎。按照美国的社会价值评判观念，莫里斯无疑是一个失败者，他既没有钱，也没有权力；他不敢冒任何的风险，整日待在自己的小店里。在美国这个社会中，他根本无力把握自己的命运。但是，马拉默德并不认为莫里斯是一个失败者，相反，他把其视为一种力量、智慧以及善良的象征，一种道德的高度。莫里斯生活在美国这样一个锱铢必较的社会里，一心向善，很少计较个人的得失。他不仅不欺骗他人或占他人的小便宜，就是对他人的忘恩负义也从不计较。莫里斯的身上似乎有一种能够忍受一切痛苦和宽恕他人恶行的道德力量。在一个个痛苦和灾难中，莫里斯不仅完成了"赎救"自己的任务，而且还赎救了弗兰克,可见莫里斯道德力量的感化作用。马拉默德通过这部小说想要告诉人们,犹太人所忍受的痛苦,会让他们的精神得以超脱。马拉默德让弗兰克最后皈依犹太教,也反映了他对犹太教精神文明的热爱。从艺术特征上来看,这部小说结构严谨,情节生动,人物形象栩栩如生,细节描写细腻,内心刻画层次分明。最为突出的是,马拉默德娴熟地运用了"双语"(幽默风趣的依第绪语和较为严肃认真的英语),吸取了海明威式的简洁明快的风格,将人物的希望和痛苦、善良和忧虑清晰地表现了出来,让读者回味无穷。

### 三、汤亭亭的族裔小说创作

汤亭亭(Maxim Hong Kingston,1940—    )生于加利福尼亚州斯托克顿。1962年,她从加州大学伯克利总校毕业后长期在夏威夷大学教书,先后创作了颇有影响力的小说《女勇士》《中国佬》和《孙行者》等。《女勇士》是汤亭亭的成名作,该作品糅合了自传和传记,历史和神话,记忆和虚构,由五个看似独立、不相关联的片段组合而成。小说从一个生长于美国的华裔小女孩的视角转述了她从母亲那里听来的中国传说与往事,通过她深有感触的亲身经历向读者描绘了其周围华人的生活以及自己在两种文化的碰撞与交融中不断寻找自我,逐步成长的艰难心路历程。作品包括"无名氏女人""白虎""沙曼""在团宫"和"野蛮的牧笛之歌"等部分。在第一部分中,叙述人"我"违反母亲"不许说"的禁令,讲述了无名氏姑妈的故事。姑姑新婚不久,丈夫到美国淘金,几年后,她与人私通并怀了孕。村人知道后,认为她的偷情行为严重违反了家规和妇女的"三从四德",感到十分愤怒。就在姑姑分娩的当晚,村民冲砸了她家中的一切,毁了田里的庄稼。最后,姑姑走投无路,被迫在猪圈里生下小孩,但还是不甘屈辱地抱着婴儿投井自尽。作者强烈地抨击了封建社会对妇女的残酷迫害,对姑姑表达了深切的同情。姑姑死后,一家人不敢再提起她,默默地接受了社会对她毫无人道的惩罚。作者揭露了封建伦理观对老百姓的毒害,他们的愚昧无知,见死不救等。第二部分讲述了"我"上阵杀敌与恶霸做斗争的故事,在这个脱胎于中国花木兰故事模版的新的故事中,体现了"我"对抗种族斗争的社会理想。第三部分讲述了"我"母亲的故事,我的母亲勇兰在未移民之前是一名出色的医生,但是移民之后,却变成了缺乏独立意志的工作机器。第四部分写了姨妈月兰的不幸遭遇。由于受到姐姐也就是"我"的母亲勇兰的干涉,月兰精神崩溃、横死他乡。第五部分则是"我"对从幼儿园到成人的成长经历的回忆。

《女勇士》突破了以往的华人/华裔男性自传传统,以第一人称女性叙述者为中心,塑造了一群性格各异的女性形象:无名姑妈、花木兰、母亲勇兰、姨妈月兰、学校里沉默的华裔女孩等,这些女性帮助叙述者发泄了现实中的压抑情感,使她找到了作为一名亚裔女性所应当立足的位置和能够平静或平衡地面对现实的方式。因此,《女勇士》里的"我"是一个多重的我,挑战了传统意义上自传叙事主体是一个个体的概念。此外,在《女勇士》中,作者将古老的中国神话、传说及历史进行移植,并用异域的文化土壤对其进行改造和发展,使它们焕发出独特的生机和色彩。所以,从《女勇士》这部小说的内容来看,已经构成多层次中西文化的交融,对女性命运主题的探寻有着普遍意义。

## 第七节　传统现实主义与现代主义的融合
### ——心理现实主义小说

第二次世界大战对人们精神的摧残,引起了美国人民对现存道德标准和人生观念的怀疑。文学家们尤其是那些已经成名的作家,创作亦表现出新颖的风格和特征。其中,一些现实主义小说家积极吸取现代主义文学创作技巧,促进了心理现实主义小说的成熟。心理现实主义小说的特点是注重通过对人物心理上的描写手段以反映人类社会的精神演变过程,是现实主义和现代主义心理描写手法相结合的产物。心理现实主义小说在美国的发展和繁荣,"一方面是受到亨利·詹姆斯现代主义小说描写技巧、理论和实践的影响,另一方面也是小说家们在经过创作实践的检验和深层次的理性思考之后,认为这是既尊重客观反映的美国社会现实的创作原则,同时又能够深入描绘人们内心世界本质的最佳结合"①。到20世纪六七十年代,由约翰·厄普代克(John Updike,1932—2009)、赖特·莫里斯(Wright Morris,1910—1998)、约翰·契弗(John Cheever,1912—1982)、杜鲁门·卡波特(Trumen Capote,1924—1984)、乔伊斯·卡罗尔·欧茨(Joyce Carol Oates,1938—　)等将心理现实主义小说创作推上高峰。以下重点探讨厄普代克、欧茨的心理现实主义小说创作。

## 一、约翰·厄普代克的心理现实主义小说

约翰·厄普代克(John Updike,1932—2009)生于宾夕法尼亚州希林顿镇,从小接受良好的教育。1954年从哈佛大学毕业后曾经到牛津大学研习绘画,回国后在纽约文艺杂志《纽约客》做编辑,业余坚持写作。1957年他辞去编辑工作,专心创作。1959年,他发表了长篇小说《养老院义卖会》和短篇小说集《同一个门》,开始受到评论界的关注。为他获得小说家声誉的是1960年发表的《兔子,跑吧》,这部小说和后来的《兔子回家》《兔子富了》《兔子歇了》组成"兔子"系列小说,统称为"兔子四部曲",讲述"兔子"的故事。《兔子,跑吧》直率地描写了"兔子"哈罗德·安格斯特罗姆的性压抑。从外表看,"兔子"是一个普普通通的人,对生活要求不高,希望有工作,有家庭,但他发现社会到处是陷阱,总使他提心吊胆。他先是和妻子吵架,后来又同曾经当过妓女的露丝私通,接着妻子因酒醉而溺死了刚出生的女儿。"兔子"一气之下离家出走,而露丝却把他拒之门外,使他有家无回,空

---

① 毛信德.美国小说发展史[M].杭州:浙江大学出版社,2004:473.

虚、苦闷、不知该往哪儿去……小说深刻地反映了20世纪60年代青年一代的失落感和社会对他们造成的压抑。《兔子回家》描写"兔子"10年后回家与妻子妥协,老实地窝在家里。小说穿插了20世纪60年代许多重大事件,如越南战争、种族冲突、毒品交易、城市的伤风败俗等,画面广阔,故事的真实感也由此增强。《兔子富了》写了"兔子"在20世纪70年代的变化,他和妻子妥协后,日子混得不错,但思想变得悲观。作者运用意识流手法来表现哈罗德内心的变化,反映了20世纪70年代美国的信仰危机。《兔子歇了》写了"兔子"的余生。"兔子四部曲"展现了美国从20世纪50—80年代城乡社会的解体,性描写贯穿始终:作者以性将人们联系起来,用性描写来恢复传统的道德观,以改变现实中的不良风尚。小说贴近生活实际,讲究语言和表现技巧,采用了意识流手法,对话简洁朴实,幽默风趣,深受读者喜爱。

## 二、乔伊斯·卡罗尔·欧茨的心理现实主义小说

乔伊斯·卡罗尔·欧茨(Joyce Carol Oates,1938—　)生于纽约北部的洛克波特,是一位多产的作家。她写了两百多篇小说,内容丰富多彩,涉及美国社会生活的众多领域,如法律界、学术界、宗教界、政坛等,生动地刻画了美国社会各个阶层特别是中下阶层和劳动人民的现实生活,在整体上已经构成一幅当代美国社会的全景图。在欧茨的众多作品中,《他们》被公认是她的代表作。

《他们》是一部以20世纪30—60年代美国社会的变迁为主要内容的社会小说。作品中的温德尔一家,尤其是女主人公洛雷塔和她的几个儿女的经历,再次表明美国下层人民的苦难:即使到了60年代,尽管他们有了汽车、冰箱,可他们精神空虚、无聊,生活仍然是一场无法了结的噩梦;他们挣扎、奋斗,但对幸福可望而不可即,一切还是茫然;他们在社会阶梯上不断地跌落、再跌落,最后只能成为不幸的牺牲者。洛雷塔的遭遇代表了老一辈人的命运:她年轻时的恋人死在流氓哥哥布洛克的枪口之下;第

二次世界大战爆发后丈夫入伍,她带着三个孩子生活无着落,竟到街头卖淫;战后,丈夫又无端地死于事故,她只好改嫁;为了大女儿莫琳的事,和第二任丈夫闹翻,丈夫离家出走,她只有靠社会救济过日子。洛雷塔希望幸福,追求幸福,可是三十年来生活毫无幸福可言,除了痛苦还是痛苦。相比之下,在洛雷塔的大儿子朱尔斯和大女儿莫琳身上,多少体现出一点为个人的幸福和生存而奋斗的精神。但他们不甘心于命运的摆布只是为了自己,一旦挣扎失败,就成为玩世不恭、放浪形骸的人物,因而他们最终还是逃脱不了洛雷塔那样"沉沦"的命运。小说探索的重点在于"我们这一代人",因此无论是朱尔斯、莫琳,还是为了表达疯狂的爱企图拿手枪杀死朱尔斯后自尽的娜旦,都包含了一种可悲的心理因素,正像莫琳写给她的老师欧茨女士的信中所发出的痛苦的呼声:"……我一直坐在这里想着时间,现在是 1966 年 3 月 11 日 10 点 15 分,我知道这是一个神圣的时刻,因为它将一去不复返了。但我对此并没有什么感觉,我已经麻木不仁了。将来还会发生什么事情呢? 我感到害怕,不仅仅是为自己的前途而担忧,我还为整个世界的前途而担忧。当我阅读报纸时,我感到自己——莫琳·温德尔正在消失,就像世界本身一样,不知道明天将发生什么事,并且毫无应付的准备……"[1] "哀莫大于心死",作品的警世之义也就在于此。

欧茨的小说主要描写当代美国悲剧性社会中的悲剧人物。她的创作"始终以女性独特的审美视角,借助意识流手法中的内心独白和心理分析等手法,从不同人物的角度描写人物的心理活动"[2],通过多种精神状态的有意识、无意识、下意识的心理活动,来展示人物的内心世界。

---

① 毛信德.美国小说发展史[M].杭州:浙江大学出版社,2004:516.
② 徐颖果.美国女性文学:从殖民时期到 20 世纪[M].天津:南开大学出版社,2010:553.

# 第八节　现实主义戏剧的崛起与发展

　　内战后的美国戏剧开始从浪漫主义传统向现实主义过渡,现实主义戏剧逐渐增多,形成了一股戏剧潮流,成为一支生力军登上了美国戏剧舞台。在 19 世纪后 30 年里,许多剧作家开始把创作的重点转向从现实生活中撷取写作题材,写美国主题,创造美国人物形象,剧中布景和演出风格拥有了浓郁的现实主义色彩。奥古斯丁·戴利( Augustin Daly,1838—1899 )、布朗森·霍华德( Bronson Howard,1842—1908 )、詹姆斯·赫恩( James A.Herne,1839—1901 )、克莱德·费契( Clyde Fitch,1865—1909 )、戴维·贝拉斯科( David Belasco,1853—1931 )等一大批剧作家为19 世纪后半期美国戏剧的发展做出了卓越的贡献。限于篇幅,以下重点探讨较具代表性的戴利、费契、贝拉斯科的现实主义戏剧创作。

## 一、奥古斯丁·戴利的现实主义戏剧创作

　　奥古斯丁·戴利( Augustin Daly,1838—1899 )生于北卡罗来纳州普利茅斯,1862 年开始写剧,共创作 90 余部剧本,很多为与弟弟合写而成。戴利早期的几部重要剧作对美国现实主义戏剧的崛起和社会喜剧的发展做出了重要贡献。《在煤气灯光下》是他的代表剧作,于 1867 年 8 月 12 在纽约的剧院首演,连续上演了 20 年。此剧以纽约市为背景,讲述善良的姑娘劳拉婚姻遇到挫折的故事。她准备跟富家子弟雷结成伉俪,但由于坏人巴克从中作梗,他们的婚姻告吹。劳拉离开了纽约,后受到伤残退伍军人斯诺基等人的照顾和保护。巴克对斯诺基进行报复,把他绑在铁轨上,劳拉冒险救出斯诺基,后来事实真相大白,劳拉跟雷重逢,终于结成伉俪。剧中好人有好报,恶人也受到了惩治。从剧本情节看,虽然有浓郁的情节剧色彩,但从其塑造的人物,特别是

下层社会的人物来看,又是一部现实主义剧作。老兵斯诺基是最出色的人物形象。他虽然为战争负伤,但身残志坚,仍然要继续做一个"爱国者",更让人感动的是他勇于保护弱者,为此险些身罹大难,这种朴实的感情表现得很充分。那位流落街头的"桃花"姑娘也被刻画得非常逼真。剧中人物对话自然流畅,特别是斯诺基和他的伙伴用的街头俚语和逗笑的语言更是洋溢着日常生活的气息。作者特意设计的劳拉在千钧一发之际不顾自身危险抢救即将被火车轧着的斯诺基的场面是全剧的高潮,令人毛骨悚然的危险场面扣动了观众的心弦。另外,作者还运用了隐匿身份、劫持、虐待孩子、快要被淹死等情节剧中惯用的手法,推动故事情节的发展,使故事显得跌宕起伏,以吸引观众。

## 二、克莱德·费契的现实主义戏剧创作

克莱德·费契(Clyde Fitch,1865—1909)出生于纽约州埃尔迈拉一个军官家庭,受过良好的教育。费契一生上演了近60个剧本,既有原创的,也有翻译自外国剧作的,或者根据小说改编而成。费契主张戏剧创作要做到生活细节真实、环境真实、感情真实、动机真实,要真实反映各行各业和各个阶级状况。因此,费契经常细致地观察生活,从而对社会生活能够绘声绘色地进行描写,这种细节描写也被评论家称作"费契细节"。费契的社会喜剧特别能反映现实社会生活,有针对性,塑造了令人信服、个性鲜明的舞台人物形象。

费契的社会喜剧,一部分写现代社会的婚姻问题,一部分针砭时弊,嘲讽社会中那些投机钻营、不择手段向上爬的市侩。社会喜剧代表作有《向上爬的人》《绿眼睛女郎》《实话》《大都会》等。

四幕剧《向上爬的人》于1901年在比佐剧院首演,连续演出了163场。该剧旨在对纽约市上层社会的伪善和实利主义行为进行辛辣的嘲讽,无情地揶揄那些投机钻营拼命向上爬的人。作品主人公治·亨特先生因破产而死亡,没有给后代留下一分钱。

对于他的过世,妻儿没有任何痛惜,但耿耿于怀的是没有得到任何财产。可见,对金钱的追求和跻身上流社会过奢侈淫逸生活的欲望已经使亨特的妻儿及那些有类似想法的人丧失了人性,已经失去了正常的人类感情。只有亨特先生的大女儿布兰奇为父亲的死而伤心难过,而她在读父亲留下的文件的过程中还发现自己的丈夫正干着非法的商业交易,牢狱之灾将降临。这也揭示了美国商业界严重的犯罪现象。在纽约这个光怪陆离的世界里,人人为了自己而钻营、投机取巧,这正是剧本所要探讨的主题。作者通过剧中人一针见血地指出了美国资本主义社会的时代特征:"……我们时代的格言就是为自己! 我们每个人都是为了自己;20 世纪是一个利己主义时代,人们将要为自私自利唱赞歌。"[1] 作者在这里高屋建瓴地对美国那个时代做了概括和预言,把利己主义者揭露得淋漓尽致,入木三分。

《绿眼睛女郎》首演于 1902 年,对上流社会中具有"遗传性"的妒忌心理进行了惟妙惟肖的刻画。女主人公吉妮是一个好妒忌而又神经过敏的人。她跟杰克即将迈入婚姻殿堂,为结婚的事情忙得不可开交。然而,杰克却忙一些与自己婚姻无关的事情,原来他在帮助未婚妻的弟弟杰弗里摆脱与门第不相称的婚姻。这引起了吉妮很大的不满和嫉妒。老实巴交、粗枝大叶的杰克没有注意到未婚妻的变化,这使吉妮更加焦虑,嫉妒日增,甚至试图自杀,幸而杰克及时赶到救了她,误会到此才被消除,以喜剧结束。剧中情趣盎然,妙语连珠,讽刺恰到好处,其锋芒不仅指向纽约市的上层社会,而且也指向了美国旅游者和欧洲导演。

### 三、戴维·贝拉斯科的现实主义戏剧创作

戴维·贝拉斯科( David Belasco,1853—1931 )生于旧金山,后来又随父母到过维多利亚。他从幼年起登台演出,29 岁时,他已扮演了 170 多个角色,写了 100 多部剧本,其中包括重写和改

---

① 郭继德.美国戏剧史 [M].天津:南开大学出版社,2011:61.

编的剧本,代表作《马里兰的心》《金色西部的姑娘》《彼得·格里姆归来》。其中,1895 年在哈罗尔德广场剧院首演的《马里兰的心》是贝拉斯科作为一个剧作家成功的真正标志。他作为导演也取得了成功,其舞台演出技巧与其剧作本身一样都是现实主义风格。《马里兰的心》以南北战争为主题,写忠于职守跟私人感情之间的矛盾。由于战争爆发,导致一家人的分裂,引起父子冲突,儿子艾伦为北方而战,在他潜入南方去看望自己的情人马里兰时,不幸被南方特务桑普上校捉住。桑普是北方部队的叛徒,在北方部队时早就跟艾伦有宿怨,此时抓到艾伦,刚好可以借在南方部队当将军的艾伦父亲之手把艾伦枪毙。马里兰左右为难,她忠于南方,但又对艾伦怀有诚挚的感情,但最终爱情占了上风,她刺伤了桑普,让艾伦逃走。她爬上钟楼,冒着生命危险,拽住钟舌,不让报警的钟声敲响,以救情人的生命。剧本最后以恶人桑普被揭露和艾伦跟马里兰团圆而结束。作者运用了鲍希考尔特等人用过的“惊心动魄的场面”手段,让马里兰双手抓住钟舌,在空中荡来荡去,而且越荡越高,这种现实主义的手法把戏剧故事推向了高潮,全场观众情绪沸腾。此剧首演之后连演了 200 多场,而且在美国各地屡演不衰。

《金色西部的姑娘》是一部现实主义色彩浓郁的情节剧,于1905 年上演。此剧西部地方色彩浓酽,主要以那里的矿工生活为题材。女主人公明妮姑娘跟受伤的迪克萍水相逢,情意缠绵,通过她跟法官的机智周旋,在矿工陪审团的支持下,救了情人的性命,二人离开此地,到异乡寻觅新生活。贝拉斯科在序幕中设计的布景是使观众多年难以忘怀的一种景象。大幕拉起时,远景是逶迤的大山,山脚下坐落着波尔卡酒店,通过运用活动布景、垂幕和灯光等手段,让酒店逐渐“移近”,直到占满了舞台,而观众感到自己去“游览”了山坡。这种活动布景使观众感到自然,感到可信,宛如身临其境,这种手法后来成了电影中常用的一种技巧。此剧中暴风雪的场景也非常逼真,大雪纷飞,覆盖了大地,冻住了窗户,透过墙缝钻进房间里,而房子外面大风呼啸,令人不寒而栗。这场"暴风雪"景观是贝拉斯科的舞台艺术技巧达到炉火纯青地步的一个标志。

《彼得·格里姆归来》是贝拉斯科一部重要的实验性剧作。主人公彼得·格里姆让他监护的姑娘凯萨琳跟自己的侄子弗雷德里克结婚,以便使家中能有人传宗接代。他死后发现自己的决定是错误的,决定返回阳间来纠正。但阳间的人看不见他,也听不见他的声音。最终,彼得通过弥留之际的威廉转达了自己的意图,后带着威廉离开了人世间,让他去聆听阴间美妙的音乐。作者写的是超自然题材,但舞台处理依然用的是现实主义手法,人物塑造得比较合乎情理,特别是格里姆,他是一个有声有色的舞台人物,他的多面性格被真实地揭示出来。

贝拉斯科还与他人合作写了多部戏剧。他与亨利·德密尔合写的 4 部剧作《妻子》《查姆利勋爵》《慈善舞舍》《男人和女人》都是以纽约市当代社会生活为题材的作品,也是他开始对现实主义题材感兴趣的标志。他与约翰·路德·朗合作写了 3 个剧本:《蝴蝶夫人》《上帝的宠儿》《安德烈亚》,其中,《蝴蝶夫人》演出最为成功。剧本根据朗以前的短篇小说改写而成,写一位日本姑娘受到美国海军军官平克顿上尉的抛弃抱着婴儿饮恨自戕的悲剧故事。《上帝的宠儿》以日本为背景,运用幻想的手法,写一桩曲折的爱情故事。《安德烈亚》以古罗马为背景,写一位盲人公主的爱情悲剧。

贝拉斯科作为演出主持人和导演对舞台艺术所做的贡献是开拓性的。他作为导演,主宰一切演出活动,主张剧本、布景、演技、灯光、音乐和道具等都要为达到逼真的现实主义目的服务。他对戏剧舞台布景进行了"现实主义革新",摒弃了传统的平面布景。他坚持做到布景的每一个部分不仅看起来要像,而且要真,即要求真景,以达到绝对忠实于生活的目的。贝拉斯科在舞台灯光设计方面也是开拓者和创新者。早在 1879 年他在旧金山时就开始了用剧院楼厅前头的聚光彩灯代替脚灯作为主要光源的试验。他第一个提出把舞台灯光视为制造情绪和氛围的手段,由此也就开创了运用灯光来避免白光的平淡感的先例。在《妻子》一剧中,作者运用了一盏柔和的灯光和一个烧火的壁炉来烘托新婚家庭的隐私和亲昵的气氛,调动了观众的情绪。

# 第六章　自然主义文学运动影响下的美国文学

　　文学上的自然主义首先出现在资本主义制度已经确立多年的 19 世纪 80 年代的欧洲，美国的自然主义文学是在欧洲的自然主义思潮影响下兴起的。美国的自然主义文学起步较晚，经历了产生、成熟和转型的过程，每个阶段也有相对的代表作家。本章将对欧洲自然主义思潮的传播及其影响和美国自然主义文学发展各个时期的代表作家进行阐述。

## 第一节　欧洲自然主义思潮的传播及影响

　　文学上的自然主义最早出现在 19 世纪 80 年代的欧洲，它的理论基础是法国哲学家 H. 泰纳（Hippolyte Taine，1828—1893）的实证主义批评方法，代表人物是法国小说家爱弥尔·左拉（Émile Zola，1840—1902）。左拉的《实验小说》一文可视为自然主义文学的宣言，左拉认为小说家不再只是满足于记录社会现象的观察家，而是超脱社会的实验员，他把自己作品中的人物以及人物的情感置于一系列的实验之中，并像化学师同物质打交道那样检验情感与社会的真相。以左拉为代表的自然主义文学理论在欧洲产生广泛的影响之后，在小说、戏剧、绘画、音乐等领域中都出现了代表性的作品。然而，自然主义在产生的同时也陷入了它无法摆脱的理论上的矛盾和实践中的泥淖，自然主义作家声称自己的创作要完全客观真实地反映社会真实，但实际上仍为它的决定论中的某些偏见所掣肘。他们认为自然主义是对人的自然本质的忠实反映,而实际反映的则是人的自然属性中邪恶可憎的部分,他们也把遗传看作人的本质的基本来源。因此自然主义作品中往往出现受感情强烈支配而头脑十分简单的人物,所以社会底层的恶劣环境、受生活压制的下层阶级和人类自然属性中疯狂和兽性的因素,大多成了自然主义作家的主要描写内容。

随着自然主义在欧洲的一度风行,也逐渐影响到了远在北美洲大陆的美国。这种影响首先是通过一些在欧洲留学的美国作家对左拉等人理论和作品的学习之后产生的,他们中的代表人物有哈姆林·加兰(Hamlin Hannibal Garland,1860—1940)、斯蒂芬·克莱恩(Stephen Crane,1871—1900)、弗兰克·诺里斯(Frank Norris,1870—1902)、西奥多·德莱塞(Theodore Dreiser,1871—1945)等。在欧洲自然主义理论的驱动下,从19世纪末期开始到20世纪20年代,出现了美国自然主义文学(主要是小说)短暂的鼎盛时期。

美国式自然主义在欧洲自然主义思潮影响下兴起,主要体现在小说创作上。然而,美国式的自然主义小说又不完全等同于以左拉为代表的欧洲自然主义小说。

首先,美国自然主义小说的产生有着深刻的思想根源。内战结束以后,关于人及其在宇宙中的位置的新学说及新思想开始在美国传播,宇宙乃上帝的造物之说已被宇宙处于不断变化状态中的信念所代替,它已不是一个自由的道德整体。在一个冷酷、淡漠、从本质上讲没有上帝关照的世界里,人已没有自由意志可言,在机械因果的笼罩下无能为力、劫数难逃。达尔文的进化论,尤其是赫伯特·斯宾塞的社会达尔文思想,在19世纪末的几十年中在美国风靡一时,加上美国本土加尔文主义对人的弱点的悲观观点在人头脑中长期以来所造成的影响,一些有识之士的宇宙观和人生观开始发生剧烈变化。一直令人感到某种心理满足的信念,即上帝关怀人间、惩恶扬善、主持公道的信仰,突然失去了对人的想象的引诱力。无论在社会上还是在个人生活中,人们都在为活命而奔波。"适者生存"或"人形畜类"一类的达尔文进化论或社会达尔文思想成为人的思维的主导因素。另外,美国自然主义文学又不完全同于欧洲的模式。如果说人们从左拉的作品中很难看出希望的前景,那么,美国自然主义小说作品则毫无保留地接受了这位法国大师的命定论和悲观情绪。但是,美国作家们在吸收欧洲版本的批判精神与小说创作自由的时候,并没有全盘地接受其理论教条和刻板形式。在他们的作品中,读者确实能够看到不可抗拒的社会力量对人们的压抑和摧残。但是,读者同样也讷讷地洞察到人们内心世界所存在的自我价值。这些作品中的人物意识到自己在充满敌意的宇宙中的渺小,意识到自己奋斗或挣扎的徒劳,然而他们不肯息肩歇手,坚持在威廉·福克纳后来所说的“默默无闻的坚石”上留下自己的印迹。他们活得很难,但不乏悲壮之处;他们死了,但未承认失败。加上海明威等后来人的继承和发展,这成了美国自然主义作家永恒力量之所在。

其次,美国自然主义作家在吸收欧洲自然主义思想的同时,又结合了美国的特殊环境,有着自己独特的视角。例如,弗兰克·诺里斯认为,“左拉所理解的自然主义只不过是浪漫主义的一种形式”[①]。弗兰克·诺里斯的作品是美国小说的浪漫主义传统与自然主义的结合。法国自然主义小说家虽然努力创作“科学小说”,但他们运用了丰富的想象力,以迎合人们对于科学的激情。美国自然主义小说则与美国人民崇尚进步、对传统道德观念不信任相关联。简单地把美国自然主义小说笼统地说成“悲观”,并不能点出它的真谛。美国自然主义小说的作家们希望人们能够冲破环境、遗传、现状的束缚来获得自由,这是一种美国梦。许多美国自然主义小说中的主人公没能实现自己的美国之梦,以悲剧告终。但是,这种悲剧却更能震撼读者的心灵,唤起人们要求改变现状、改变人的生存条件的愿望。美国的自然主义作家深感自身所负重责,决心正视现实,如实反映现实,向温文尔雅宣战,把真

① 张祝祥,杨德娟.美国自然主义小说[M].上海:复旦大学出版社,2007:33.

理毫无折扣地告诉世人。他们深知面前道路的曲折、危险的严重，然而任何力量也难以动摇他们披露生活真相的决心。他们目光锐利、才思敏捷，能迅速捕捉国家正在发生的微妙变化，能如实体会新格局中人的感情变化的微妙表现。

从文体的角度论，自然主义小说家不仅与精美文体、温情和地方文学的乡土风情保持距离，甚至也不追随其理论上的先驱左拉创作中版画一般凝重和舒缓进展的古代史诗风格。他们甚至认为，"左拉所理解的自然主义只不过是浪漫主义的一种形式。"[①]他们既强调客观，也因循自然，叙述平直，详尽密缕，粗犷浑厚。当然，不排除自然主义小说家的笔下会产生精美的文字，或某些具有自然主义倾向的作家写出文体讲究之作。

美国文学自然主义的形成和发展并没有一定的组织和共同的纲领。自然主义者在不同程度上受到左拉自然主义文学观的影响，但是他们对左拉的文学观并没有完全接受。虽然他们对自然主义的信条信奉的程度不同，然而却都显示出对生活相同态度的倾向，在文学表现上有相似的特点。第一个特点是材料的选择和处理。自然主义和现实主义相似，都非常强调素材细节的忠实性，但是自然主义又是特殊的、极端的现实主义，在材料选择与组织方面与现实主义有所不同。自然主义者认为事实的重要性并非事实本身，而在于其能反映更广的现实，在于能通过个体事实的分析得到科学的规律。在事实材料处理上，自然主义更接近于医生为病人诊断时开的病历，对细节的忠实及刻画方面甚至走向极端。第二个特点在于自然主义描绘的对象。自然主义文学作品中的主要人物一般属于下层阶级。下层阶级的人物往往是激烈的商品竞争中的直接牺牲者，甚至世世代代逃不出生活的厄运，是环境决定论及生物遗传决定论的典型对象。第三个特点是一切活动的生存取向。作品中的人物的活动一般由生存的基本要求支配，如恐惧、饥饿以及性的要求。在弱肉强食的如丛林一

---

① 张祝祥，杨德娟.美国自然主义小说 [M].上海：复旦大学出版社，2007：33.

般的世界里,生存具有最重要的意义。因此,自然主义者对人类的生活采取了非道德的态度,对于人类的一切行为,既不谴责,也不颂扬。第四个特点是自然主义文学语言的污秽。自然主义作家所刻画的社会并非"微笑的社会"。自然主义毫不掩盖、毫不回避丑恶现象的存在,并对这些丑恶现象如实地描绘。自然主义作品中的人物地位低贱,或漠视道德,公然伤风败俗,或迫于环境,无可奈何地做出与社会规范相悖的行为。自然主义作品用污秽的文学语言充分再现污秽的现实世界。

## 第二节 自然主义文学的先驱——哈姆林·加兰、斯蒂芬·克莱恩

在自由主义思潮的影响下,一些青年作家首先接受了欧洲自然主义的理论和方法,他们多以描写城乡中下层人民生活为主,开拓了新的题材领域。在这些作家中。哈姆林·加兰(Hamlin Hannibal Garland,1860—1940)和斯蒂芬·克莱恩(Stephen Crane,1871—1900)可以说是自然主义文学的先驱。

### 一、哈姆林·加兰的自然小说创作

哈姆林·加兰(Hamlin Hannibal Garland,1860—1940)生于威斯康星州西塞勒姆的一个农民家庭,早年在南达科他州边境地区的乡村里度过贫寒的生活。于1884年来到东部文化中心波士顿谋求出路,但多次碰壁,只得半饥半饱地在公共图书馆里啃着达尔文、斯宾塞、惠特曼的书。不久,与豪威尔斯结识,在这位大编辑的启发下开始练习写作。3年后,他回到南达科他州边境的乡村定居,村民们贫困的生活状态和当地经济的衰败景象更引起他对社会的失望,而当时城里的一批资产阶级吹鼓手却在大喊大叫地说中西部的农民如何快乐地在过日子。加兰为了揭露这

些虚伪的言论,开始以当地乡民艰难困苦的命运为题材创作短篇作品,以此真实地反映他们生活的现状。1891 年,加兰的第一个短篇集《大路》出版,它由六个短篇小说组成,所以其副标题为"六个密西西比河谷的故事"。1910 年,加兰将其后来创作的五个短篇小说加入其中,由此,《大路》的最后定本成型。

加兰在《大路》中所奉行的创作原则,是以描写生活的真实为宗旨的"真实主义"。按照加兰自己在《大路》初版后的第三年所发表的《破碎的偶像》一书中的解释,这种原则是既不同于他的恩师豪威尔斯的"微笑式"的现实主义,也不同于当时风行于欧美的左拉的自然主义;他认为这是土生土长的现实主义,来源于民众,扎根于民众。因此,他在作品中用一种近乎眷恋、缅怀和虔诚的情绪来描绘他的父老、兄弟、姐妹、乡亲和养育他的故乡。在《大路》的扉页上有篇"献词":

> 献给我的父亲和母亲,他们在人生的大路上跋涉了半个世纪,可是得到的仅仅是辛劳和贫穷。这本小说集是他们的儿子献出的,每一天的生活都加强了儿子对父母的默默无闻的英雄气概的理解。①

接着,作者又有一篇"题词",写道:

> 西部的大路(别处也一样),夏天既酷热,又多尘土,春秋天则泥泞不堪,凄凉而枯燥;到了冬天,狂风刮着大雪,横扫大路,可是,有时候大路也会穿过一片肥沃的牧场,云雀、食米鸟和燕八哥的歌声交错地荡漾着。要是沿着大路一直往下走,还可以遇到小河的拐弯处,河水在浅滩上永恒地嬉笑着。总的来说,大路是漫长而令人生厌的,它的一头是一个沉闷的小镇,另外一头是一个辛劳的家庭。像人生的大路一样,在这儿走过的有各式各样的人,但是主要的是穷苦而疲倦的人们。②

从作者的这些感慨中,读者可以很明显地感受到加兰的感

---

① 毛信德.美国小说发展史 [M].杭州:杭州大学出版社,2004:137.
② 毛信德.美国小说发展史 [M].杭州:杭州大学出版社,2004:137 - 138.

情，这种感情是促使他写成《大路》的根本动力。

《大路》的主人公都是作者非常熟悉的家乡大众，他对这些善良又朴实的劳动大众的生活进行了详细的描绘，真实地反映了那个时候美国偏远的中西部边境地区劳动者的艰难困苦的生活，尽管那个时候美国的资本主义已经高度发达。

《大路》中的小说从各种不同的角度来描写当地乡亲们的喜怒哀乐：《在魔爪下》描写了农民赫斯金斯受到勃特勒农场主的残酷剥削后又不敢反抗的痛苦心情；《李伯来大叔》描写了老农李伯来如何受到奸商的欺骗；《救命神鸭》描写一个从城里回到家乡来的职员罗伯特的故事，他开始自以为高人一等，一次晕倒在街上被老乡们救起，才认识到家乡人的淳朴和可爱；《一个士兵的归来》描写了一个从南北战争战场上归家的士兵史密斯回到家乡后的感受；《一天的快乐》描写了农民麦克安夫妇一天的经历，他们整日辛劳的生活与议员霍尔先生的悠闲行成强烈的对比。

《大路》以它浓郁的生活气息、真切的感情色彩、丰富的乡土情调而受到人们的好评。当然，反对和诋毁它的也不乏其人，一些资产阶级的卫道士攻击作者"捏造"，"愿意把家丑外扬"，但加兰明确回答："在我所描写的农场生活中，牛油并不一直是金黄色的，面包也不始终是松脆和切成薄片的，因为它们在现实生活中也并不是如此。我是在农场里生长起来的，因此我坚决要把农场生活的丑恶面貌的本质写出来，印成本书。即使作为一个爱国者，我也不肯说谎。……我是一个最合适的目击者，我打算把全部真相告诉大家。"①

《大路》的成功使加兰一跃成为著名小说家，此后他又在1892年一年内连续发表了四部小说：《杰生·爱德华兹》《猎官》《第三等级的一员》和《小不点儿诺斯克》。这些作品继续了作者在《大路》中的创作思想，分别涉及乡村中农业工人、铁路资本家、

① 毛信德.美国小说发展史[M].杭州：杭州大学出版社，2004：139.

官僚政客和平民党拥护者的生活、思想和信念。其中《杰生·爱德华兹》比较明显地表达了作者对乡村社会改良主义的观点,作品通过对杰生·爱德华兹这个"普通的人"如何热心于乡村政治、经济、文化等各方面改革的描写,反映了平民党的小资产阶级的立场,从反对垄断统治集团这一点来说,在当时是有一定进步意义的。加兰在19世纪90年代积极参加了平民党活动,并把改造社会的希望寄托于这个由城乡小资产阶级掌握领导权的资产阶级政党身上,这是他小资产阶级政治观点的表现,当然是注定要落空的。随着作者本人社会地位的提高,也由于平民党政治上蜕变到与民主党同流合污,加兰与小说《在山沟里》中有钱的演员霍华德一样,虽然尚存一丝同情的信念,但终究成了另一个阶级的人。

加兰地位的上升造成了他作品的思想意义的下降,在19世纪90年代他还写过一部尚有一定价值的小说——《荷兰人山谷里的玫瑰》,描写了一个农村姑娘迫于生活来到大城市谋生的故事。但在他的后半生,直至在新墨西哥州洛斯阿拉莫斯去世为止,他能为人们称道的作品恐怕只有两部仍旧保留有乡土气息和带有怀旧色彩的回忆录了:《中部边境农家子》和《中部边境农家女》,后者在出版后的第二年获得"普利策传记文学奖"。

有评论家曾不无戏谑地说,加兰同他的老师豪威尔斯一样,主要的错误是活得太长久了,假如他也像诺里斯、克莱恩以至杰克·伦敦那样短命,也许声望会高得多。加兰活了80岁,但他的文学生命似乎早已结束了。从这一点来说,更可以使人们相信,一个作家与生活、社会、人民、艺术之间密切关联的极端重要性。当然,我们也并不能因此而抹杀加兰在文学上的贡献,特别是《大路》带来的深刻影响,它虽然是薄薄的一二十万字,但却跳动着作者那颗忠于乡土和父老兄弟姐妹们的心。

加兰往往被列为"地方色彩"作家,但他独特的经历和艺术见解使他的现实主义小说较早表现出自然主义创作倾向,可以说他为美国早期的自然主义奠定了理论基础。

### 二、斯蒂芬·克莱恩的自然小说创作

斯蒂芬·克莱恩（Stephen Crane，1871—1900）生于新泽西州纽华克镇一个牧师家庭，7岁那年全家迁居纽约州，1880年父亲病逝后又随母迁回新泽西州居住。1890年至1891年就读于宾夕法尼亚州莱弗耶脱学校和纽约州塞莱克斯大学，未待毕业即进入纽约新闻界任职，先后任《纽约论坛报》和《世界报》记者，同时开始小说创作。1894年在纽约新闻社任记者，专门从事市民生活报道。1894年至1895年到美国西部和墨西哥旅行，为纽约报业辛迪加写稿。1896年去古巴报道当地暴动事件。1897年1月乘坐"海军准将号"在海上航行险些遇难；同年去希腊报道希腊与土耳其的战争，战争结束后至英国结识了J·康拉德、H·詹姆斯等著名作家。1898年再度去古巴报道美国与西班牙的战争，1899年再至英国，1900年6月5日因患肺结核于德国去世。

克莱恩几乎像一个匆促的过客，在人间度过他短暂的一生，尤其从1891年他踏上社会之后的9年时间里，大都在辗转奔波的流动中度过。他的职业是新闻记者，但使他留名于世的不是那些频繁的战事报道，而是他在空隙中写的小说和诗歌。克莱恩最早残存的作品片断是写于1885年的《生活速写》，从年龄上推算，当时他才刚进入中学不久。3年后，克莱恩参加了他哥哥汤莱主办的新泽西州海岸新闻社。他的第一部重要作品是中篇小说《街头女郎玛吉》，初稿完成于1891年读大学时期，但小说多次试投均告失败，后在加兰的支持下，动用了克莱恩母亲刚留下的一笔遗产于1893年自费出版，并在加兰的介绍下结识了豪威尔斯。

也就在1893年春夏之交，创作进入旺盛阶段的克莱恩，用了短短四个月时间，完成了后来为他带来巨大声誉的长篇小说《红色英勇奖章》。小说在1894年12月先由报纸连载，反响空前，1895年10月在纽约首次出版单行本，接着11月在伦敦出版，受到美英两国读者的热烈欢迎，至1896年6月已印刷到第10版次。

克莱恩一生共写过六部中长篇小说,一百余个短篇小说和若干本诗集。小说作品除上述两部外,重要的还有中篇小说《乔治的妈妈》,短篇集《海上扁舟及其他惊险小说》,短篇集《怪妖及其他》等。《海上扁舟》是他最著名的短篇杰作,他以自己 1897 年 1 月海上遇险的经历为素材,描写在海上漂泊的一叶孤舟上四个人挣扎搏斗的情景和复杂的心情,反映出危难中人与人之间互相帮助的高尚情操。1900 年初,克莱恩以他与 J·康拉德、H·詹姆斯等人同度圣诞之夜的经历为题材,创作了剧本《幽灵》,显露了克莱恩多样的创作特色。据说,那次晚会后克莱恩的肺部即大量出血,但在生命的最后几个月里,他还是坚持写了小说《奥赖迪》的前 25 章和有关世界几大战役的论文。

克莱恩在美国 19 世纪末叶的文坛上,犹如一颗瞬息即逝的明星,尽管他匆匆而去,却也发出了耀眼的光芒,照亮后人沿着他短暂的创作生涯去寻找那些文字以外的东西。

《红色英勇奖章》是一部描写美国南北战争的战地小说,它通过一个士兵在战场上的经历来反映当时的战争生活。克莱恩本人未曾参加过战争,这场历时 5 年之久的内战也早在他出生之前的 1865 年就结束了,但这部小说却被公认为描写南北战争的作品中最好的一部。甚至一些参加过这场战争的老兵们都十分赞赏作者杰出的想象才华和描述能力,认为这部小说是对南北战争最出色的记录。评论界也公认这部作品以卓越的现实主义手法对战争做了极为精辟的描绘,塑造了一个令人信服的士兵形象。据说,克莱恩上中学时的一名历史教员即是参加过南北战争的老兵,在课堂上讲述战斗经历,使年轻的克莱恩认为在他身上体现了基督徒和军人的双重气质,于是萌发了以老师为模特创作战争小说的愿望。

小说的情节并不复杂。亨利·弗莱明出身农村,向往惊天动地的疆场生活,一心想为国立功,他不顾父母的反对,在南北战争爆发时当了兵。在前线,最初他尚能自制,战斗打响,他却临阵胆怯,不知不觉做了逃兵。在后方散兵队中,弗莱明后悔自己的可耻行为,只希望身上也能受点伤,那就可以不算是逃兵了。他的这个念头不久之后居然成了现实——他向一个奔跑的士兵打听前线消息时,被对方一枪托砸破了脑袋,鲜血直流。后来他在一个好心的士兵护送下回到了原来的部队,他谎称自己失散后在右翼战场上作战受了伤,同伴们信以为真,夸赞他勇敢。此后,弗莱明像变了一个人似的,在战斗中冲锋在前,奋勇杀敌,从阵亡者手中接过军旗一马当先,他的大无畏气概受到了上司的表彰。战斗胜利结束,弗莱明似乎又为自己的往事而感到羞愧,但他想到自己已经历过战火的考验,战胜了死神的威胁,他的心灵已发生了根本变化,面对这一切,他也问心无愧了,头上那鲜红色的伤疤成了标志他勇敢精神的奖章,他现在需要追求的是安宁和和平。

《红色英勇奖章》是一部所谓"纯战争小说",也是一部表现"恐怖心理"的分析小说。作者以战争来写战争,不顾战争的双方是什么立场,也不问这场战争为了什么,反正它是战争,按照战争的实际情形来写即可。作者所要揭示的主要是战争的真实性,人们在战争中的各种表现,在世界陷入一片混乱时人与人之间的关系,小说的立场是反战争的,反对一切战争。

# 第三节　自然主义文学的成熟——弗兰克·诺里斯、西奥多·德莱塞

美国的自然主义作家在吸收欧洲自然主义思想的同时,结合了美国的特殊环境,以自己独特的视角进行创作。本节将对美国自然主义文学成熟期的弗兰克·诺里斯（Frank Norris,1870—1902）和西奥多·德莱赛（Theodore Dreiser,1871—1945）及其自然主义小说创作进行研究。

### 一、弗兰克·诺里斯的自然小说创作

弗兰克·诺里斯(Frank Norris,1870—1902)出生在芝加哥一个富有的家庭,父亲是珠宝商人,也是绘画艺术的爱好者和收藏家。由于家庭的熏陶和环境的影响,诺里斯从小就对绘画产生了浓厚的兴趣,少年诺里斯甚至几次想放弃学业。1884年,诺里斯随家庭迁移到西部的圣弗兰西斯科(旧金山),在那里勉强读完了中学。进入加利福尼亚大学预科读了一年后,他中断了大学的学业,违背了父亲要他从事商业的意愿,于1887年前往巴黎的朱利恩画室去研究他醉心了多年的绘画艺术。

诺里斯在巴黎住了两年,他并没有显示出绘画方面的才能,而是迷上了吉卜林、雨果和左拉的作品,特别是左拉的自然主义对他的影响很大。他开始写《伊弗奈尔》,这是共有三章的一部浪漫主义叙事诗。1889年末,诺里斯带着这部诗稿回到美国,第二年夏天进入加利福尼亚大学英文系读书。

在加利福尼亚大学,诺里斯度过了四年既平静又不平静的生活。1891年,他自费出版诗稿《伊弗奈尔》,印数不多,在社会上也只引起一阵轻微的反响,是他在文学上的第一个成就。期间他的家庭生活发生了变故,父母因为某些不为人知的原因离异,由于诺里斯坚定地站在母亲一边,不久他父亲重婚后,他便失去了家庭财产的继承权。财产的丧失和经济来源的枯竭使诺里斯把注意力转向广大贫苦的劳动阶级,把自己看作平民中的一分子。在课余他经常到圣弗兰西斯科街头去观察,留心那里下层阶级的生活。此时,左拉在《卢贡·马卡尔家族》系列小说中所描写的法国下层阶级的生活画面使诺里斯激动而又向往,同学们都戏谑地称他为"小左拉",他也决心写出一部"左拉式"的小说来,这就是长篇小说《麦克梯格》创作动机的由来。

1894年,诺里斯在加利福尼亚大学英文系毕业,获得了文学学士学位。第二年夏天,他为了深造,带着《麦克梯格》的写作提

纲来到东部哈佛大学,进入路易斯·盖茨教授主持的写作研究班学习。大学毕业之前,诺里斯也曾写过一些短篇小说在《大陆月刊》等杂志上发表,但真正创作小说却是在研究班期间开始的。1896 年夏,研究班学习期满,诺里斯带着未完成的《麦克梯格》手稿回到圣弗兰西斯科,打算在工作之余把它续完,但这一搁就是两年。其间,他作为《圣弗兰西斯科纪事报》和《矿工杂志》的特派记者前往非洲报道"波耳战争",回国后在圣弗兰西斯科的《波浪》杂志任编辑,并在该杂志连载了即兴之作——具有浪漫主义色彩的海上传奇小说《"莱蒂夫人号"船上的莫兰》(1898)。1898 年初,他下决心请假数周,关起门来最后完成《麦克梯格》这部书。

《麦克梯格》于 1899 年 2 月正式出版后,诺里斯立刻蜚声全国,连当时赫赫有名的大作家——曾任《大西洋月刊》主编的威廉·豪威尔斯也撰写长篇书评,认为《麦克梯格》是美国小说发展史上的一部重要作品。诺里斯把这本书献给了自己尊敬的老师——盖茨教授。当时,诺里斯以《麦克流氏杂志》记者的身份去古巴报道美国—西班牙战争回来后,就转入新成立的道布尔戴出版公司任编审。在不长的时间里,他又写了长篇小说《白烈克斯》和《一个男人的女人》,紧接着他就着手写作以《小麦史诗》命名的三部曲的第一部《章鱼》。

1902 年 10 月 25 日,诺里斯因患急性阑尾炎在圣弗兰西斯科医院动手术时,受到感染不幸去世。《小麦史诗》三部曲的第三部以及他计划中的以美国南北战争为题材的三部曲,都由于他的突然病逝而未能动笔。

诺里斯去世后半年,《小麦史诗》第二部《深渊》出版。他去世前写的另一部小说《范多弗与兽性》于 1914 年出版。《作品集》出版于 1928 年,共 10 卷,包含诺里斯的所有小说和评论。

诺里斯不仅是一位卓越的小说家,也是一位出色的文艺理论家。1902 年出版的《小说家的责任》是他所有评论文章和散文随笔的总集,其中除那篇著名的论文《小说家的责任》以外,还包括《伟大的美国小说家》和《小说与"效果"》等24篇文章。这些文章都是作者在创作小说的同时所写,代表了他对文艺、社会、作家、生活等重大问题的认识。例如,《小说家的责任》强调了小说家的崇高责任不应该仅仅出于自己的思想和利益,而应该为所有人的利益创作。在20世纪刚刚开始的第一年,不能不说这是一种十分可贵而崇高的见解。在同一篇文章里诺里斯亦对20世纪小说创作做了英明的预见。

诺里斯的创作只有短暂的10年,他却经历了从浪漫主义到自然主义最后过渡到带有象征色彩的现实主义的过程。《伊弗奈尔》和《"莱蒂夫人号"船上的莫兰》是史蒂文森与吉卜林式的浪漫主义的产物,《麦克梯格》和《范多弗与兽性》则是带有左拉自然主义痕迹的代表作,在《章鱼》和《深渊》中,诺里斯以其非凡的创造力推进了当时美国文学上最出色的现实主义。在两个世纪之交的美国进入帝国主义阶段后,他与同时代的斯蒂芬·克莱恩一起挺身而出,顺着时代前进的潮流,成为20世纪新现实主义和"黑幕揭发者"运动的先导。

诺里斯只有32岁的人生,他的文学作品也因此未能达到可观的数量,但出色的创作实践、杰出的长篇作品及文学理论上的精辟见解,使他成为美国19世纪末期至20世纪初期自然主义领域中一位出类拔萃的人物,为美国小说创作的发展做出了重要的贡献。

## 二、西奥多·德莱塞的自然小说创作

西奥多·德莱塞( Theodore Dreiser, 1871—1945 )生于印第安纳州的特雷霍特镇,是家里最小的孩子。德莱塞出世前,父亲经营的毛纺作坊遭火灾而被毁,重建时,父亲又受伤致残。于是,家庭生活失去了保障,父亲也因此未能振作起来,他饱受失业和还债之苦,一直心情忧郁,后来在贫困和失意中遁入天主教以求庇护。家庭的责任逐渐落在慈祥和任劳任怨的母亲身上,为使孩子们免受冻饿之苦,她携带子女 6 次移家。除照管全家之外,她出外帮工,一直没有过上舒心日子。幼年的德莱塞随家在不同的贫民窟中漂泊,亲身领略了贫穷的滋味。德莱塞自幼没有安全感,也没受过正规教育,只上过几年教区学校。德莱塞在 1943 年致评论家门肯的信中曾谈及自己的童年:"我生来贫穷,有时在 11 月、12 月我连鞋子都穿不上。我看到亲爱的母亲为缺这少那而忧心忡忡,甚至痛苦地搓着手、提心吊胆。也许就是因为这个原因,也不管是为这还是为那,不管是谁,我赞成建立这样一种社会制度,它能够而且一定会比现存的社会制度给社会成员带来更好的生活。"①

德莱塞自己及家人的生活情景在他的脑海中留下了深刻印象,他许多小说的创作源泉来源于他的亲身经历。《嘉莉妹妹》就是以他姐姐的生活经历为原型创作的,他的一个姐姐名声不佳,曾和几个男人同居,后又和一位年纪更大而却更富有的已婚男人相识,此人窃取公司巨款带她出逃至加拿大。

为了追求自己的梦想,德莱塞来到芝加哥。他做过许多工作,洗过盘子,卖过五金杂货。后来,由他以前的一位中学老师资助,德莱塞到印第安纳大学念了一年书。

再后来,他做了记者,记者的工作为他铺就了成功之路,这段经历使他对创作有了更加浓厚的兴趣,使文笔得到锻炼,也使他有更多的机会了解和认识社会、了解各地人民的疾苦。他先在《芝加哥环球日报》做记者,后来在圣路易斯的《环球民主报》和《共和报》任记者。1894 年,德莱塞来到纽约时已是一位训练有素的记者。做记者之后,他有了更多机会直接接触社会最丑陋的一面,同时也真正地了解到贫富两个阶层的内心状况,对生活的认识也颇为深刻。在匹兹堡期间,他阅读巴尔扎克的文学作品,找到了文学创作的楷模。之后,他研读了赫伯特·斯宾塞的著作,从中找到了解释人生的哲学理论。德莱塞的思想深受当时流行的进

---

① 张祝祥,杨德娟.美国自然主义小说[M].上海:复旦大学出版社,2007:101.

化论、社会达尔文主义的影响,他开始创作。创作初期,德莱塞小心翼翼地写一些短篇小说,后来开始创作第一部长篇小说《嘉莉妹妹》。《嘉莉妹妹》经弗兰克·诺里斯举荐,出版商道布尔德同意出版该小说,德莱塞仅获得近 70 美元的稿酬。德莱塞穷到连寄手稿的邮资都没有,精神上受到打击,险些自杀,被大哥送进疗养院。康复后,德莱塞先后在纽约许多家杂志任职,1907 年 6 月到《描画者》杂志任编辑。

德莱塞于 1901 年即着手创作长篇小说《珍妮姑娘》,写作时断时续,直至 1904 年又重新开始。1911 年 6 月,德莱塞修改了手稿,10 月《珍妮姑娘》出版。小说出版后激起读者的极大兴趣,也吸引了评论界的目光。两个多月内,小说销售 7 712 册。这与《嘉莉妹妹》相比,是极大的成功。

《欲望三部曲》包括《金融家》《巨人》与《斯多葛》三部小说,德莱塞为创作这三部小说对社会进行了调查,阅读了大量资料,如股票交易所的运行、费城政治领袖的活动等。小说涉及的天地不再仅仅是《嘉莉妹妹》中的旅馆与百老汇剧场,而是更大的社会舞台。德莱塞 1910 年开始创作小说《金融家》,至 1947 年《斯多葛》获出版,其间历时 30 多年。德莱塞 1911 年 4 月完成长篇小说《天才》,于 1915 年获出版,是一部自传性很强的小说。

德莱塞著名的长篇小说《美国的悲剧》出版于 1925 年,早在 1914 年底他即开始写作该书的第一稿。《美国的悲剧》是德莱塞最有代表性的著名长篇小说,德莱塞以一宗记事资料开题创作这部小说。在这之前的多年,他曾细心收集一些有关年轻人通过暴力手段以求得婚姻解脱的故事。他对这些年轻人持同情态度,因为他与萨拉怀特的婚姻曾使他狼狈不堪。1906 年美国发生的一桩桃色杀人案引起他的极大兴趣。一个名叫切斯特·吉勒特的青年在女友怀孕之后不愿与之结婚,竟丧心病狂地杀害了她。公众舆论为之哗然,报界详细报道了逮捕、审判、上诉和处决吉勒特的全部过程。德莱塞认为这是一起典型并富有戏剧性的事件。

《美国的悲剧》以这桩案件为纲而写出，不仅故事梗概和真实事件相去不远，便是某些情节和对话也极似从事件过程中信手拈来一般。他对法庭审讯实况的描绘惟妙惟肖，读者犹如身临一场真实诉讼一般。犯人的闪烁其词，律师的巧言狡辩，检察官的足智多谋，表情、对话、场面，作家写来点滴不漏，形象逼真。德莱塞忠于生活，以真实动人心扉，绝不用感伤哗众取宠，纪实是这部文学名著的显著特征。

德莱塞的小说具有自传性质。广义上，德莱塞是一位自传性作家，他一生都是在写自己，美国文学史上没有一个作家能像德莱塞那样在作品中详尽地再现自己的经历。他父亲的影子隐约出现在《珍妮姑娘》《金融家》及《美国的悲剧》的故事中，任劳任怨、一人担起全家生活重担的母亲的影子也出现在《珍妮姑娘》《金融家》及《美国的悲剧》中。他本人的生活经历亦出现在他的文学创作中。《嘉莉妹妹》中赫斯特伍德在纽约穷困潦倒的模样，让人想起作家20世纪初期在同一个城市中的艰难岁月。小说中描绘嘉莉妹妹渴望得到金钱、地位以及锦衣玉食细针密缕、剖毫析芒，是作家昔日曾有的心态。德莱塞的作品反映出一种畏惧贫困和失败的情态，这是西部社会底层贫困之家子女童年经历的自然流露。《美国的悲剧》是作家自我再现的典型之作。德莱塞在自传《曙光》中，把自己描写成一个敏感、不安、不快活、性欲极强的青少年，对父母不满，对家庭不满，恨自己生不能择时择地，是《美国的悲剧》的主人公克莱德形象的逼真张本。作家想做而未做、欲言而未言的一切，都通过其笔下文学人物的言行而付诸实现了。

《美国的悲剧》的思想根基实乃德莱塞的社会与人生观。德莱塞自幼怀有一个热切的梦，于他本人，他梦想成功；就社会而言，他梦想人人幸福。当时的美国社会对不少人实是一个泥坑、一个陷阱。罗科菲勒、卡内基、古尔德及凡德比尔基等实业界巨头在众目睽睽之下实现暴发的美梦，这对一般美国人的影响很大。19世纪后半叶及20世纪初美国的经历乃是一个巨变的无法无天的野蛮时期。社会大众觉得有朝一日自己也会出人头地，梅吉姑娘、乔治及其母亲、嘉莉妹妹等人，都有过这样的梦，他们似乎都相信有钱就有一切。细查克莱德的动作和表情，人们不难发现，他的信仰和心态都莫过于此。他要体面，当他受到堂弟社交圈的冷落时，他的自尊和自爱遭受到无情的伤害。当他能跻身于这个小圈内、开始结交富家女桑德拉时，他又得意忘形。他要金钱和权利，桑德拉是跳板，而穷姑娘洛蓓塔是他的障碍。他要迈步向上就必须除掉洛蓓塔，于是她死了。为了实现自己的美梦，他眼睁睁地看着怀着自己骨肉的洛蓓塔沉入湖底。他逃离现场后和桑德拉等人游玩时那份忧心忡忡的样子、每日受着犯罪感煎熬的难过相、在狱中向牧师如实坦白真相时的痛苦相，这些虽说明他的良心尚在，但他最终被处极刑是罪有应得，这是他的悲剧。

悲剧在文学作品中曾多次存在，但以国家的名字来命名悲剧，大概只有德莱塞一人。他用国家的名字来命名，使读者一开始就揣读书中"美国"一词的内涵。乍读起来似耸人听闻，细细体味则用心良苦。克莱德是一个普通的美国人，时代的气息时刻在熏染着他。他的思想和行动无疑不是典型的美国人所具有的，他的不择手段、不惜以暴力达到目的的企图也带着浓郁的美国色彩。

从文学艺术角度，《美国的悲剧》亦不愧为上乘之作。比起《嘉莉妹妹》或《金融家》，作者减少了准哲理性评论。以其内在活力取胜。有评论家抱怨它篇幅过长，然而一般读者却爱不释手。它成为作家的首部畅销书，使作家成为富翁。即便是今天，小说的魅力亦不减当年，仍能引起读者的共鸣，究其原因，关键在于作品的内在力量。严肃的文学作品以其丰富的内涵感染着一代代读者。《美国的悲剧》情节动人心弦，但它不仅以情节吸引读者，人们透过字里行间可以洞见严肃而崇高的动机。小说不仅反映一个时代的精神面貌，更能让同代人深省，因而起到醒世、警世的作用，便是在当代和未来，克莱德的行为模式也会使人受到教诲，这是小说价值的永恒所在。

但德莱塞的作品也有一些不足之处。世人对德莱塞的文字和技巧一向贬多褒少。著名评论家卡津曾说，德莱塞可能缺少很多东西，但就是不缺少天才。这话当然主要是赞扬，但他也认为德莱塞确实缺少小说家的某些条件，也觉得德莱塞在文字方面有缺陷。有评论说他缺少技巧，他的科学理论分析，亦实在令人不敢恭维。德莱塞的力量源于他的真诚，他深知他的历史使命，即记录他所处的历史时代中美国的状况。他坚持不懈地向社会学习，深入理解生活，社会的每一侧面对于他都宛如显微镜下的一个切片，他都仔细地观察和认识。对社会生活，他好似一位严肃的参与者和旁观者，参与之后再冷眼旁观。他一丝不苟地反映他的见闻，且资料丰富全面。他的作品成为一幅真实的时代风景图，为后来者赋予了忠于生活的光辉榜样。他敢于冲入禁区，拓宽文学创作的新境界，也坚持批判美国成功的神话。德莱塞的伟大在于他直话直讲，绝不藏头掖尾。他对他的时代不肯恭维，不肯首肯或粉饰，批判精神从头至尾闪烁在他的作品中。德莱塞极其注意细节的真实，他详细剖析有关案件的第一手资料，围绕人物的塑造与作品的主题进行筛选，使小说成为感人至深的真实记录。从这一意义上，《美国的悲剧》是一部具有典型自然主义倾向的小说。

## 第四节　自然主义文学的转型——杰克·伦敦

自然主义与现代主义和现实主义均有着千丝万缕的联系，它是批判现实主义发展到极致的一种文学形式。杰克·伦敦（John Griffith London，1876—1916）就是典型的自然主义和现实主义相结合的作家，是自然主义文学转型期间的代表作家。

杰克·伦敦生于加利福尼亚的旧金山，生活极其贫困，从小不得不干各种杂活，帮助维持家计。后来，父母离异，母亲带他再嫁给一位穷苦农民，生活一直颠沛流离。他8岁开始叫卖报纸，9

岁就阅读了华盛顿·欧文的《阿尔罕伯拉》,13 岁便开始做童工,贫困的折磨是他对生活的最早记忆,15 岁时,他开始在旧金山海湾里捕蚝,不久又改做渔警,此时杰克·伦敦如饥似渴地阅读了从奥克兰图书馆借来的图书。后来,他曾搭上捕海豹的船到过日本,17 岁时,杰克·伦敦在一艘捕海豹的船上当水手,在太平洋上漂泊了 7 个月。1893 年,美国发生全国经济恐慌,杰克·伦敦陷入社会生活的最底层,过着忍饥挨饿的生活,饱受生活的艰辛,因而参加劳苦工人向华盛顿的进军,被当作流浪工人拘留过。生活对他是吝啬的,23 岁以前,他只有焦虑、痛苦和不安全感。但生活对他也是慷慨的,他创作生涯中几十部作品的原稿都来源于他早年的生活经历。

1898 年以后,他开始以饱满的热情埋头写作,深信自己能在文学创作上闯出一番新天地。他开始埋头创作,并获得了成功。1899 年 5 月,杰克·伦敦的短篇小说开始在许多杂志上发表。12 月《大西洋月刊》为出版杰克·伦敦的作品而付给他 120 美元。杰克·伦敦大量阅读优秀作家的作品,学习有关自然、人类和社会的新科学。他献身社会主义事业,并非常认真地参与唤醒民众的工作。杰克·伦敦与母亲搬到奥克兰一幢大房子后,那里成了各种活动的中心。

杰克·伦敦的生活总是和广大人民的利益密切相关,他时刻关心着广大人民的命运。他同情劳苦大众,信仰社会主义,积极参与工人运动。早在中学时期,他就参加了社会党地方支部,喜欢公开演讲。之后,他的思想发生变化,于 1916 年发表声明退出社会党。他的私人生活也一直是公众舆论注意的焦点,他的婚姻受到人们的极大关注,其离婚与结婚都引起了公众的哗然。成名之后,杰克·伦敦获得了大量的稿酬,随后其生活开始奢侈起来。他喜欢冒险,耗资 3 万美元造船到南海旅行,几经周折,最后一身债务带病回国。不久又着手建造名为"狼屋"的豪华住宅,又买地 10 亩,翻修成"美的牧场"以接待客人。在他的亲自操持下,"狼屋"成为美国最富丽堂皇的私人住宅,耗资七八万元。不料竣工后的第二天,大屋失火,顷刻焚为灰烬,杰克·伦敦自此一蹶不振。1914年他去墨西哥,写了几篇文章,内容有为帝国主义战争辩护之嫌;1915年,他发表《星游人》。此时的杰克·伦敦已各种疾病缠身,妻子越来越专横,文学创作也日渐艰难,他感到空虚而绝望,最后因过量服用麻醉剂而身亡。在短暂的40年中,他留下了50多部作品,成为现代美国小说史上一位戏剧性的人物。

杰克·伦敦在现代美国文学史上的地位众说纷纭,争议颇多,他写过许多激动人心的小说和思想性极高的散文,是一位具有社会主义倾向、同情广大贫苦人民的进步小说家。他以自己的作品热情地宣传社会主义,杰克·伦敦在反映广大人民斗争时,曾受马克思主义思想的影响。许多英美文学评论者对杰克的评价不高,其中有杰克写作艺术上的许多缺陷的原因,也有一定的政治思想偏见在起作用。对杰克·伦敦的作品,评论家应历史主义地看待,这样才能正确地评价他在现代美国小说史上的地位与贡献,恢复他杰出小说家的本来面目。

杰克·伦敦的成名作《野性的呼唤》是众多评论家都普遍关注的作品,同时也备受他们的推崇,时至今日也是文学界评论的焦点。因为它是杰克·伦敦生命哲学思想的充分反映,马克思主义、达尔文进化论、斯宾塞社会达尔文主义和尼采的"超人"哲学都混乱地体现在他的作品中。

《野性的呼唤》反映了20世纪初西方其他主要思潮对杰克·伦敦的影响。作品从各个角度体现了马克思主义、达尔文进化论、斯宾塞社会达尔文主义和尼采的"超人"哲学等不同思想对作者的影响痕迹。巴克所要展示的显然是尼采的"超人"哲学。巴克一出场,作者就明白无误地告诉读者,它既不是室内狗,也不是狗窝狗,它是大王,是米勒大法官府上一切动物之王,甚至连人也包括在内。

《野性的呼唤》是一篇寓言故事。读者能够清晰地看到作者在以兽喻人,告诫人们要学会适应生存环境,做生活的强者。巴克的故事发生在19世纪末,此时美国社会资本主义文明的发展已达到其最残酷的阶段,"适者生存"论成为垄断资本残酷积累的有力辩词。从一定意义上讲,巴克的经历是这种社会现实的寓言式再现。巴克是适应环境的典范,它像德莱塞笔下的弗兰克·柯柏乌一样,要做生活中的强者。当它从优裕的环境降至卑贱的地位时,它学会了顺从,以免受无益的皮肉之苦;它学会了偷咸肉,以保自身性命。"这首次的偷窃行为就显出巴克适宜于在充满敌意的北国环境里活命。这显出了他的适应性,显出了他自己适应变幻无常的环境的那种能力,缺乏这种能力就意味着迅速而悲惨的死亡。"[①] 它的肌肉变得像铁一样硬,逐渐对一般痛苦能泰然处之。它能吃下任何食物,视觉和嗅觉变得非常敏锐,并能据以预卜吉凶祸福。它很快学会了在冰雪环境中生活的本领,它的本能的野性复活了。他模糊地忆起了它的种族的少年时代,回溯到野狗成群在原始森林中战斗的时代,它的内在古老生命复活后,内心里争取支配权的原始兽性在日益增长。它很快和狗队工人的主宰史皮兹进入交战状态,发起挑战并咬死了它。它那属于荒野的野性顽强而不屈不挠,像生命本身一样持久,使它在艰苦环境中生存下来,并成功地顺应了野性的呼唤。巴克适应环境的进化过程充分体现出斯宾塞社会达尔文论的基本命题。

　　《野性的呼唤》的魅力不仅在于它所讲述的动人故事,而且在于故事的叙述角度。小说虽以第三人称叙事,但"意识中心"始终是巴克。读者在阅读中下意识地会和巴克同呼吸、共命运,通过它的头脑进行思维,透过它的眼睛看世界与人。诚然,小说并非把读者的视野和知识面限制在巴克的视野和知识范围内,第三人称的叙事角度填补了巴克感觉与意识之外的许多空白。然而小说主要是写巴克的进化过程,其他人与事多通过它的眼睛和思想呈现在读者面前,都同它的思想活动有紧密关系。全书酷似一幅生动的图画,戏剧性地呈现出巴克的经历和思想活动。而且,作者把巴克描绘得惟妙惟肖,毫无做作之感,读者在无意中进入

---

① 张祝祥,杨德娟.美国自然主义小说[M].上海:复旦大学出版社,2007:136.

动物的世界,而与之同步动作。虽然巴克仅是一只狗,但是,它确是一只从"文明"进入"荒野"的实实在在的狗。《野性的呼唤》在内容和形式上实现了完美结合。它的主题是爱的价值,按公正的规则比赛。野兽的返祖现象是它们能战胜同类得以生存下来的因素之一。另外,巴克又代表了反叛与逃避现实。经过驯化的巴克可以为人类服务,之后野性复归逃回荒野之后又成为狼,其决定的条件就是环境,这是小说的真谛所在。从结构看,全书由7个松散地连在一起的故事组成,这种结构被称为事件式的结构,在这种结构中,时间的意义并不十分突出。《野性的呼唤》以其清新简洁的文笔,真实而引人深思的背景而使读者能够身临其境地去体验冰天雪地的北国风光,属自然主义小说的范畴。

《马丁·伊登》是一部自传体小说,生动地再现了杰克·伦敦的个人经历、文化背景、艺术生涯等,是一部有影响的作品。该小说不断博得评论者的青睐,是杰克·伦敦最优秀的长篇小说,也是他的代表作。作者以自然主义手法揭露了小人物在资本主义社会从无人理睬到成名的奋斗史,揭露资产阶级的势利和虚伪,揭露在自私、贪婪、冷酷的社会环境中,一个人成名的过程也是理想、欲望幻灭的过程。《马丁·伊登》具有较强的批判力量,但缺乏积极的理想,流露出较多的悲观情绪。

在《马丁·伊登》中,杰克·伦敦坦然地把自己的生活进行了细致的解析,供读者鉴赏和评论。他鄙视自己的阶层,对它的贫贱感到羞愧。他对上流的高雅生活垂涎欲滴,一心想摆脱贫困而爬上高层。他拼命地读书,一丝不苟地严格要求自己,目的非常明确,即跻身于上流社会。他要通过自己的努力奋斗而从社会底层爬出来。他非常自信,谋划出路,对未来具有一种非凡的幻想力。这一切都通过马丁·伊登这一艺术形象表现出来。

在开头的几章里,杰克·伦敦巧妙地写了一出社会喜剧。马丁·伊登在摩斯荣餐厅里进餐遇到了那么多清规戒律,其惶恐的模样,就像塞拉斯·拉帕姆第一次去访问科里家一样。塞拉斯惶惶然不知道如何处置他的手套,而现在马丁不知道把帽子放在哪里,手足无措。正当他要把帽子塞进上衣口袋时,阿瑟及时把帽子接了过去,解救了他。当他穿过那间家具齐全,放满各种摆设的客厅时,他感到自己和这个环境格格不入。杰克·伦敦牢牢地把握着这个情节的发展,使自己与之保持恰当的距离。即使在我们讥笑马丁时,他还是让我们同情他所处的困境,但同时又不让我们对他过分地怜悯或蔑视。

马丁是一个存在主义型的主人公。他的世界里没有上帝,他生的勇气和信心完全源于他本身。马丁的环境是典型的地狱,这里一片幽暗,几乎没有一缕阳光。他似乎没有很亲近的人,姐姐格特鲁德爱他,但缺少经济能力,不能提供较好而完整的爱,而且,她也不能理解他,而他所急需的正是理解。露丝对他的爱最初是坚定不移的,而归根结底也不能越出功利的局限。马丁的心一直处于绝对孤独的状态,他无时无刻不在感受着孤独的煎熬。他虽有一段时间,心中极其羡慕莫尔斯一家及其阶层所显示出的文明气质,但他很快便洞察出他们的空乏与浅薄。他不再把他们放在眼里,露丝、大法官、编辑部等文明的标志逐渐在他眼里失去了光彩。至于他的阶层,虽然他在内心深处仍能同情他们,但是自一开始他便决心离开那个阶层而走新路。他不甘于在不停息的劳作和贫困中度过一生,不甘于以酒精麻醉神经而堕落。在他的头脑中有一条鲜明的界限把他和他的阶层区分开来。就在他造就自我文明的同时,在心理上开始脱离他的人民,他很快便意识到了这一点。然而,他并不后悔,在他拼搏向上的过程中,他把他们远远地抛在后面。马丁是一个地道的个人主义者,他孑然一身,匹马单枪,向成功的目标发起攻击。苦是他自己的苦,乐是他自己的乐,胜利将是他自己的胜利,失败将是他自己的失败,生死荣辱全凭他一人的努力。这令人忆起杰克·伦敦本人评论《马丁·伊登》的话:他写这部小说是为了谴责个人主义,表明人不能只为自己而活着。当然,纵览全书,人们会发现,作家对马丁实际是批判不足而歌颂有余。马丁的故事从本质上讲依然是一个描写成功者的故事,杰克·伦敦为这个故事涂上了一层美的色彩,这实际上也是这部著作迄今仍有大量读者的基本原因所在。

《马丁·伊登》中涉及大量的心理描写。作者用了大量文字来描述马丁的心理活动,他的喜怒哀乐、七情六欲等所有的心理变化都跃然纸上,使读者对主人公的心态有一个非常清晰的观感,可以更全面地理解他的性格发展过程。比如书中有一部分用了整整5页来描述他在脱鞋过程中的思想活动:从灰黄的墙皮,他忽然想到光艳的露丝,想到自己粗糙的双手,想到露丝纤细的手,想到自己忙碌工作以求生存的一家——姐妹、父母,想到他与露丝之间存在的鸿沟等[①]。马丁思潮起伏,充满钦慕与自卑的心理状貌清晰地展现在读者面前。马丁得知第一篇作品已被一家杂志接受时的复杂情绪也是该书心理描写的一个极好例证。"马丁瞥了一下左上角,读到《大陆月刊》的刊名和地址。他的心猛跳一下,他突然感到头晕,觉得身子下沉,双膝同时奇怪地发颤。他摇摇晃晃地走到屋里,在床上坐下来,信封依然未启封,在那一刻他明白了人们听到极好的消息时为什么会突然死去。"[②]对于一个不吃不睡也要写作的人来说,作品突然被人采用,其兴奋心情不言而喻。马丁很快恢复了平静,开始理智清醒地计算那篇五千字的作品应获得多少稿酬。按照出版界惯例,他美滋滋地想着,信封内应装一百美元的支票。他把拖欠的各种债款累计减除后,仍应有43.9元的余头,于是又计算怎样花费这笔款子。他兴奋地打开信封,却沮丧地发现,作品虽已被接受,但他仅能在出版时得到5美元酬金。他绝望地感到受骗了。他日以继夜辛勤笔耕两载余,相信报刊所传两字一分钱的鬼话,到头来五千字只能得5美元,这就是艺术的价值!如此前思后想,整整一天没有出屋、没有进餐,以至于房东竟认为他病倒了。文字几番起伏跌宕,把马丁的心态写活了。杰克伦敦对内心活动的描写非常细腻,感情起伏跌宕,意识紧密衔接,让读者可以全身心地投入到作品当中,有身临其境之感,所以虽然其文字篇幅比较长,读者却鲜少有枯燥

---

① 张祝祥,杨德娟.美国自然主义小说[M].上海:复旦大学出版社,2007:145.
② 张祝祥,杨德娟.美国自然主义小说[M].上海:复旦大学出版社,2007:145.

之感。

　　作为一个具有讽刺意味的发迹故事，《马丁·伊登》跟豪威尔斯的《塞拉斯·拉帕姆的发迹》、诺里斯的《麦克梯格》和德莱塞的《嘉莉妹妹》等这类小说有着许多相似的东西。这些小说中的主人公在社会地位上的飞黄腾达和经济收入上的节节高升，跟他们思想道德方面的价值观念发生了冲突。拉帕姆正直的道德观念迫使他宁可选择破产，也不愿用卑鄙的金融阴谋陷害他人。麦克梯格发现他跟吝啬的特莱娜的婚姻使他不能享受他早先生活里那种纯朴的乐趣。嘉莉妹妹虽然成了一个著名的女演员，但发现金钱不能帮她摆脱精神的贫乏，从而使她在艺术上的成功也黯然失色。马丁·伊登追求的虽然不完全是金钱，但是当他在走向爱和美的理想王国的征途中挣扎前进时，他被市场价值绊住了，跌落水中。

　　可以说马丁·伊登是在资本主义条件下，典型的个人奋斗所造成的悲剧。杰克认为，《马丁·伊登》是一部反对个人主义的小说，马丁的死因是他的极端个人主义造成的，他一个人单枪匹马、勇往直前地向上层社会冲击，对其他人的需求一概视而不见。所以当他的幻想破灭时，就没有任何东西能支撑他活下去了。杰克通过马丁对整个资本主义社会进行了批判，对资产阶级的庸俗表示了极大的鄙视。

　　《马丁·伊登》中马丁·伊登并未经过艺术雕琢，他的魅力主要源于作者生活经历这块浑金璞玉的本色。故事完全按照时间顺序进行，马丁占据了文字的大部分，其他人物虽也不乏动人之处，如格特鲁德、玛丽亚、露丝、布里森登，但是总体来讲，他们缺少深度和厚度，性格比较单薄。杰克·伦敦在艺术创作上比较粗糙，大概是他今天未能跻身于大家之列的一个原因。对于如何评价《马丁·伊登》这部小说，各家说法不一。查尔斯对它的评价很低，认为它是杰克的小说中最差的一部，因为他认为这部小说缺少美学上的距离，缺乏一种控制感，小说中的作者很多时候的出场都是赤裸裸的、天真而又令人难堪的。然而，大多数的评论家都对《马丁·伊登》评价颇高，认为这是杰克长篇小说里最优秀的。伊恩在《五十部美国小说入门》中指出：杰克·伦敦的文体总是开门见山，读者可以直接窥见主人公的精神世界，文如其人，马丁作为一部自传体长篇小说艺术地再现了作者的冒险生涯。马丁对青年人了解 19 世纪末至 20 世纪初美国劳动青年成长过程是很有启发性的。[①]

　　尽管杰克在现代美国小说史上的地位有颇多争议，但他的确写过不少激动人心的小说及思想性很高的散文，是一个具有社会主义倾向的作家。在苏联，杰克享有较高的声望，据说列宁很喜欢杰克的作品，在他逝世前还在听夫人朗读杰克·伦敦的小说。许多工人评论家在论及美国的自然主义小说时，认为杰克虽然在作品的数量上远远地超过弗兰克，并且生前的知名度也高于他们，但是，对于美国自然主义小说家的影响则不及诺里斯与克莱恩。

---

① 琢金吾.对《马丁伊登》的类比阅读 [DB/OL].https://www.douban.com/note/68563009/.

# 第七章　现代主义文学运动影响下的美国文学

现代主义文学运动是文学发展史上一次极其重要的文学运动，也是迄今为止最特殊、最复杂的一次文学大变革。在其影响下，美国产生了现代主义文学，并步入了空前繁荣的文学创作时代。同时，美国现代主义文学的出现标志着文学艺术形式脱胎换骨的颠覆和重构。本章将对现代主义文学运动及其影响下的美国文学创作状况进行详细阐述。

## 第一节　现代派思潮的传播与现代主义文学的产生

现代派思潮是 20 世纪上半叶风行于西方各国的一种普遍的、无形的、高度自觉的现代艺术观，产生后以破竹之势对传统文学形成了猛烈冲击，同时在其影响下出现的现代主义文学给世人带来了全新的艺术感受和数不胜数的传世佳作。

### 一、现代派思潮的传播

现代派思潮的出现，源于 1880 年在法国出现的象征主义运动，主要代表人物有斯特芳·马拉美（Stéphane Mallarmé，184—1898）、夏尔·皮埃尔·波德莱尔（Charles Pierre Baudelaire，1821—1867）以及居斯塔夫·福楼拜（Gustave Flaubert，1821—1880）。他们的文学创作为欧美作家展现了不同于浪漫主义和自然主义的创作方法，即现代主义，并促使现代主义成了席卷 20 世纪西方文坛的主要的文学新潮流。自此以后，文学的创作中心逐渐由英国转往法国,巴黎成了西方现代主义文学创作和理论发展的中心。

19世纪中叶,科学技术有了新发展,机械的思想方法又时髦起来。达尔文的进化论将浪漫主义诗人所歌颂的英雄偶像变成宇宙中孤立无援的一种动物,显得非常渺小,人性成了遗传和环境的产物。法国小说家左拉在他的作品中实践了这种理论,被称为自然主义作家。自然主义重视古典主义的客观性和严肃性,以科学地观察现实为主要特色,它在法国的表现最明显。福楼拜的小说和亨里克·易卜生(Henrik Johan Ibsen,1828—1906)的戏剧是自然主义文学发展的高峰,他们的艺术像17世纪的作家们一样,坚持语言的简洁和形式的精练,以及描述的客观性和非个性化。福楼拜和易卜生都是从浪漫主义创作开始的,后来逐渐演变成新的模式,形成新的观点。福楼拜的《包法利夫人》不仅在结构上和写作上跟雨果的小说不同,而且包含着对浪漫主义个性的客观批评。如今,自然主义的客观性的看法和与它相适应的机械的艺术技巧开始使诗人的想象力迟钝,不适于表达自己的感情。读者对其作品感到厌烦,诗人终于另辟蹊径。因此,法国出现了象征主义运动。

象征主义运动打破了法国浪漫主义诗人留下的韵律的规则,并且最后完全抛弃了古典文学传统的平白和逻辑性。最初,象征主义运动主要局限在法国,随着时间的流逝,逐渐扩展到整个西方世界。它的应用原则逐渐从诗歌被扩大到小说等范围,大大超出了它的奠基者的预料。

象征主义运动在法国出现后,吸引了一大批其他国家的作家寄居巴黎,如爱尔兰诗人威廉·巴特勒·叶芝(William Butler Yeats,1865—1939)、英国小说家詹姆斯·乔伊斯(James Joyce,1882—1941)和诗人T·S·艾略特(Thomas Stearns Eliot,1871—1948)、美国作家格特鲁德·斯坦因(Gertrude Stein,1874—1946)等。这些作家的作品大大继承和发展了象征主义文学的创作原则和方法,使得现代主义思潮逐渐传到世界其他国家。与此同时,斯坦因的现代主义走得更远,将马拉美的美学原则发挥到荒诞的地步,对美国20

世纪现代文学的产生与发展发挥了极其重要的影响。

## 二、现代主义文学的出现

现代主义文学的出现,与象征主义运动有着极为密切的关系。与此同时,现代心理学的发展为现代主义文学的形成创造了条件。西方哲学在 19 世纪后半叶对自然主义的基本概念提出了挑战,文学逐渐摆脱进化论的影响,走向神话或象征的新理论,用周期的时空观代替线性的时空观,以主观的现实取代科学的经验,将目光从对现实的细致观察转向人物内心世界"自我"的表露,注重外界事物对人物精神上的刺激和反应。内心变化的揭示成了人性核心的展现。1890 年,美国心理学家威廉·詹姆斯( William James )发表了《心理学原理》,将超自然的概念变成现代科学的话语,使"精神"与"自我"协调起来。他认为"性格"是由无数道德上的选择凝合而成的。性格通过习惯的力量变成一个永恒的心理结构。到了 19 世纪末,性格在现实和小说中相互渗透,既指文学上的人物性格,又指生活中的人物性格。此外,詹姆斯还首先提出了"意识流"这一术语,认为人的意识像一条小溪,时刻处于流动状态。[①]詹姆斯的意识流理论成了欧美小说家深入地透视工业化时代西方人的复杂心态,反映他们的现代意识的创作方法,也是西方现代主义小说的一大特色。英国作家乔伊斯的《尤利西斯》、美国作家威廉·福克纳( William Faulkner,1897—1962 )的《喧嚣与骚动》等都是经典的意识流小说作品。

詹姆斯之后,奥地利心理学家西格蒙德·弗洛伊德( Sigmund Freud,1856—1939 )为意识流小说提供了心理学的理论基础。他系统地研究了人的精神活动的规律,揭示了精神与意识的复杂关系。他认为心理过程具有意识的、潜意识的和无意识三个层次,三者是可以相互转换的。他将人的性格结构分成"伊德""自我"和"超我"三个部分。三者如果失调,就会产生紧张、焦虑和恐惧

---

① 　杨仁敬.20 世纪美国文学史 [M].青岛:青岛出版社,2010:65.

心理。同时,弗洛伊德还对"梦"做了解释。他指出:梦是无意识冲动造成的。做梦的人往往以幻觉和梦境的形式来满足自己的心理需要。所以,梦幻中的意象图解了人的精神世界,具有一定的象征意义。作家的创作像白日梦,是幻想的升华,以满足某些被压抑的愿望。1900 年,弗洛伊德在他的《梦的解析》中所做的上述分析,深刻地揭开了人的心理的奥秘,引起了西方学术界的震动。他提出的心理分析法(或称精神分析法)对 20 世纪西方现代主义文学创作和批评产生了难以估量的影响。

弗洛伊德的心理分析理论受到了欧洲保守学者的攻击。但它在大洋彼岸的美国却找到生存和发展的土壤。它引起了美国许多作家和批评家的兴趣和重视,给美国文学,特别是小说创作带来了深刻的变化。

美国现代主义文学表现在两个方面:一方面是长期客居巴黎的女作家斯坦因和围绕在她周围的新一代作家舍伍德·安德森(Sherwood Anderson,1876—1941)、欧尼斯特·海明威(Ernest Hemingway,1899—1961)和弗朗西斯·司各特·菲茨杰拉德(F.Scott Fitzgerald,1896—1940)等人吸取了欧洲象征主义、表现主义和存在主义等创作方法和艺术技巧,在自己的小说中大胆进行了实验(有的作品被称为"实验小说");另一方面是美国哲学家和心理学家威廉·詹姆斯的"意识流"理论、弗洛伊德精神分析法以及荣格的集体无意识体系拓展了美国作家的思路和艺术表现手法,使他们重视人物内心深处的心理活动,尤其是无意识的描写,运用梦幻、内心独白、多层结构、复合基调、象征、重组和怪诞等多种艺术手法来表现西方现代人在资本主义自由竞争条件下的苦恼、困惑和悲观的"自我"。这两方面的因素互为独立又互相融合,给 20 世纪美国文学注入了新的活力。

美国现代主义文学强调个人的价值和自由,热衷于表现至高无上的"自我",表现人生的飘忽不定和社会对个性的压抑。在这些作家心目中,传统的价值观念消失了,现代人陷入了难以解脱的精神危机中,终日被一种无形的敌对的势力包围着,成了现实生活中孤独的流浪者,游离于现实与梦幻之间,找不到精神上的归宿。尽管诱人的"美国梦"也许还有几分魅力,但在追寻"美国梦"的道路上充满了荆棘,能否实现,毫无把握。在一个"人人为自己"的自由竞争的社会里,人与人之间的关系十分冷漠无情,"美国梦"难以治愈看不见的精神创伤。因此,对"美国梦"的苦苦求索与对现实社会的失落感相互结合在一起,成了20世纪初美国文学中现代主义的一大特色。它比欧洲现代主义文学中的孤独和悲观,多了一点盲目的乐观情绪。

美国现代主义文学从诗歌开始,以埃兹拉·庞德(Ezra Pound,1885—1972)领导的意象派和漩涡派诗歌为发端。诗人不仅学习20世纪的流派,亦深受19世纪末法国象征派和17世纪英国玄学派诗人以及19世纪本国诗人如沃尔特·惠特曼(Walt Whitman,1819—1892)、艾米莉·狄更斯(Emily Dickinson,1830—1886)等的影响。同时,这时期的诗歌可以说是百花齐放,诗人们有意识地对诗歌的传统风格、表现形式和技巧进行革新,纷纷寻找十分个性化的语言和手法来表现自己对社会、世界、人生的看法。例如,许多诗人采用自由诗体而不大喜欢格律、音步严谨的传统诗体。语言方面,他们反对传统的高雅诗歌语言,采用日常生活的口语。当然,诗人们也各不相同,威廉斯的自由诗体跟艾略特和庞德的风格就大不一样。威廉斯更强调视觉效果,而艾略特则看重音步和节奏的音乐性。他们都主张用口语,但弗罗斯特采用新英格兰地区农民的语言,林赛和桑德堡使用中西部老百姓的语言,而艾略特的诗歌虽然有口语的味道,却认为有些思想感情用其他风格也许能表现得更好。诗人们深切感到现代生活的复杂性,充满了矛盾和冲突,他们的诗歌就是要表现这种不协调,于是,他们大量采用幽默与反讽。桑德堡和林赛依靠西部幽默在高度夸大中达到挖苦的目的,弗罗斯特则突出新英格兰地区不露感情的冷漠式的讽刺,而艾略特、威廉斯和史蒂文斯等的反讽则更为含蓄和深沉。艾略特运用"想象力的逻辑",在《荒原》中抛弃一般诗歌中的过渡、概括、论述等手法,把不同的意象并列在一起,用支离破碎的形象反映社会问题。在这个繁荣时期,涌现出大量至今被认为是经典的诗集。诗人们亦常常提出自己的文学主张,如庞德的"要日新月异"的口号和界定意象派诗歌的定义,艾略特的"客观对应物""感受的分化""想象力的逻辑""作家不能脱离传统但要像催化剂那样使传统起变化",威廉斯的"不表现观念,只描写事物"①,以及史蒂文斯关于客观现实和想象力的关系等观点,其时及后来对诗歌均产生了很大影响。

美国的戏剧由于清教主义的影响一向不算发达,但第一次世界大战后情况却有了很大变化。表现主义戏剧和剧作家奥古斯特·斯特林堡(August Strindberg,1849—1912)、易卜生、萧伯纳(George Bernard Shaw,1856—1950)等都开始影响美国戏剧界。与此同时,美国出现了许多由戏剧艺术爱好者组成的试验性小剧院,对百老汇等商业剧院进行了有力挑战。最为著名的是"华盛顿广场剧院"(战后改名为"戏剧会社")、普罗文斯顿剧艺社和以哈佛大学的"47号工作室"为代表的学生剧团。这些小剧场或戏剧团体几乎都有自己的剧作家。他们一反陈腐的俗套,努力表现当前的美国生活,抨击各种社会弊病,尤其是尤金·奥尼尔(Eugene O'Neill,1888—1953)运用多种创作方法揭露社会问题,表现残酷的现实如何粉碎普通家庭的生活理想等有现实意义的主题。剧作家们还大量试验各种手法与技巧,如埃尔莫·赖斯(Elmer Rice,1892—1967)用表现主义手法写了《加算器》,而在《街景》中则采用了现实主义手法。奥尼尔不仅采用传统手法亦在作品里试验表现主义、象征主义等手法,甚至在一部作品中兼用多种技巧。奥尼尔的天才与哲学思想使他成为20世纪美国戏剧的重要人物。

跟"新诗"运动和"新戏剧"运动相比,美国小说也在不断革新。从1914年开始至20世纪20年代末,斯坦因、薇拉·凯瑟(Willa Cather,1873—1947)、安德森、西奥多·德莱塞(Theodore

---

① 吴元迈.20世纪外国文学史(第2卷)[M].南京:译林出版社,2004:183.

Dreiser,1871—1945）等老一代作家的许多优秀作品均在此期间问世。战后成长起来的年轻一代作家,如约翰·多斯·帕索斯（John Dos Passos,1896—1970）、菲茨杰拉尔德、海明威、福克纳以及黑人作家吉恩·图默（Jean Toomer,1894—1967）等,都开始在文学舞台上各领风骚,通过小说批评工业化和物质主义的恶果、批判战争对人的精神的伤害、揭露贫富不均和种族歧视造成的悲剧。

美国小说在技巧方面的试验并不落后于诗歌和戏剧。作为"现代主义文学运动巨人之一"的斯坦因,对语言和标点符号进行实验以捕捉流动不定的生活现实。安德森则对小说形式进行实验,在《俄亥俄州的瓦恩斯堡镇》中用具有同一个背景、同一个主人公和同一种气氛的一系列短篇故事来表现总主题。帕索斯在小说中插入新闻纪录片、报纸甚至流行歌曲的片段。总之,作家们不断破坏故事的叙述线索以表现世界的混乱和社会的失控。当然,这一时期传统的手法并没有消失。德莱塞、刘易斯采用文献式的描写和细节堆积等自然主义手法,凯瑟、菲茨杰拉尔德十分注意对细节的取舍,更看重故事的氛围,使作品富有诗意。海明威试验用小字、短句,多对话,少描述,他的"冰山原则"确实开创了新的文风;与海明威相反,福克纳则用繁复的长句和晦涩的语言来表现世界的复杂。与戏剧、诗歌一样,小说文体风格的多样性也是这个时代文学的一个特点。

现代主义文学在美国的发展呈现繁荣之态,但美国文学中的现代主义并不完全排斥文学传统。它在创作原则和表现手法上也许是跟文学传统相对立的,但标新立异并未完全脱离传统。欧美文学主要来自三大传统:从古希腊开始的人文主义精神、基督教文化;中世纪文艺复兴以来的人道主义;康德（Immanuel Kant,1724—1804）、黑格尔（G.W.F.Hegel, 1770—1831）等人的德国古典美学。西方现代主义文学的产生和发展都离不开这些传统。一些现代作家从熟悉传统走向反传统、反权威、反古典模式,形成现代主义思潮。这是第一次世界大战前资本主义经济发展的产物,也是自由竞争对传统的价值观念冲击的结果。如果说美国文学中的现代主义具有自己的特色的话,那就是美国传统文学中的民主主义精神、对民族特色的探索和对"美国梦"的追求。因此,美国文学中的现代主义往往与现实主义或自然主义交织在一起。它不像欧洲各国涌现出不同的现代主义流派,也不像欧洲产出了诸多典型的现代主义作家如乔伊斯、伍尔芙等。美国作家较多运用现代主义创作技巧来描绘现当代美国现实社会里的人和事,追求内在的自我表现和艺术形式的革新。但他们笔下人物的异化、孤独和失落,与欧洲文学中的现代人是一样的。从这个意义上说,美国文学中的现代主义与欧洲现代主义文学又是一致的。所以,人们通常将欧美的现代主义文学合称为西方现代主义文学或西方现代派文学。

## 第二节　意象主义诗歌运动的诞生及发展

　　美国现代派诗歌的发轫,是以埃兹拉·庞德(Ezra Pound,1885—1972)为首的意象派诗歌运动。庞德认为,"现代的"就是"用意象派的简洁语言写成的""客观""直接"的[①]。在此基础上,他发起了"意象派"运动,并注重从异国文化因子中为其发展寻找新动力,来构建现代诗歌新美学原则。意象主义诗歌在创作过程中遵循着三条基本原则:一是直接描绘无论主观还是客观事物;二是决不使用无益于表现的词语;三是关于节奏,采用连续的音乐性词语,而不受节拍的束缚。基于以上创作三原则,意象派诗歌形成了如下基本特征:"以意象作为诗歌的基本单位,直接表现所观察到的事物而不加任何解释或评论。诗人不过是搜集体验(尤其是视觉效果的数据)。意象派诗是一连串的意象并置,不允许抽象的语言进入其中。"[②]1914 年 7 月,庞德编辑了

---

① 董洪川.庞德与英美现代主义诗歌的形成 [J].外语与外语教学,2006(5).
① 张子清.20 世纪美国诗歌史 [M].长春:吉林教育出版社,1997:190.

第一本"意象派"诗选《意象派诗人》,它的问世标志着"意象派"作为一个流派而进入英美诗坛,从而开始了诗歌史上著名的"意象派"诗歌运动。"意象派"诗歌运动产生后,很快在美国文坛形成了强大的冲击波,一时之间成为引领诗歌潮流的风向标。不过,从整体上来看,"意象派"诗歌运动持续的时间并不长,大致从 1908 年至 1918 年。虽然"意象派"诗歌运动在美国持续的时间不过 10 年,但却在美国诗坛甚至整个西方诗坛产生了极为重要的影响,开启了美国现代主义诗歌的先河。庞德、希尔达·杜利特尔(Hilda Doolittle,1886—1961)及威廉·卡洛斯·威廉斯(William Carlos Williams,1883—1963)都是意象派诗歌的代表性人物。

## 一、埃兹拉·庞德的意象派诗歌创作

埃兹拉·庞德(Ezra Pound,1885—1972)是美国现代派诗歌运动真正的发起者和推动者,出生于美国爱达荷州海利镇的一个普通职员家庭,长于宾夕法尼亚州。他早年曾在汉密尔顿学院、宾州大学学习,并在学习期间对诗歌产生了浓厚兴趣。毕业后,庞德认为欧洲可以给他的文学创作带来灵感,于是先后四次赴欧洲。1941 年第二次世界大战激战期间,庞德因在意大利罗马电台数百次公开发表反美讲话,于 1945 年以"叛国罪"被捕,并被押回美国受审。后来,他被检查出精神失常,从而免于受审,并接受治疗。1958 年,庞德的叛国罪被取消,并离开了精神病院。1972 年,庞德在威尼斯病逝。

庞德作为诗人,留下了长达 23 000 多行的鸿篇巨制《诗章》及其大量脍炙人口的诗篇。他的诗歌创作与他的现代派诗学理论的建构相生相伴,不过,庞德的诗歌中,意象派诗歌仅仅是一个部分。事实上,庞德早期的诗歌创作虽然积极采用了意象主义,并确立了意象主义诗歌的理论和创作实践标准,使意象主义诗歌成为美国现代主义诗歌的起点,但他不久便脱离了意象派,转向了漩涡主义诗歌运动。

庞德的意象派诗歌大都篇幅短小精悍,反对冗词赘句和浮华的措辞,同时文字清新、富有画面感。只有短短两行的《在地铁站》是庞德诗歌中公认的意象派的压卷之作:

　　人群中出现幽灵般张张脸庞;

　　湿漉漉黝黑树枝上的片片花瓣。①

这首诗歌被认为是开创了"意象派"诗歌的先河,也是意象诗的经典之作。关于这首诗歌的写作缘由和初衷,庞德本人曾做出过详尽的解释。1911年的一天,他从巴黎的协和广场走出地铁,幽暗的地铁车站中人头攒动。忽然,他在拥挤的人群里偶尔瞥见几个泪人和孩子的美丽面庞,在光线幽暗的空间中,这些姣好的容颜显得更加楚楚动人,也带有几分神秘感。这鲜明的对比使他心有所感,便力图捕捉这一令他印象深刻的瞬间。几经修改后,终于写下了这首两行的诗。

这首诗将"意象派"诗歌的创作理念演绎到了极致。第一行描绘出一幅动态的图画:阴暗潮湿的地铁上,嘈杂的人群中几张美丽的面庞若隐若现。这给诗人带来的瞬间感觉在第二行中得到形象的呈现:它们就是阴湿的黑树枝上嵌着的几片花瓣。这种素描式的画面恰如其分地把诗歌的色彩和通感传达了出来。"面庞"和"花瓣"这两个意象的叠加远远超出了它们各自本来的神韵,给人一种影绰重叠之感,同时又十分准确生动。"花瓣"与"脸庞"纵然无限美好,但却落花无情,娇颜易逝,短暂得令人心痛。由此我们仿佛听到诗人轻轻的叹息声,似乎在感叹在节奏日益加快的现代都市中,美好的事物往往稍纵即逝,美好的情感也是瞬间融化。庞德将意象之间微妙而又复杂的必然联系用"意象叠加"的手法充分展示出来,为意象派诗歌树立了一个典范和模式。另外,在词汇的搭配上,诗人的处理也十分巧妙,突出了节奏上的音乐感。这首诗的写作手法与"意象派"三原则的要求可谓十

---

① 聂珍钊.外国文学史(四)[M].武汉:华中师范大学出版社,2010:19.

分契合。

庞德在进行意象派诗歌创作时，十分强调捕捉和描绘瞬间浮现在脑际的复杂的思想和感情，在类似绘画和雕塑的意象呈现中去除了解说与评论的成分，所以，他的意象派诗歌往往要求读者欣赏诗歌时须参与其中，调动自己的积极思维在具体环境下去把握诗中的意象所要表达的情感与含义。以他的《少女》一诗为例：

> 树长进我的手心，
>
> 树液升上我的手臂，
>
> 树在我的前胸朝下长，
>
> 树枝像手臂从我身上长出。
>
> 你是树，
>
> 你是青苔，
>
> 你是轻风吹拂的紫罗兰，
>
> 你是个孩子——这么高，
>
> 这一切，世人都看作愚行。[1]

这是一首爱情诗，诗中诗人先把少女比作树，叙述了"树"和"我"之间的亲密关系，而后诗人又增加了三个意象"青苔""紫罗兰"和"孩子"进一步歌颂少女的美好，这些意象间的关系都需要读者在欣赏时积极地去体味和理解。而全诗的最后一句则又出人意表，突然来了个急转，仿佛给读者留下了一个谜，也给读者留下了思考和想象的余地。

庞德的意象派诗歌创作，也深受中国古典诗歌的影响。通过他的《玉阶之怨》一诗便可以看出：

> 玉阶上早已一层白霜，
>
> 罗袜浸透了深夜寒霜，
>
> 我于是拉下水晶窗帘
>
> 对着清秋的月亮观望。[2]

---

[1] 唐根金等.20世纪美国诗歌大观[M].上海：上海大学出版社，2007：22.

[2] 唐根金等.20世纪美国诗歌大观[M].上海：上海大学出版社，2007：28.

这首诗是庞德在李白《玉阶怨》的基础上进行翻译后再创作的。李白的原诗体现了中国古典诗歌含蓄简练、融情于景的特点；庞德的译诗在内容和意境上也表达出了和原诗一致的情调。此诗所要表达的是一个"怨"字，但是，除了题目中出现了"怨"字外，通篇没有再出现一个"怨字"。这个创作意图是通过诗中的静态意象和弥漫在字里行间的哀怨愁绪来实现的，这种表面不露痕迹、人未言及的浓浓怨情要靠读者去品味和把握，因此可以说诗人为读者留下了充分的想象空间。玉阶、白霜、罗袜、水晶窗帘和清秋明月等意象贯穿全诗，前两行写一位贵妇人夜深人静之时独自良久地伫立在室外的玉阶上，忍受着深夜阵阵袭人的寒意，翘首以盼日夜思念之人；后两行转换视角，久立无望之下返回闺房，愁肠欲断，拉下水晶窗帘，却还是"举杯消愁愁更愁"，相伴诉苦的只有冷冷清秋月，孤独、失望、幽怨之情又被向深层推进了一步。这首诗语言简练，意象丰厚、突出，充分体现了"意象派"诗歌的特点。

## 二、希尔达·杜利特尔的意象派诗歌创作

希尔达·杜利特尔（Hilda Doolittle，1886—1961）是意象派诗歌创作中非常优秀的意象派诗人，也是美国20世纪最伟大的女诗人之一。她出生于宾夕法尼亚州伯利恒城，与庞德、威廉斯是大学同学，并曾经是庞德早年的恋人。1916年，她发表了第一本个人诗集《海园》，其中的《海玫瑰》是一首著名的意象主义诗歌。之后，她开始致力于意象主义诗歌的创作。20世纪30年代起，杜利特尔的诗风发生了变化，作品中开始渗透进某种神秘主义色彩。1961年，杜利特尔去世。

杜利特尔的意象主义诗歌创作恪守意象派诗歌创作原则，用词简练，有音乐的韵律，感情内敛，善于捕捉意象和刻画意象。她诗歌中的意象鲜明、独特，往往具有一个主导意象，以直接、具体、生动地再现自己的感觉为准则。同时，她的诗歌善于通过客观事

物的形象作用于读者的感官,充分激发读者的想象力和参与性。杜利特尔刻意追求灵活的、充分表现瞬间感受与体验的艺术形式,反对传统的五步抑扬格的束缚,崇尚自由体,而这一切正是庞德极其推崇她的诗作的原因。

《奥利特》是杜利特尔意象派诗歌的代表性作品,集中体现了意象派诗歌的创作特点。

> 翻腾起来吧,大海——
>
> 翻腾起你尖尖的松针,
>
> 把你巨大的松针,
>
> 倾泻在我们的礁石上,
>
> 把你的绿色掷在我们身上,
>
> 用你池水般的杉覆盖我们。①

这首诗精妙地捕捉到了松林和大海两个意象,而奥利特这位山林仙女又与两个意象融为一体,从而引发出人的听觉、视觉和触觉的多方面感受:翻腾的大海仿佛让人听到了松林的涛声,而池水般的绿色的松杉则让我们看到了同样绿色的深深大海,尖尖的松针在水中翻滚似乎又让我们感受到针刺的疼痛。这首诗歌意象的运用是叠加的,松林即是大海,松涛就是海浪,同样可以翻腾、倾泻;大海也是松林,绿色的海浪恰似绿色的杉树林。山林仙女奥利特将"大海"和"松林"两个意象融为一体,她时而在海浪中舞动绿色的裙裾,时而在松涛间拂动绿色的长发,一种神秘的自然之力弥漫在字里行间,成为这首精巧的小诗的神韵之笔。

### 三、威廉·卡洛斯·威廉斯的意象派诗歌创作

威廉·卡洛斯·威廉斯( William Carlos Williams,1883—1963 )出生于新泽西州的卢瑟福德镇,曾在宾夕法尼亚大学学习医学,后到德国莱比锡大学攻读小儿科研究生。毕业后,威廉斯回到美国,成为一名医生,同时在业余时间进行诗歌创作。1909 年,他

---

① 聂珍钊.外国文学史（四）[M].武汉:华中师范大学出版社,2010:20.

自费出版了诗集《诗篇》,但因内容陈旧未能引起反响。后来,在庞德的指点下,他对意象主义诗歌进行了仔细研究,并逐渐写出了极具个性的自由诗。1913 年,他发表了具有现代派反讽色彩的诗集《性情》,引起了诗坛的关注。后来,他又陆续发表了《给爱它的他》《桐树》《开花的槐树》《日光浴者》《红色手推车》《佩特森》《无产者肖像》等诗歌作品。1963 年,威廉斯在故乡平静地逝世。

威廉斯进行意象派诗歌创作时,在诗歌形式上进行了更为大胆的尝试,这从他的著名小诗《红色手推车》中能够清晰地反映出来:

> 这么多都得
> 靠
> 一辆红色的手推
> 车
> 它披着闪光的雨
> 水
> 伫立白色的鸡群
> 旁 ①

这本是平常的散文句子,然而在诗人的大胆尝试中,经过精心安排,成了意象派诗歌的代表作,也成为威廉斯诗学理念的绝好诠释。短短的诗行呈现出一幅清新而生动的农家庭院图,使读者感受到了农夫的希冀和生活情趣。全诗呈现给读者两个鲜明的意象:雨水中闪闪发光的红色手推车和白色的鸡群。这两个意象一动一静、一红一白,既相互反衬、对比,又相互补充、丰富,从而赋予了日常生活中司空见惯的平常之物不同凡响的美。此外,这首小诗的形式也颇具特色,原诗中的完整词语被一一拆开,排在不同的诗行里,增添了诗歌的结构美和音乐美,使读者不能不折服于诗人独到的构思以及巧妙的安排。

---

① 聂珍钊.外国文学史(四)[M].武汉:华中师范大学出版社,2010:22.

威廉斯在 20 世纪 30 年代接受了"客体派"的标签,因为他认为客体派是意象派的延伸,且更加具体、宽泛。然而,事实上,尽管两者有一定的区别,但客体派并没有跳出意象派的藩篱。1946 年,威廉斯发表了他的史诗巨著《帕特森》,明确提出了"不表现观念,只描写事物"[①]的诗学理念:多用具体的微小意象来表现思想,没有抽象和概括;多写身边的凡人琐事,没有浪漫的异国情调;说美国人的话,做美国人的事,没有丝毫的矫揉造作。在这首诗歌中,威廉斯还运用了拼贴手法,但因不够娴熟,使各卷之间的转接看起来不太协调,读起来有断断续续之感。不过,这首诗的整体结构还是具有内在连贯性的。同时,他将诗的传统模式打乱,注重光、色、声的直觉效果,最大限度地释放诗的能量,从而使诗的艺术效果得到了大大增强。从这一角度看,《帕特森》称得上是一部典型的现代主义诗歌。自此之后,威廉斯的诗歌创作进入了高峰期和成熟期,并跨出意象派诗歌的藩篱,在更为广阔的空间中取得了辉煌成就。

## 第三节　现代派小说的涌现与小说技巧的发展

现代主义文学运动影响下的美国文学,以现代派小说的发展最为迅速,且取得了十分辉煌的成果。格特鲁德·斯坦因(Gertrude Stein,1874—1946)是最早进行现代派小说创作的作家,她的小说创作标志着美国现代派小说的诞生。斯坦因之后,舍伍德·安德森(Sherwood Anderson,1876—1941)、约翰·多斯·帕索斯(John Dos Passos,1896—1970)、弗朗西斯·司各特·菲茨杰拉尔德(F. Scott Fitzgerald,1896—1940)、威廉·福克纳(William Faulkner,1897—1962)、欧尼斯特·海明威(Ernest Hemingway,1899—1961)、纳撒尼尔·韦斯特(Nathanael West,

---

① 吴元迈.20 世纪外国文学史（第 2 卷）[M].南京：译林出版社，2004：184.

1903—1940）等作家继续通过自己的创作促进了现代小说技巧的进一步发展。本节将具体分析斯坦因、安德森和福克纳的现代派小说创作。

## 一、格特鲁德·斯坦因的现代派小说创作

格特鲁德·斯坦因（Gertrude Stein，1874—1946）是公认的欧美现代主义文学运动的干将之一，对美国现代派小说的产生与发展做出了重要贡献。她出生于宾夕法尼亚州的奥勒更尼，后随家人移居法国和奥地利，但没多久便返回美国，一直居住在加利福尼亚州。1902年，她前往巴黎，并开始了文学创作实验，先后发表了《情况如此》《美国人的成长》《三个女人》《软纽扣》等多部小说作品。此外，斯坦因还创作散文、歌剧、纪实文学、儿童文学等不同题材的优秀作品。1946年，斯坦因因癌症去世。

斯坦因的小说创作深受"持续现在时"这一文学观念的影响，相信心理时间对于个人经验的重要性，认为人的生存就是"一个不可分割的流动"。为了对心理时间进行准确的表现，斯坦因在其小说创作中使用了很多的现在分词，以表示人生就像是不间歇的流动。与此同时，她试图通过不断地重复关键句，将读者不断地拉回到时间轴的某一固定点上，使读者和作者一起永远处在"此时"，造成一种"现时感的持续"。比如，在小说《美国人的成长》中，"像我刚才正在说的那样"这句话，如同音乐中的主旋律，始终回响在这部冗长的巨著中。

在现代派小说的创作者中，斯坦因是最早提出"意识流"一词的作家。在她看来，意识虽然是不间断的、连贯的，但并不完整。这在她的小说创作中有着鲜明的体现。具体来说，她为了保证思维的连续性和连贯性，试图在创作中只使用句号，其他的标点符合则尽可能不用；在对人物进行描写时，采用了以转喻为特征的描写方法，即借助于人物给她（或他人）造成的感觉或这种感觉相通的事件，使读者通过感觉去体会人物的特点，这能够对人类意

识不可言传的特性进行有效表现,因而被斯坦因看作是较妥帖的表达人物意识的方式。与此同时,斯坦因认为在对他人的心理意识进行描写时,不能采用全知姿态,而应该将他人的思绪化为自己的思绪,使意识流同被描写物以及描写文字能够有机融合为一个整体。这样一来,作品既能让读者感觉十分真实,又能经得起读者的推敲。

斯坦因的现代派小说创作,也常常玩弄语言游戏。在她看来,语言是一个十分重要的创作主题,并常常将对语言的研究和表现作为自己的创作目的。以《软纽扣》这部小说来说,它是斯坦因在发现名词具有意义模糊的特性后创作的一部仿立体主义画派的作品,而作品的主角便是名词。具体来说,在这部作品里,她使用了很多的名词,并通过名词引起的误读对人的思想特征进行揭示。"软纽扣"意味"蘑菇",全书是按"实物""食品"和"房间"三大部分来安排的,没有统一的句法或可以释义的意思,仿佛是用词汇构成的拼贴画或油画。比如,她对于黄瓜是这样描写的:

> 一把剃刀不少,不是一把剃刀,滑稽透顶的布上,红的而且转租的放进去,稍作停留,依靠一次渺茫进去选择,依靠依靠白的拓宽。①

"剃刀"与"黄瓜"可以说是两个完全没有关系的事物,但被斯坦因硬性地放在一起,似比喻非比喻,显得有点荒谬。黄瓜可以做"布丁",但放进去的"红的"是什么?"白的拓宽"指的又是什么?所有这些都会让读者感到莫名其妙。不过,斯坦因给读者展示了视觉形象和绿、红、白三种颜色,来帮助读者寻找答案。但事实上,读者是根本无法寻找到答案的。

纵观斯坦因的现代派小说创作,可以发现对语言的深入研究和对语言的大胆实验贯穿了她创作的始终。她是第一个将黑人口语写入小说中的人,也是首先主张打破传统规范,甚至放弃标点符号的美国作家之一。这些特点造就了斯坦因的特殊文风,并

---

① 杨仁敬.20世纪美国文学史[M].青岛:青岛出版社,2010:71.

且对美国现代主义小说的发展产生了重大影响。

## 二、舍伍德·安德森的现代派小说创作

舍伍德·安德森(Sherwood Anderson,1876—1941)是美国现代派小说创作的一位巨匠。他出生于俄亥俄州的一个小镇,由于家境贫困,没能受到正规教育,从少年时起就开始打各种零工。1900年时,他到了芝加哥,成了一名广告撰稿人。后来,他开始写小说,先后发表了《小城畸人》《鸡蛋的胜利》《马与人》《讲故事的人的故事》《沥青:中西部的童年》《林中之死》等重要的小说作品。1941年,安德森因意外去世。

安德森的小说在形式上,不再采用传统的围绕情节展开故事的叙事手法;在内容上,着重对现代社会以及生活在其中的人物特别是各种形形色色的小人物的欲望、心理等的扭曲进行了表现,由此将现代人因工业化的发展而产生的失落、无奈和绝望以及现代人之间的疏离与隔膜生动地展现出来。安德森在进行小说创作时,也受到了弗洛伊德心理分析理论的影响,注重刻画人物的心理,特别是正常人的异常心理,并通过探索、剖析他们在精神和肉体受到压抑时所表现出的沮丧和怨恨,将他们内心深处的激情进行了生动揭示。这使得他的小说具有了浓重的现代主义色彩。

《俄亥俄州的瓦恩斯堡镇》是安德森现代派小说的代表作,也是美国文学史上第一部"序列"短篇小说集。它以同一个地方为背景,有一个串联故事的主人公。每个故事既是独立的,又为其他故事提供背景,所有的故事合起来构成一个整体,表现一个主题。

整部小说以《怪诞集》为楔子,之后紧跟22个短篇小说。这些小说以小镇为共同背景,以一个贯穿始终的中心人物乔治·威拉德来连接。由于乔治在小说中的特殊地位,这本书也可以说是一个少年成长的故事。这个尚未被社会习俗腐蚀的青年有时是故事的主人公,是故事积极或消极的参与者,有时是旁观者。那

些孤独、苦闷的人只有在单纯的乔治面前才能敞开心扉。书中绝大多数故事均为描写由于感情表达受阻而陷入痛苦绝境的"怪诞"人。他们"怪诞"是因为人们疏远他们，人失去了爱和理解就会变成心理畸形儿。故事大都发生在黄昏或夜晚，因而"怪人"可以不必害怕会遭到他人的嘲弄，可是在阴暗中他们又显得格外怪诞。笼罩全书的孤寂氛围加强了小说的主题。

在这部小说集中，安德森运用了象征主义的手法，除奇形怪状的苹果、小纸丸、酷似"笼中鸟拍打着的翅膀"的双手外，小镇本身就是陈规陋习、顺从和孤寂的象征。其中，火车象征着机器时代，故事中共有三人因火车而丧生，火车把人们带离乡村；衣服象征束缚人的社会习俗，是人们为取悦他人而穿的，因此《历险》中的女主人公要脱掉它等。

《俄亥俄州的瓦恩斯堡镇》在艺术风格、小说形式、结构和技巧上对美国现代派小说的创作产生了重要影响，海明威的《在我们的时代里》、福克纳的《去吧，摩西》等中均可以看到《俄亥俄州的瓦恩斯堡镇》的影响，在福克纳等美国南方作家的小说里亦可以看到安德森式畸形人的影子。

### 三、威廉·福克纳的现代派小说创作

威廉·福克纳（William Faulkner, 1897—1962）是美国"南方文艺复兴"中涌现出的一位文学巨匠，也是美国 20 世纪最具创造性、最有影响力的作家之一，是现代派小说创作者中不可忽略的一位。

福克纳出生于美国密西西比州新奥尔巴尼一个没落贵族家庭，后随家人搬到附近拉斐特郡的奥克斯福德小镇，并在那里度过了大部分人生。1915 年，福克纳高中辍学，第一次世界大战爆发后，他设法参加了加拿大的英国皇家空军，但战争却在他尚未完成军事训练时就结束了。无奈之下，福克纳复员回乡，成为战后"迷惘的一代"，这种迷惘失落情绪最为鲜明地体现在他的小说

《军饷》中。1919 年福克纳进入密西西比大学学习,1920 退学后专心从事文学创作。1924 年,在朋友菲尔斯通的帮助下,福克纳出版了诗集《大理石牧神》。1925 年,福克纳来到新奥尔良,在这里遇到了对他文学创作产生重要影响的作家安德森,并通过安德森接触到艾略特、乔伊斯等现代主义作家的作品和各种现代主义思潮。之后,他在安德森的建议和鼓励下开始以自己的故乡为题材进行文学创作,并因此取得了令人瞩目的文学成就。1962 年,福克纳因心脏病去世。

福克纳一生创作了 19 部长篇和近百部短篇小说,其中有 15 部长篇和绝大多数短篇故事都发生在他虚构的"约克纳帕塔法县",其原型是他故乡所在的拉斐特郡。他的"约克纳帕塔法"世系小说讲述了发生在该县及杰弗逊镇各阶层家庭几代人的故事,记录了美国南方贵族阶级衰亡的过程,再现了南方从内战前到第一次世界大战后二百余年的历史变迁,向人们展示出了一幅美国南方社会兴衰变迁的悲壮恢宏的历史画卷。作为南方没落贵族的后裔,福克纳目睹了南方种植园制度崩溃解体和贵族家庭腐朽衰落的全过程,对故土充满了爱恨交织的矛盾情感。一方面,福克纳深爱着南方及其文化传统,强烈反对工业文明入侵;另一方面,福克纳也深刻洞察到旧南方社会体制的弊端,在该世系小说中深刻剖析了南方社会解体的内在根源,无情揭露了南方蓄奴制、贵族统治和清教传统的罪恶及其对人性的扭曲压抑。

为了真实呈现他所处的开放多元、破碎无序的后现代世界,他大胆运用多角度叙事、内心独白、意识流、蒙太奇、时空交错和记忆闪回等现代主义创作手法,以打破传统叙事模式,深层挖掘人物内心世界,拓展现代生活表现领域。此外,他还综合运用象征、隐喻、圣经典故、神话原型等多种传统创作手法,以增强作品的艺术感染力,深化作品主题和文化意蕴。

《喧哗与躁动》可以说最为鲜明地体现了福克纳小说创作的特色。小说的书名出自莎士比亚的悲剧《麦克白》第五幕第五场麦克白的一句台词:"人生如痴人说梦,充满着喧哗与骚动,却没有任何意义。"①在《喧哗与躁动》中，福克纳运用意识流和多角度论述手法，再现了杰弗逊镇名门望族康普生家庭的没落过程及其成员各自不同的人生际遇，探索其败落的根源，艺术地表现了传统价值观念沦丧后美国南方人的精神荒原。

　　小说由四部分构成，每一部分有一个叙述者进行讲述，但小说中的所有故事都发生在20世纪20年代。杰弗逊镇上的康普生家曾经是显赫一时的名门望族，祖上出过一位州长、一位将军，家中原来广有田地，黑奴成群，如今只剩下一幢破败的宅子、一个年老的黑佣人和她的小外孙。一家之长康普生先生整天醉醺醺，唠唠叨叨地发些愤世嫉俗的空论。康普生太太自私冷酷，无病呻吟，家中没有一个人能从她那里得到爱与温暖。这对夫妻有四个子女：昆丁、凯蒂、杰生和班吉。女儿凯蒂是在这样的家庭环境里产生的精神畸形儿，她违背"南方淑女"的规约，成了一个轻佻放荡的女子。她与男子幽会，有了身孕，不得不与另一男子结婚。婚后丈夫发现隐情，抛弃了她，她只得把私生女寄养在母亲家，自己到大城市去闯荡，最后沦落为妓女。凯蒂不仅代表着一个女子的天真和贞洁的失去，更代表着福克纳所留恋的南方文化传统的消逝。凯蒂沉沦的故事成为小说的结构中心。小说发表15年后，福克纳又为它增加了一个名为"康普生家族：1699年—1945年"的附录，追述了这个家族的发展简史，交代了小说中几位人物其后的命运：凯蒂做了一个纳粹将军的情妇；1945年，杰生卖掉家宅，遣散佣人，把班吉送进收容所，自己则留在本地经商，开始发迹。由此，福克纳将一个姑娘的堕落史，最终拓宽和深化成为一个家庭乃至整个旧南方的没落史。

　　《喧哗与躁动》在艺术上取得了相当高的成就，运用了多种现代派的艺术表现手法。首先，小说采用了多角度的叙事方法，让三兄弟即班吉、昆丁与杰生各讲一遍自己的故事，随后又运用全知角度，以迪尔西为主线补充剩下的故事。其次，小说在情节结

---

① 聂珍钊.外国文学史（四）[M].武汉：华中师范大学出版社，2010：74.

构的安排上采用了"时序错位法",未按正常时序展开叙述,四个部分的时间分别是 1928 年 4 月 7 日、1910 年 6 月 2 日、1928 年4 月 6 日、1928 年 4 月 8 日,叙述者出现的时序是错乱的,如果按故事的时序应是昆丁先出场,但福克纳却采用了"CABD"这样的方式,这种打乱了的时间结构使小说内容显得更加扑朔迷离、耐人寻味,更需要读者在阅读中参与创造,把事件的全过程拼装完整。再次,小说中采用了"复合式"意识流的表现手法,通过不同性格、不同遭际、不同品质的人物在不同的时间段内的意识流动来叙述同一个故事的始末,造成了一种意识复合流动的效果。其中虽有部分重复,却毫无雷同之感,原因在于作者描写的重心不在凯蒂母女堕落的故事本身,而是该事件在不同人的内心产生的影响及其导致的心灵变化。故事化为三个人物意识流程的有机组成部分,把读者引入各种人物的内心世界。如班吉的意识活动简单、感性、朦胧、破碎,并列和重叠的地方很多,符合他智力仅相当于 3 岁小孩的白痴的水平和特点;昆丁部分充满了回忆、思考、梦呓与潜意识活动,还出现大段不加标点的内心独白,写出了他自杀前极度忧郁、脆弱、近乎发狂的状态;杰生具有清醒的头脑和精明的商人意识,所以他的叙述语言非常流畅。这些人物的内心独白,出色地刻画和表现了人物的性格和形象,并完成了叙述故事的任务。最后,小说运用了神话模式。作品中有三个部分的时间分别为 4 月 6 日、4 月 7 日和 4 月 8 日,这 3 天恰好是基督受难到复活的时间。另一部分是 6 月 2 日,是基督圣体节的第 8 天。这 4 天都与基督受难的主要日子有关联,不仅如此,每一章的内容也都隐约可以找到与《圣经·新约》中所记基督的遭遇大致平行之处。福克纳以基督的庄严、神圣与博爱精神,反衬康普生一家人的猥琐与冷漠无情。

# 第四节　叛逆与改革——美国戏剧的新发展

美国戏剧相比诗歌和小说,发展较晚且较为缓慢。随着 20 世纪上半叶现代主义思潮在美国的传播,戏剧创作的实验由此展开,现代主义戏剧创作随之出现。美国现代主义戏剧创作中,影响最大的是尤金·奥尼尔(Eugene O'Neill,1888—1953)的现代悲剧。

奥尼尔被誉为美国现代主义戏剧奠基人。他出生于纽约的一个爱尔兰移民家庭,父亲是演员,自小便跟随父亲四处演出,过着居无定所的生活。他曾在普林斯顿大学读书,但没多久便辍学了,开始四处漂泊和闯荡,做过多种工作,这为他日后进行戏剧创作提供了重要素材。1913 年起,奥尼尔开始进行戏剧创作,先后发表了《东航卡迪夫》《渴》《天边外》《琼斯皇》《毛猿》《榆树下的欲望》《奇异的插曲》《进入黑夜的漫长旅程》《诗人的气质》等戏剧作品,在美国戏剧节引起了极大反响。奥尼尔晚年身患帕金森症,常年饱受病痛的折磨。1953 年,奥尼尔因肺炎不幸去世。

奥尼尔的戏剧创作深受威廉·莎士比亚(William Shakespeare,1564—1616)、易卜生、斯特林堡等戏剧家的影响,并在此基础上形成了自己的创作思想。他主张写悲剧,认为悲剧在精神上能鼓励人们更深刻地理解人生意义,人类在其光荣的、自我毁灭的斗争中的永恒悲剧,才是最有价值的主题。在戏剧功能方面,他提出:"戏剧应是一种激励人心的源泉,这种源泉把我们提升到一个更高的自我认知的水平,驱使我们探索心灵深处的奥秘。戏剧应向我们展示人生真实的面貌。"[1] 他认为剧作家应该以最明晰、最简洁的方法,像心理学家那样,揭示出内心深处最隐秘的矛盾,探索"这个支离破碎、丧失了信心的时代"[2] 后面的深刻意义。

---

① 聂珍钊.外国文学史(四)[M].武汉:华中师范大学出版社,2010:44.
② 周倩.简析《进入黑夜的漫长旅程》中主人公的生存状态[J].语文建设,2013(8z).

　　与创作思想相呼应，奥尼尔在实际的戏剧创作中表现出很强的社会批判精神和悲剧意识，对拜金主义的抨击和寻找灵魂的归属构成其戏剧一贯的主题，并从不同方面反映现实的丑陋和残酷、人对理想的追求和失败、人的异化和心灵扭曲的精神状态，揭示了贪婪对梦想的毁灭和对灵魂的毒害，具有深刻的思想性和哲理性。此外，奥尼尔的戏剧创作深受现代主义文学思潮的影响和冲击，并因此创作出一批表现主义悲剧、精神分析悲剧和信仰探索悲剧。

　　奥尼尔的表现主义悲剧通过对现实的扭曲，将人物的内心世界外化，从而曲折地对当代的社会问题进行反映、对当代人的地位和价值进行探讨。《琼斯皇》和《毛猿》是奥尼尔最重要的两部表现主义剧作。

　　《琼斯皇》描写的是琼斯从一个黑人逃犯爬上一个小岛部落的皇帝宝座，最后在部落人的反抗追杀中死去的故事，一针见血地揭示了美国社会人妖颠倒的黑暗现实。该戏剧以原始森林为背景，着力表现被追捕中的琼斯恐惧、紧张、内疚等复杂心理及恍惚的精神状态。同时，该剧借助布景与道具的变化，将人物的内心活动（回忆、幻象、潜意识等）外化为具体形象，呈现于舞台，并用不断加快的咚咚鼓声，突出琼斯不断加剧的心理冲突和紧张感。

　　该剧在对主人公内心世界的活动和他的坎坷经历进行揭示时，借助于一系列幻觉或者说梦魇。全剧共有 8 场，只有第 1 场和第 8 场是写实的，其余 6 场皆为表现幻象的，如同梦魇，但它却更加逼真地揭示出琼斯一生的辛酸、痛苦、恐惧和绝望情绪，从而进一步阐明人类的权力欲望会使人丧失理智。此外，这部剧作中运用了大量的象征主义手法。比如，琼斯穿的衣服是现代文明的象征，他的衣服逐渐被撕破，最后到赤身裸体，标志着他的现代文明特征的逐渐丧失。贯穿在剧本始末的鼓声不断地增大和靠近，标志着形势渐趋紧迫和外界对琼斯的压力不断增大。

　　《毛猿》是奥尼尔继《琼斯皇》之后又一部杰出的表现主义剧

作,描写了司炉工扬克一生奋斗不息、到处碰壁,思想无法跟社会中的其他人沟通,最后被动物园中的大猩猩抓死的悲惨遭遇,揭示了普通劳动者在西方现代工业化社会中没有"归宿"这一重要社会问题,揭露了现存资本主义制度的不合理,如现代人的异化,人与自己生存条件的疏离,人面对强大的外界力量无能为力的困惑、悲愤,人寻找归属而不可得的幻灭感,人在现存的资本主义社会中日益深重的精神危机等问题。

《毛猿》中扬克是美国现代产业工人的代表,他的遭遇反映了现代资本主义社会中劳动人民的悲惨处境。扬克开始时自以为了不起地自我肯定,是建筑在一种自我误解之上的。他误认为自己是资本主义社会物质力量的代表,因而否定资产阶级,也否定"社会主义的救世军"。其实真正代表资本主义物质力量的是资产阶级。扬克作为物质财富的创造者,除了被奴役被支配,创造财富供他人享乐外,在现代西方社会根本无立足之地,他等于甚至低于毛猿。同时,扬克也是"人的象征",他从开始自认为是能在地狱里工作的好汉,是个极重要的角色,到意识到自己地位低下,被人蔑视并无足轻重,经历了一个幡然醒悟的过程。"本来我是钢铁,我管世界。现在我不是钢铁了,世界管我啦!"[1]一切"全都颠倒了"!扬克不能不感到震惊和猛醒。作者把扬克醒悟的过程视作人类终于从幻想回归现实的过程。而扬克一旦醒悟,便开始反复思考自己的地位与处境,寻找自己在社会中的位置。扬克探索寻找的过程,也是反叛与抗争的过程,他的抗争表现为反对现存社会秩序,反对资产阶级。但他的努力抗争和寻找探索都以失败而告终,象征着现代人寻找自我、追寻人类的生存价值却终不可得。自我的失落、自由的得而复失是现代人所面临的共同问题,反映了现代人内心的苦闷、烦躁、困惑和迷惘。

为了对现代人的精神危机进行真实的凸显,奥尼尔在剧中塑造了几个与扬克相对立的人物,其中最为典型的是派迪和勒昂。

---

① 郑克鲁.外国文学史(下)(第2版)[M].北京:高等教育出版社,2006:144.

派迪是爱尔兰人，曾是一名水手。他对自己所处的、代表着资本主义现代文明的钢铁世界充满了憎恨，并因此变得悲观、消沉、萎靡不振。在他看来，在这样的世界中，工人就像是动物园里被关在铁笼子里的人猿，毫无自由。因此，他始终梦想能回到过去的帆船时代，过和风丽日、健康的人与美丽的大自然和谐的生活。勒昂是工人代表，有一定的思想觉悟，想要"启发"工人的阶级意识，使他们为平等而奋斗。因此，他积极激发扬克对于资产阶级的愤怒，并告诉扬克资产阶级身上晃荡的珠宝，"一件的价钱，能给一个挨饿的家庭，买下一年的粮食"，"必须打击的是她的阶级"①。可是，当扬克要真正采取行动时，他却劝扬克不要盲目，要忍耐。可是，他的劝告并没有被扬克接纳。眼见劝阻无效，他便选择了逃离。应该说，扬克、派迪和勒昂的思想代表了工人阶级中的不同思想倾向，都对现存的资本主义制度感到不满，都寻找失落的自我，探索自身存在的意义，都有所追求，但都没有寻找到正确的出路。

在现代物质文明高度发展的时代，人类虽在征服自然界方面卓有成效，却又为人造自然所困扰。人更大程度地丧失了自我支配能力，人被异化成了物的奴隶，成了非人、机器；财富、资本主义生产方式则异化为统治人、与人敌对的力量。剧中，扬克及工人们机械地工作着，处于领导地位的资产阶级也是木偶般地运动着。人与人之间疏远、隔膜，相互对立，人孤独而空虚。人与大自然失去了昔日的和谐，又陷于新的不安宁中。这就是现代人，就是他们的可悲境遇。奥尼尔将扬克等人的处境扩展为人类的普遍生存状态，展示出他关注整个人类命运的宏大气魄。

在《毛猿》中，奥尼尔注重将人物的心理活动表现于外，使思想感知化。整个剧作演示的是扬克精神危机产生发展的全过程：从自信到怀疑到失落到绝望。与此同时，奥尼尔还用外界音响来表现人物的内心奥秘，把人的意识外化为声音，诉诸观众的听觉，使观

---

① 郑克鲁.外国文学史（下）（第2版）[M].北京：高等教育出版社，2006：145.

众获得更真切深刻的体验。比如第四场中,扬克感觉受了侮辱,陷入沉思,内心由痛苦愤怒而几近疯狂。但此时,奥尼尔却安排周围工人齐声鼓噪嘲笑,这些喧闹声实际上是扬克内心苦闷惶惑、狂躁不安情绪的外化。此外,奥尼尔在这部剧作中运用了象征主义手法,贯穿全剧的毛猿是人的象征。剧本一开始,我们看见的工人,个个都是长臂,小眼,眼露凶光,低而后削的额头,毛茸茸的胸脯,且力大无穷,极像人猿,扬克是他们的代表。在静下来思考问题时,扬克的外形"恰像罗丹的《沉思者》",最后一场中,笼子里蹲着的大猩猩的姿势亦很像罗丹的《沉思者》。扬克、沉思者和毛猿,这一组形象融合为一体,毛猿就是现代人,现代人一如古代毛猿,皆为环境所困。与毛猿密切相关的是剧中系列的笼子意象,邮船的前舱是"被白色钢铁禁锢的一条船腹中的一个压缩的空间。一排排的铺位和支撑着它们的立柱互相交叉,像一只笼子的钢铁结构,天花板压在人们的头上。他们不能站直"①。除笼子般的船舱外,还有监狱里关压人及动物园里关压兽的笼子。在世界产联工人协会一幕中,密集的建筑物包围着窄窄的街道,人的整个生存空间像个笼子,笼子是现代人生活环境的象征,扬克穿梭于这些笼子之间。笼子是钢铁所造,钢铁正是现代工业文明的标志。全剧表达了人类陷于资本主义文明的困境中,又渴望摆脱困境的主题。

奥尼尔的精神分析悲剧深受德国悲观主义哲学家亚瑟·叔本华( Arthur Schopenhauer, 1788—1860 )和弗洛伊德的精神分析学说的影响,并常常运用古希腊悲剧模式对现代生活进行精神分析。但同时,这类剧作多不直接对现实的重大社会问题进行描写,因而内容显得十分晦涩。

《奇异的插曲》是一部精神分析悲剧,围绕着中心人物——大学生尼娜·利兹与她的清教徒父亲利兹教授和儿子之间的冲突以及与戈登、山姆、达雷尔三个男人之间的感情纠葛,展现了其悲

---

① 郑克鲁.外国文学史（下）（第2版）[M].北京:高等教育出版社,2006:147.

剧的一生,并将她的自私和情欲淋漓尽致地刻画出来。在对人物的内心世界以及人物之间复杂的感情纠葛进行剖析时,奥尼尔运用了精神分析手法。为了更细腻、更清楚地表达人物复杂的内心世界,奥尼尔创造性地大量运用了内心独白的戏剧手法,人物在舞台上直接向观众解剖自己,当一个人物讲话时,其他人物都被"定格"。该剧以解剖人物的潜意识为主,也从侧面反映了一定的社会内容,如资本主义社会里人们已从对财产金钱的占有扩展到对感情的占有,利兹教授父女互相指责对方自私就是例证。

在这部剧作中,奥尼尔还创造性地将意识流手法移植到戏剧舞台上来,通过内心独白和旁白来揭示人物有意识和无意识的内心世界,"就使《奇异的插曲》在现代戏剧史上获得了与詹姆斯·乔伊斯的《尤利西斯》在现代小说史上获得的同样的地位"[①]。

奥尼尔的信仰探索悲剧的创作,与他一直试图找出新的上帝有着极为密切的关系。奥尼尔认为,"旧的上帝已经死去,科学和物质主义在提供新的信仰方面也已失败"[②],这是现代社会的病根,他要挖掘时代的病根,"以便找到生活的意义,安抚对死亡的恐惧"。[③]奥尼尔试图超越一切物质基础,超越具体的社会问题,从生死对立的角度,去探索人与神之间的关系,追寻人存在的终极意义,为这无价值的人生重建价值,以拯救痛苦的灵魂及失却灵魂的芸芸众生。因此,他常将具体的社会问题抽象化,做形而上的探讨。但物欲横流、灵魂物化而使人生无意义毕竟是十分具体的现实,超越终究不可能。渐渐地,他不仅失去了对上帝的信仰,而且对科学日益发达、拜金主义日益严重的美国社会亦感失望。因此,他试图通过自己的创作来寻觅新的上帝,——他自己的上帝,或上帝的替身,即为自己创造一种新的宗教信仰。他坚持写寻觅信仰主题,塑造了一批探索型人物,对人生的奥秘进行新的探索。《泉》和《天边外》就是奥尼尔在这方面的创作尝试,

---

① 郭继德.美国戏剧史[M].天津:南开大学出版社,2011:132.
② 王志军,陈桂艳.论奥尼尔剧作中的道学要义[J].长城,2010(2).
③ 王志军,陈桂艳.论奥尼尔剧作中的道学要义[J].长城,2010(2).

《泉》以 15 世纪的西班牙为背景,通过写古代题材来探索生活的神秘性,表达了他的一种人生哲学,即人跟自然的和谐统一是最重要的。他把人对自然神的信仰与人世间的生活进行了对比,认为前者是纯洁的,而后者却被残酷的争夺和野心所污染。《天边外》的主人公罗伯特从小就梦想离开闭塞的田庄,去遥远的地方寻找未知的美。他因冲动地接受露茜的爱留了下来,却一生陷于苦恼中。病死前,他眺望远方仍幻想着天边外的美好自由。戏剧用开阔的室外与狭窄的室内两种场景相互转换,以表现人的"渴求与失望"的交替,暗示人的梦想与现实间的不可弥合。

艺术上,奥尼尔的剧作引领了美国的现代剧创作,甚至说为世界的戏剧艺术做出了创造性贡献亦不为过;思想上,奥尼尔深受现代主义思潮的影响,广泛触及美国的社会现实,揭示了美国生活的悲剧性,对美国社会进行了批判。

# 第八章　后现代主义文学运动
# 影响下的美国文学

随着经济的快速发展,美国的文化艺术和文学创作在 20 世纪下半叶日益繁荣,后现代主义逐渐成为文学思潮的主流,这一时期的文学创作进行着大胆的实验,在小说、诗歌、戏剧等领域都取得了突出成就。本章对后现代文学运动影响下的美国文学进行阐述。

## 第一节　现代主义到后现代主义的发展

现代主义主张对西方传统文化进行刻意而激进的破坏,在文学上反对"反映论",提倡"表现论"。后现代主义在对现代主义进行传承的基础上,更加强调反对传统,极度地以非理性思维去创造艺术与文学作品。可以说,后现代主义文学与艺术作品在体裁、表现形式、创作思维等方面都超越与背离了现代主义的理性思维,形成了一种新的思潮。

后现代主义特指的是"第二次世界大战之后'冷战'时代形成于西方主要国家的现代主义流派,说它是现代主义的第三次高潮也罢,说它是现代主义的尾声也罢,它与 20 世纪前半期风行西方文坛的现代主义是一脉相承的,在思想上是存在主义的发展,在艺术上是现代主义手法的继续"[①]。后现代主义虽然与现代主义有着极其密切的联系,但又与现代主义在文化倾向和文学思潮方

---

① 毛信德.美国小说发展史 [M].杭州:浙江大学出版社,2004:437.

面表现出明显的不同。同时,后现代主义以哲学为依托,虽然在文学作品中表现出广泛的文化否定主义和虚无主义倾向,但当不少西方人沉迷于第二次世界大战后西方社会的繁荣、复兴和文学领域中现代主义的成就时,后现代主义"颠覆性"的思潮对整个西方的思想、文化传统和社会机制进行了尖锐的批判。因此,后现代主义的作品虽然表面看起来非常冷漠、玩世不恭,但在其背后却隐藏着后现代人精神上的迷茫、紊乱和痛苦,从而引发人们思考西方后现代社会的各种问题。后现代主义的产生与发展,是多方面原因共同作用的结果,具体而言,主要包括以下几点。

第一,后工业社会发展的促进。后现代主义作为一种社会文化思潮,是西方后工业社会发展的特殊产物。后工业社会这一概念,是由持新保守主义立场的美国社会学家丹尼尔·贝尔(Daniel Bell,1919—2011)首先提出的。他认为,后工业社会是与工业社会相对而言的,在工业社会中以所有权为社会分层的标准,而在后工业社会中以知识和教育为社会分层的标准,从而摧毁了传统的社会结构和生产方式。与此同时,他将文化作为切入点,对西方后现代社会的特点及种种矛盾进行了深入的剖析,并试图对资本主义社会文化深受科学技术的影响这一观念进行重新阐明,从而重建社会学理论,使之与工业社会相适应,并对现代资本主义社会的文化矛盾进行调和。①

第二,科学技术迅猛发展的影响。20世纪后半期,科学技术的迅猛发展,人类的知识领域的不断扩大,对人类的心理倾向和行为模式产生了深刻的影响。在科学技术迅猛发展的影响下,原本具有神秘性、神圣性的事物变得不再神秘和神圣,文化在社会生活中的地位以及人类的文化意识被完全改变,从而导致了所谓后现代主义中广泛的"反文化""反美学",并使得后工业时代文化的命运陷入了这样一种困境:一方面文化将原有的、特定的范围打破,并迅速地扩张疆界,几乎无所不包;另一方面文化因其

---

① 陈启杰,曹泽洲,孟慧霞.中国后工业社会消费结构研究[M].上海:上海财经大学出版社,2011:7.

无所不包而逐渐失去神圣性以及昔日所拥有的光辉地位,并完全被"大众化"(大量生产),甚至被"工业化""技术化",它不再是少数人才能领悟的高雅艺术,而是人人可以享受的日常消费,即使普通人也可以依靠计算机技术设计并生产出艺术品。

第三,存在主义和后结构主义思潮的影响。后现代主义思潮的出现,离不开各种非理性主义思潮的影响,其中以存在主义思潮的影响最大。存在主义以人的存在先于本质、存在的荒诞性、自由选择的意义等作为基本命题,对西方现代人对存在的困惑进行了深刻反映,并试图赋予处于荒诞世界中的人以崇高的意义。海德格尔(Heidegger,1889—1976)认为,个人的存在是与一般的存在物的存在根本不同的,前者是主动的、积极的,因为人(个体的人)能从自己内心体验中领悟到自己是如何在一个流动、变化、生成的过程中存在的,后者则是被动的,只能听任外界的摆布。海德格尔还认为,出于对自然的畏惧,人要依靠技术的保护,但到头来技术却又加深了人的无根无家的无保护状态。①

后现代主义的发展,与后结构主义思潮的影响也有着极大关系。后结构主义是从战前的结构主义继承发展而来的,它"从语言学领域发轫,矛头直指西方文明数千年来的基本理念,动摇并消解西方形而上体系中诸如本体、现象、主体、本质、真理、权威、真实、虚假、中心、边缘、正确、谬误、民主、自由、正义、公正等种种核心价值观念,彻底颠覆了西方文化的理性大厦"②。另外,后结构主义与女性主义、新历史主义、西方马克思主义、后殖民主义等理论流派进行融合,对人文、社会科学和自然科学的一切学科都进行了解构,从而充分而深刻地影响了后现代主义。

后现代主义认为,人们逐渐认识到各种各样不稳定、不确定、非连续、无序、断裂和突变现象的重要作用,并对其越来越重视。在这种情况下,人们的意识中逐渐萌生了一种新的看待世界的观

---

① 王秋平.存在的遗忘与拯救——海德格尔的存在论思想研究[D].广西师范大学,2007.

② 匡兴.外国文学史(西方卷)[M].北京:北京师范大学出版社,2010:398.

念,即"反对用单一的、固定不变的逻辑、公式和原则以及普适的规律来说明和统治世界,主张变革和创新,强调开放性和多元性,承认并容忍差异"①。这也是后现代主义的核心观念。

随着后现代主义的出现,一场全新的文化运动正改变着人们对世界的认知。后现代主义想要在现代范式之外确立自身,而不是根据自身的标准来评判现代性,就要从根本上揭示它和解构它。就文学而言,美国文学深受后现代主义影响,出现了众多后现代主义文学流派。美国后现代主义文学有着自身的特征,也有着自身不可避免的局限性。

## 第二节　以美国人生存危机为普遍主题的存在主义文学

存在主义文学是建立在存在主义哲学基础上的文学流派,产生于第二次世界大战前夕的法国,战后在整个西方世界非常盛行。存在主义文学没有共同的纲领或宣言,存在主义文学的作家只是在存在主义这一大的概念下进行创作,因而经常会出现对许多重要问题观点不一致的现象。尽管如此,存在主义文学也表现出一些明显的共性。从题材来看,可能是现实的,也可能是神话的、虚构的,但都表现出对人生存状态的深切关注;从思想内容上看,其注重对世界以及人的存在的荒诞性进行揭露,并在肯定人的存在先于人的本质的基础上对人在荒诞、绝望的境况中的精神自由和自由选择进行表现,试图以自我选择为在荒诞中苦苦挣扎的人们指出一条出路。美国的存在主义文学,主要体现在小说创作中,代表性的作家有诺曼·梅勒(Norman Mailer,1923—2007)、索尔·贝娄(Saul Bellow,1915—2005)。

---

① 陈世丹.美国后现代主义小说详解(中文版)[M].天津:南开大学出版社,2010:1-2.

### 一、诺曼·梅勒的小说创作

诺曼·梅勒（Norman Mailer,1923—2007）是当代美国文学中优秀的文体家,他擅长描写以个人生活经历为基础的事件,在小说中深刻而生动地再现历史的场面,对社会权力与人性的冲突进行揭示。通过战争的描写,揭露权力毁灭人性。

梅勒出生于新泽西州朗布兰奇,后随家人移居纽约布鲁克林区,1939 年在此完成高中学业后去哈佛大学,想成为航空工程师。可是 1 年后,他对写作产生了浓厚的兴趣,很快就写了不少短篇小说,曾得过《故事》杂志的征文竞赛奖。1943 年从哈佛大学毕业后,他去巴黎大学深造 1 年。后来应征入伍,在军旅生活中做过团部书记员、空中摄影师等。这些经历为他日后的创作积累了丰富的素材,并使他成为那一代人的重要作家之一,下面对他的一些重要作品进行简要分析。

《裸者与死者》叙述了第二次世界大战后期美军进攻控制菲律宾安诺波培岛的日本军队时,一支由 14 名士兵组成的登陆该岛的突击排的故事。小说开头描写大反攻前夕突击排战士无法入睡,有的躺在床上闭目养神,有的在吊床上叹息,有的走来走去……威尔逊、加拉赫、克洛夫特在玩牌。梅勒从他们各人手上的牌说开去,预测他们的机会,记录他们的成功和失败。安诺波培小岛炎热多雨,流行疟疾,到处是沼泽和烂泥。登陆的美军士兵遇到冒烟的丛林和险峻的山坡,它们像敌人一样难于对付。美军"侦察排"几个精疲力竭的士兵登上不设防的海滩,接受徒劳无益的使命。士兵代表了美国社会。他们来自不同的地区和阶层:热爱《圣经》的南方白人农民、纽约市布鲁克林区的犹太人、受虐待的流动工人、墨西哥裔美国人、芝加哥骗子、固执的爱尔兰人以及一个堪萨斯的推销员。作者并不按计划指挥他们的行动,而是展示他们之间的差异和争论,影射美国社会里各种紧张关系。小说中重要的人物是一些军官,如师长坎明斯将军、参谋军士克洛夫特和赫恩中尉。他们之间的钩心斗角反映了人类与现存秩序之间的斗争。侦察排接受了一个艰巨的任务：从小岛的远处登陆，然后穿越丛林，侦察日本侵略军的行动，探讨两栖反攻是否可行。赫恩指挥侦察排前进，但克洛夫特感到不满，他机灵地率领全排进入阵地。赫恩遭日军杀害，克洛夫特接替他指挥全排的行动。克洛夫特野蛮粗鲁，得罪了别人，亦受到一些人的称赞。罗思爬山时不慎从山上摔下而亡。威尔逊被日军狙击手开枪打伤。4个人受命抬着伤兵到小岛的另一端，途中两人掉队，高尔斯坦和里基斯将伤兵抬到海岸边，可是威尔逊来不及被抢救，死在途中。当其他幸存者返回基地时，他们发现，他们的英勇侦察是不必要的，日军的抵抗一天内就垮了。当时坎明斯将军恰好不在岛上，决战就这样结束了。

梅勒对各个人物的行动进行客观的描写，让读者自己去判断。但从小说人物的言谈中仍流露出作者的态度：战争是令人厌恶的、无谓的牺牲。大部分军官是不合格的，缺乏军人的个性。这场侦察战斗是徒劳无益的。同时，作者还指出，穷苦出身的人是好士兵，家庭富裕的子弟不会打仗。如平民的孩子克洛夫特和马丁聂兹在敌人后方侦察单兵作战，非常顽强。师长坎明斯的形象是漫画式的，作者通过这个司令官的形象探讨战争中军官的心理素质，揭示这个军官冷酷无情，忽视人的价值，有种族歧视的右翼思想倾向。

《裸者与死者》的结构设计精巧。侦察排各士兵的活动场面，通过赫恩和坎明斯的谈话一幕幕交替呈现，主题思想随着画面发展。小说情节达到高潮时出现明显的对照：侦察排艰难而徒劳的战斗与高层指挥的战略混乱。梅勒采用两种独特的技巧：以电影倒叙的手法插叙各个人物的家庭生活、妻室子女及生活环境的变迁，极大地扩展了小说的时空观，展现了丰富多彩的时代画卷；另一种是"合唱"，用戏剧的形式插入小说情节中的对话插曲，篇幅不长，内容生动，引人入胜。这种创作方式的劣势在于小说节奏较快，各种观点切入变换迅速，稍显混乱，读者似乎没有时间表达对人物的同情。梅勒进行着大胆的试验,结合战场上人物的表现,对他们复杂的内心世界进行揭示。作品中充斥着虚无主义色彩,作者通过历史对人类的活动进行展示,反映出人类在病态社会中的挣扎。作品对人的堕落和苦闷,陷入孤立无援的困境进行了描写,指出困境是有限度的,不能超过人的承受能力。令人欣慰的是,最后,作者强调不管人的堕落和社会的变态如何,人们仍有美好的未来。

《一场美国梦》概括地描绘了社会的腐败和家庭的解体。第二次世界大战中的英雄——主人公斯梯芬·罗杰克战后成了国会议员、杰克·肯尼迪的好友和电视明星,但后来强奸妇女并堕落成杀人犯,袭击爵士乐歌手,从纽约逃往赌城拉斯维加斯。小说嘲讽所谓"美国梦"已变成性、凶杀和虐待狂的代名词。

《我们为什么待在越南?》是《一场美国梦》的姐妹篇,描述了得克萨斯州一个无线电音乐节目广播员年轻时跟父亲和朋友去阿拉斯加猎熊的故事。他们追求的勇气和杀生的技术成了作者对美国卷入越南战争的评论焦点。猎熊是侵越战争的象征,他们凶残地杀害无辜的动物与美国派兵侵越杀害平民百姓在本质上是一样的。美军将越南变成新式武器的试验场,炫耀自己的高科技,因此,作者呐喊大资本家和军火商应该对在越南死去的美国人负责。

《夜间行军》真实地描写了作者参加 1967 年向华盛顿国防部五角大楼和平示威游行的经历和感触。生动的叙述和正义的激情深深地感动了读者,被授予普立策奖。《夜间行军》的副标题是"作为小说的历史与作为历史的小说"。梅勒自己就是主人公,但他以第三人称的叙事手法来表述真实的历史事件,因此,有人称它是"新新闻报道"或"非虚构小说"。《夜间行军》出版后备受欢迎,梅勒兴奋不已,接连写了 3 部同类作品,即《迈阿密和围攻芝加哥》《月球上的火焰》《刽子手之歌》。

梅勒对于现实生活敏于观察,善于表述,艺术上多方探索,思想上广泛接触各种思潮,力图形成自己独特的风格。他注重小说背景的选择、细节的细致描写、情节结构的磨合。他讲究表现技巧,采用自然主义的手法揭示性变态的心理,但有时未免写得太露。他的作品批判和讽刺了当代美国社会的病态,涉及美国政府的内外政策,尤其尖锐地抨击美国的侵越战争,揭露了美国政治制度的腐败,具有重要的现实意义。

## 二、索尔·贝娄的小说创作

索尔·贝娄(Saul Bellow,1915—2005)承认文学艺术与社会的直接联系、宗教偏见造成的社会不公正现象和战争对中产阶级的影响。他努力去探讨个人在资本主义社会中的地位。在战后美国随心所欲的文学潮流中,他并不随波逐流否定传统的文学遗产,而是始终与过去的主流文学传统保持联系。他意识到传统和美国现实生活的复杂性,不断寻找新的"自我"和自己命运的新含意。他在小说中对人的生存问题进行着思考,其作品是展现美国生活的万花筒,涉及权力与死亡、成功与失败、家庭的破裂与性关系的混乱等方方面面,提出了发人深思的新问题。

贝娄出生于加拿大魁北克的拉辛,是家里4个孩子中最小的一个,父母均是来自俄国的犹太移民。贝娄在蒙特利尔的贫民窟度过了童年,学过法语、英语、依第绪语和希伯来语。9岁时随全家迁往芝加哥,在大萧条的年代里进入公立学校念书,1933年升入芝加哥大学,两年后转入西北大学。1962年,西北大学授予他名誉博士学位。1967年阿以战争时,他曾以特派记者身份去战地采访,并进行文学创作。贝娄1976年荣获诺贝尔文学奖,获奖评语指出:"他的作品中融合了对人性的理解和对当代文化的精湛的分析。"[1]

《晃来晃去的人》是贝娄早期的处女作,是一部日记体的长篇小说。主人公约瑟夫入伍前辞去工作,靠妻子供养,想读书写作,享受个人的自由。可他终日无所事事,晃来晃去,感到空虚和苦

---

[1]　全津.从父子关系看《只争朝夕》中的文化融合与冲突[D].厦门大学,2009.

恼,最后无法忍受,主动提前入伍,走向战争和死亡。在混乱的世界里找不到立足点的犹太青年约瑟夫是战争年代美国小说里最早出现的"反英雄"。

《奥吉·马奇历险记》标志着贝娄小说创作的新起点,这是一部流浪汉小说,从这部作品开始,他日益形成自己独特的风格。主人公奥吉是个芝加哥贫民窟的孤儿,他不愿受社会环境的束缚,到大城市游历,干过各种杂工,参与犯罪抢劫,见过性变态、卖淫打胎、政治交易和黑市买卖。他想享受生活,又怕失去自我。最后,他自我解嘲,自以为是个发现社会真面目的"哥伦布",对一切丑恶无能为力,一笑置之。小说用奥吉·马奇第一人称口述,充满滑稽幽默、讽刺和感伤的色彩,文体简洁雅致、灵活多变,口语化。画面广阔,人物形象栩栩如生,结构虽然像前三部作品一样松散,但主题深刻,揭示了金钱主宰一切的社会本质,具有一定社会意义。1954年它荣获美国全国图书奖。

《赫佐格》的同名主人公摩西·赫佐格是一位48岁的犹太历史学家和大学讲师,事业有成,但生活不如意,两次婚姻均以失败告终。他最好的朋友、独腿的吉斯巴茨与他妻子勾搭成奸,他精神上深受打击,几欲自杀,不知生活意义何在。赫佐格无处发泄心中的忧郁,只好靠写信解脱,他写了无数封没有寄出的信,写给朋友,写给对手,写给政客或写给他往日的情人,写给死去的名人,甚至写给自己。这些信件记录了他内心的不安和苦恼以及对周围世界的不解。赫佐格的信件表明现代生活的复杂性已超过哲学所能解释的范围。小说揭示了赫佐格与两个妻子和其他女人的关系。他第一个妻子戴茜是家庭妇女,梅德琳沉迷于肉欲,拉蒙娜比较善良,而他的日本情妇苏诺则不乏东方妇女三从四德的好品质。可是,赫佐格最爱的是放荡的梅德琳,最后成了她的牺牲品,后悔莫及。作者运用电影蒙太奇将赫佐格、42封信件、童年的回忆及五光十色的现实生活交织在一起,反映了犹太知识分子的精神危机。赫佐格的思想贯穿了全书,他陷入生活的困境,心绪混乱,但并不绝望。他竭力想从欧洲哲学的废墟上或家庭破碎的地基里寻找自我本质。他仍然是一个令人同情的人物。小说展现了 20 世纪 60 年代美国的社会风貌和现代社会里人文精神支撑点的动摇。《赫佐格》问世后轰动了全美国,1965 年获全国图书奖。

《赛姆勒先生的行星》描写从纳粹集中营逃到纽约的幸存者亚瑟·赛姆勒对美国社会的批评。他是将近 70 岁的波兰犹太移民,一只眼睛在集中营里被打瞎。到了美国以后,他感到格格不入,到处是腐败的现象,青年人反对越战,黑人要求民权,社会动荡不安,这使他经常思考人生的意义。他看到纽约大城市的混杂,人们只追求赚钱,精神生活空虚而庸俗。有人说地球上的生活就是这样,只有去月球才能建立令人满意的生活。赛姆勒对美国社会的精神危机和人道主义的幻灭感到不可理解,又无能为力。《赛姆勒先生的行星》使贝娄第三次获得全国图书奖。

《洪堡的礼物》是贝娄另一部代表作,曾获 1976 年普立策奖,同年助力作者成为第七位获得诺贝尔文学奖的美国作家。小说以芝加哥和纽约为背景,描写了老诗人洪堡和新作家西特林两位犹太文人由朋友变成仇敌的过程和两人不同的生活道路。西特林是小说的主人公和叙述者。故事以西特林回忆往事的方式渐渐展开。往事包括不久前发生的事和更早的"往事中追忆到的往事"。西特林是一位曾得到洪堡提携的传记作家和剧作家,成名后与洪堡反目。洪堡一生穷困潦倒,因病去世。西特林取得一定成就后,妻子要求与他离婚并索取一大笔赡养费;情妇另有新欢,文化掮客欺骗他,黑手党恐吓他,他终日忧心忡忡。想起亡友洪堡生前对他的帮助,他深感友谊无价,那是洪堡留给他的"礼物",这使他在绝望中振作起来。小说通过两个犹太作家的种种遭遇,展现了美国广阔的生活画面:从白宫到贫民窟,从文人的象牙之塔到黑手党无恶不作的黑社会;作者刻画了形形色色的人物形象,从总统、议员、诗人、戏剧家和学者到歹徒、流氓、赌棍和骗子等。作者深刻地揭露了物欲横流、金钱至上和忽视文化、精神空虚的社会风尚,将 20 世纪 60 年代美国光怪陆离的社会现象尽收笔底,表现得淋漓尽致,令人震惊。作者既继承欧美的现实主义文学传统,又吸取盛极一时的现代派艺术手法,形成了自己独特的风格。小说采用颠倒的时间顺序、迅速转换的场景、人物内心独白等来展示主题。人与社会、人与自然的异化,自我本质的矛盾尖锐和强烈。实利主义主宰着社会的一切,文明荒芜了,世态炎凉了,人与人之间的情与爱都消失了。他们不知道出路在哪里,他们四处奔走,找不到立足点,终于铸成了悲剧。这是洪堡和西特林的悲剧,也是 20 世纪 60 年代美国的悲剧。

贝娄通过描述犹太知识分子在美国的遭遇,对美国社会出现的精神危机进行了深刻的揭露。他塑造了性格迥异的"反英雄"形象,揭示了当代西方人没有立足点而不断奔波的生活现状,将现实主义推向了新的高度。

## 第三节　颠覆传统的荒诞派戏剧

荒诞派戏剧产生于第二次世界大战期间的法国,其后在西方许多国家流行,并形成一个流派。他们注重使荒诞本身戏剧化、使戏剧形式荒诞化,主要表现为以下两点:第一,通过对某些存在主义和存在主义之后的哲学概念进行艺术的吸收,深刻地揭示了世界、人的处境和人自身生存状态的荒诞性;第二,对传统戏剧的一切基本规律进行了突破,如丢弃了传统戏剧中必不可少的情节和结构,以破碎的舞台形象代替性格鲜明生动的人物,以荒诞的甚至语无伦次的"梦呓"代替传统戏剧中机智的对话等。美国的荒诞派戏剧,以爱德华·阿尔比(Edward Ablee,1928—2016)的创作最为著名,此外还有杰克·盖尔伯(Jack Gelber,1932—2003)、阿瑟·考皮特(Arthur L.Kopit,1937—　)的创作。

### 一、爱德华·阿尔比的戏剧创作

爱德华·阿尔比(Edward Ablee,1928—2016)是 20 世纪

50 年代末期戏剧界崭露头角的一位新秀,是第二次世界大战后美国戏剧界最有影响的人物之一,也是美国荒诞戏剧代表剧作家。当 20 世纪四五十年代崛起的一批美国剧作家开始走向创作老年的时候,阿尔比走上了舞台,肩负起承上启下的使命,且获得了较高的评价。作为荒诞派剧作家,他的代表性作品是《沙箱》和《美国之梦》,下面对其进行具体分析。

《沙箱》的主题是儿女虐待老人。它是阿尔比的独幕剧中最短的一个,但其有着深刻的含意,写作技巧也比较新颖。作者通过简洁精练的语言、尖锐辛辣的笔锋,展现了一个家庭的悲剧。在资本主义高度发达的美国社会里,随着工业化程度的提高,人们越来越受束缚,逐渐沦为机器的奴隶。人与人之间的关系变得淡漠而缺少温情,逐渐受制于金钱。一些青年男女将上了年纪的父母视为实现个人欲望的绊脚石,因而时常出现将不能自食其力的老人抛到社会上去的现象。作品中两代人之间缺乏正常的关爱,主人公的"母亲"把自己的母亲"姥姥"看成一样东西,让她像狗一样蜷缩着身子,睡在起居室的壁炉前,盖着一条军用毯子,像一个露宿街头的流浪者;"姥姥"手中捧着一只自己从老家带来的破碗,瘦骨嶙峋,像拄着拐棍沿街讨饭的乞丐。可以说,一位老妇人躺在一个现代化富豪家的地板上,可怜巴巴地向自己的亲生女儿讨饭,本身就是一场悲剧,也是对美国社会的讽刺和抨击。甚至更严重的是,女儿把母亲当作一条狗来豢养依然觉得她死得太慢,竟和丈夫合谋把她骗到风景怡人的海边沙滩,将其"活葬",并称之为"寿终正寝"。这与原始社会中不懂文明的爱斯基摩人将无法劳作的父母送到远方的大冰块上冻死的做法并无实质的差别。可笑的是,资本主义社会有专门的法律保护"狗权",如果一个人虐待了狗,会受到控告,甚至会受到法律制裁;然而虐待了老人,却无处控诉,"狗权"似乎比"人权"还要重要。

阿尔比在展现家庭悲剧时,一方面撕下了"母亲"伪善的假面具,仅用寥寥数笔就揭露了其灵魂的丑恶、行为的虚伪和内心的狠毒;另一方面作者对弱势者予以了同情。阿尔比在创作《沙箱》期间,在他身处逆境时对他进行资助的祖母去世,他感到非常伤心,因而在剧本扉页题写"为了纪念我的祖母而作"。在他的笔下,祖母辈的"姥姥"是正面人物和社会传统道德观念的化身,她身上充分体现了美国民族的历史、经历和智慧。父母害死"姥姥",其实就是想埋葬自己的过去,想抛弃自己的祖先创造的历史。可以说,"姥姥"在剧终怀着尊严和荣誉死去,正是尊严和荣誉本身的死亡。"姥姥"的死代表了社会传统道德观念的消亡,这也正是作者塑造"姥姥"这个人物形象的用意所在。

阿尔比在《沙箱》中成功地运用了象征手法,沙箱就是一个极具象征意义的事物。沙子本身并不能维持生命,在沙滩上建筑的高楼大厦自然也不会稳固。阿尔比将提供给婴儿玩耍、拉屎的空沙箱作为剧本题目,又把它当作舞台上的主要道具,这就会使人们产生一种绝望感。另外,让上了年纪的"姥姥"躺在婴儿的沙箱中,无形之中把她降低到了婴儿的地位。在去世之前,沙箱是"姥姥"的唯一处所;在去世后,沙箱便成为她的埋葬之地。这象征着人从出生到死亡一直生活在"箱子"之中,生活在社会的束缚之中。在蔚蓝的天空、空旷的沙滩和一望无垠的海水的映衬下,沙箱显得渺小,微不足道,人在偌大的宇宙间感到来自光怪陆离的现实社会的威胁。这无疑形成了人与社会、人与外部世界的对立。

《动物园的故事》中的主人公杰里和《沙箱》中的"姥姥"都将箱子视为人类生活桎梏的象征。阿尔比在《沙箱》中,把宇宙比成一个大箱子,人类就在其中挣扎着生活。另外,"沙箱"还有另一层意义:一个老态龙钟的老人躺在婴儿的沙箱中,客观上使她"返老还童"了,即把老人跟婴儿并列起来,将幼儿的天真无邪与老人的传统美德联系起来,传统道德在成年一代人身上已不复存在,只好寄希望于下一代,让那些尚未染上社会恶习的婴孩继承老一辈人的传统美德。在沙箱外,剧中也多处运用象征手法。例如,万里晴空的舞台的背景,与广袤的海滩和碧波荡漾的水景形成了一幅极具代表性的的宇宙画面。

　　《沙箱》中舞台道具的简单化有一个主要的作用,就是阻止人们把眼光只停留在个别具体事物上,以引导人们进行深思。剧中的人物没有名字,也就没有了显示个体的标志,只用些代表类的名词,这象征着,剧中人代表的是一类人,是各种类型人物的典型代表。总之,大量使用象征手法是现代戏剧创作中的一大特点,更是荒诞派戏剧创作的突出特点。

　　《美国之梦》于 1961 年 1 月 24 日在纽约市约克剧院一上演,就深受好评。阿尔比在作品中通过对社会中的最小单位——家庭进行剖析来影射今天的西方社会已是千疮百孔、腐朽不堪。他在为该剧写的前言中指出:"《美国之梦》(只不过是一出喜剧)中的什么内容激怒了那些公共道德的卫道士们呢?该剧写的是美国的事,攻击了在我们这个社会里虚假的价值代替了真实价值的现象,谴责自鸣得意,谴责残酷无情,谴责软弱无能和无所事事,驳斥了这样一种臆度:在我们这块每况愈下的土地上,一切都是能如愿以偿的。"[①]显而易见,作者决心从家庭这个社会根基上来揭示美国社会,即采用"管中窥豹,略见一斑"的手法,用家庭出了"毛病"需要"修理"来影射社会也同样出了"毛病",也需要"修理"。作者立足于人们最基本的需要,运用生活中最具有象征性的物体对现实进行反映。例如,冰箱问题象征着饥饿,许多人一贫如洗;厕所里的水箱出了故障象征着社会在腐烂,不停地散发着臭气;门铃失修标志着家庭与世隔绝。由于房东嗜血成性,想用最少量的投资赚取最高的利润,因此这需要"修理"的一切,并没有人来"修"。利润高于一切是房东的人生信条,也是美国社会寄生虫和吸血鬼们的金科玉律。另外,"姥姥"的眼睛瞎掉象征着前途渺茫,"姥姥"的衰老意味着社会的老化,父母不生育象征着人类没有未来。这样,家庭成了一个空壳,生活变得空虚、无聊、乏味。在现实生活中,人们无法获得满足。

　　阿尔比在很多作品中都对"母亲"的形象进行了抨击,他把

①　郭继德.美国戏剧史[M].天津:南开大学出版社,2011:329.

"母亲"视为灵魂丑恶、心肠歹毒的独裁者。在《沙箱》中，"母亲"大言不惭地说，当然是她"说怎么办，就怎么办"，而"父亲"只是唯唯诺诺、看老婆眼色行事的应声虫。《美国之梦》中的"母亲"是家中的"老板娘"，她与丈夫结婚只是因为他有钱，一结婚就宣称要控制丈夫所有的钱财。她自己没有生育能力，却嫉妒丈夫，强迫他去做手术，使他也丧失生育能力，她对自己的母亲是"卸磨杀驴"。她对下一代更是惨无人道，婴儿望着父亲哭，眼睛被挖掉；婴儿跟母亲顶嘴，舌头被她割掉；婴儿有男性象征，双手被她砍掉。婴儿在"母亲"的折磨下，成为一个既没有脑袋，也没有内脏和脊梁的怪物，最后凄惨死去，酿成家庭悲剧。弃婴跟抛弃老人具有相同的实质。对老人虐待导致老人怀着对传统道德的眷恋而死去；对孩子的舍弃和摧残会使他们怀恨终身，成人后的孩子也会以同样的方式对待老人和孩子，形成恶性循环。在剧作者看来，"母亲"是造成这两种极端的罪魁祸首，是母亲"执政"或者母亲"专政"的必然结果。

阿尔比虽然反对把"母亲"作为偶像进行崇拜，但他并不是反对一切女性。两个剧中的"母亲"都是静态的反面人物，而"姥姥"是唯一有道德的正面人物形象，是人物性格处于发展中的角色，是生活的象征。这一方面与作者的经历是分不开的，另一方面阿尔比有着更深的用意，他通过对一个家庭内部变化进行解剖——夫妇关系的"颠倒"、对老人的厌恶和唾弃、对子女的残酷摧残、实用主义造成的人与人之间关系的异化、金钱的神通、社会的堕落、人类前途的暗淡和虚无缥缈——提醒人们不要忘记美国大厦已摇摇欲坠，需要"修理"，否则一旦病入膏肓，就再无医治的可能。

阿尔比通过他的剧作主要是想向人们揭示，随着社会道德的堕落、理想的消失，特别是美国梦的幻灭，美国人出现了越来越严重的精神危机。

### 二、杰克·盖尔伯的戏剧创作

杰克·盖尔伯（Jack Gelber，1932—2003）出生于芝加哥，毕业于伊利诺伊大学，他创作了《毒品贩子》《苹果》《古巴发生的事》等剧，下面对其进行具体分析。

《毒品贩子》于1959年5月15日由生活剧院正式演出，被评论家称作美国的第一个荒诞剧本，是"美国的《等待戈多》"[①]。该剧以"等待"为主题，即一群吸毒者等待联系人牛仔（即毒品贩子）的归来，他们像《等待戈多》中的流浪汉人物一样焦急不安地等待着，但又跟他们不同，他们所等待的人的确来了，而且还带来了试图拯救他们的天真烂漫的救世军小姐。剧中人都因吸毒而处于浑浑噩噩的状态，象征着社会的反常和变态。剧中触及的一些社会问题在20世纪六七十年代里百老汇上演的一些剧作中得到了进一步探讨。艺术手法上，此剧运用了剧中剧的形式，主要人物从自己的角色中不同程度地超脱出来，直接跟剧作家对话，而剧作家又回头对观众讲话。

《苹果》一剧有些像皮兰德娄的剧本，安排了六个演员在一家饭店里做即兴表演，演出主持人是一位亚裔美国姑娘安娜，她犹如舞台监督。作者规定演员都用自己的真名，不用剧本中人物的名字，而且不具有目的性。

《古巴发生的事》以1958—1964年的古巴为背景，主要表现了卡斯特罗领导的革命对普通家庭生活产生的影响。一个富裕的古巴人家庭是作品主要的描述对象，主要围绕思想开放的祖母、生活随便的父亲、革命的女儿、同性恋的儿子和他们的朋友展开，另外还有两位年轻的知识分子和中央情报局特务，剧中展示了他们对时局的不同态度。虽然作者旨在"支持古巴的革命"，但剧中表现得并不明显。此剧只上演了一场便辍演了，因为作者试

---

① 郭继德.美国现实主义戏剧舞台艺术风格的"轮回"[J].英美文学研究论丛，2000（1）.

验的新的戏剧表演手段令观众难于接受。后来此剧又由生活剧院在巴黎上演,反响亦不热烈。

此外,盖尔伯还创作了《睡眠》和《彩排》等剧作,但并没有得到很高的评价。

### 三、阿瑟·考皮特的戏剧创作

阿瑟·考皮特(Arthur L.Kopit,1937—   )生于纽约市,1959年毕业于哈佛大学。考皮特是一位有多种剧作风格的剧作家,不仅创作荒诞剧作,亦创写现实主义剧作,既有布莱希特式的史诗剧和皮兰德娄式的剧作,亦有受意识流影响的剧作。考皮特的多部剧作获得了不同类别的戏剧奖。

《尼克受审记》是考皮特在哈佛大学就读期间写就的剧作,通过描述一个高中篮球队员因受贿赂出卖比赛而受审的故事,揭示了美国社会之腐败已是普遍现象这一重大社会主题。

《印第安人》是一部布莱希特式的史诗剧,通过写美国当局对印第安人实行种族灭绝政策,影射美国军队在越南的暴行。此剧上演呼应了彼时正在激烈进行中的越南战争。

《啊,爸爸,可怜的爸爸,妈妈把您挂在衣橱里,我是多么伤心呀》是一个荒诞剧本,上演后引起了世人注意。剧中主人公罗森伯特太太为了表示自己在家中拥有绝对权威,把自己的丈夫害死,将其尸体吊在自己卧室的衣橱里,因为她感到没有比死人更听话的了。她还将儿子禁闭在家中,但儿子却不幸被保姆所勾引,盛怒之下她将保姆掐死。作者在剧中塑造了一个"专制母亲"的形象,"母亲"害死了丈夫,把儿子管教成了一具活僵尸。她身上表现出来的"掌权"欲望影射着社会上普遍存在着的统治者残酷压迫被统治者的现象。

《卧室音乐》一剧以一所疯人院为背景,写八个疯女人杀死自己当中的一个人以向男人们示威的故事。考皮特的这类剧作揭示了美国社会中存在着的无形的恐怖和威胁在时时刻刻袭击着人们的心灵。考皮特运用荒诞手法,塑造神话似的人物,对美国社会的畸形现象进行抨击和鞭挞。

# 第四节　否定传统的"垮掉的一代"文学

产生于20世纪50年代的"垮掉的一代"的文学是由美国年轻的作家和诗人组成的松散的文学流派,他们侧重于对抗一切关于性、宗教及美国生活方式的传统价值观。"垮掉的一代"的文学创作具有自身鲜明的特点,思想倾向上,深受欧洲存在主义某些观念的影响,关心的中心问题是个人在当代社会中的生存状态,抗议社会对他们的压抑,但往往以颓废、堕落、犯罪来表现他们的"脱俗",与传统的价值和行为规范抗衡;艺术上,标榜"以全盘否定高雅文化为特点",追求无节制的自我放纵,作品的结构无拘无束乃至杂乱无章,语言粗糙甚至粗鄙。因此,"垮掉的一代"的文学创作包含了大量不健康的因素。但是,他们从新的角度对世界进行了重新认识,粗犷自然的风格对当代美国文学的发展也产生了重要影响。"垮掉的一代"的中心人物是艾伦·金斯堡( Allen Ginsberg,1926—1997 ),代表人物亦包括诗人加利·斯奈达( Gary Snyder,1930—　　 ),小说家杰克·凯鲁瓦克( Jack Kerouae,1922—1969 )、威廉·勃洛斯( William Burroughs,1914—1997 )。

## 一、艾伦·金斯堡的诗歌创作

艾伦·金斯堡( Allen Ginsberg,1926—1997 )生于新泽西州纽瓦克。父亲是中学英语教师,写过短诗,母亲是俄国的犹太移民,思想激进,多愁善感,怀疑自己受到联邦调查局的迫害,后来精神失常,这对艾伦造成严重的心理打击。17岁时,他入哥伦比亚大学学习经济,他一边读书,一边写诗,曾获得大学的诗歌奖。后来,他创作的《嚎叫》使他一跃成为美国诗坛新秀。《嚎叫》由三部分和《脚注》组成。

第一部分最长,深刻有力。诗人采用狂热的酒神赞歌式的长诗,将真实的生活细节与虚构的意象融为一体,展现了20世纪50年代扑朔迷离的西方现代城市生活。诗人以自己的亲身经历反映了"垮掉的一代"通过酗酒、纵欲、同性恋和爵士乐来自我陶醉,忍受着穷困潦倒、孤独异化、精神失常甚至自杀的痛苦来冲破物质至上的美国强加给他们的精神锁链。他们像诗人布莱克一样,"通过无节制之路达到智慧的宫殿"[①],从吸毒的幻觉中寻找心灵的闪电,发现宇宙的颤动和天使的狂喜,形成一股充满刺激和危险的冲击力,将读者卷入重新认识周围世界的心理漩涡。《嚎叫》一开篇就大声直接表示对美国社会的强烈抗议,那连珠炮似的话语紧紧地抓住读者的心:

> 我看见这一代俊杰毁于疯狂,饿着肚子
> 歇斯底里地脱得精光,
> 天亮时拖着脚步穿过黑人街区找一针愤怒的毒品,
> 脑袋像天使的嬉皮士们渴望将古老的天堂和这
> 机械之夜如繁星闪烁的发电机相连,
> 他们贫困、衣衫破旧、双眼凹陷,高高地坐在只供应冷水的
> 公寓的超自然的黑暗中吸毒飘过
> 城市上空思索着爵士乐,
> 他们在高架铁路下向苍天诉衷情,却看见穆罕默德天使们
> 在被照亮的公寓屋顶上蹒跚行走,
> 他们冷眼盯着走过一所所大学在梦幻中看见阿肯色州和
> 战争学者们的布莱克式的悲剧,
> 他们因发疯在骷髅般的窗户上涂写淫秽的颂诗被

---

① 杨仁敬.20世纪美国文学史[M].青岛:青岛出版社,1999:634.

学院开除，

他们穿着内衣没刮胡子在房间里哆嗦，

在废纸篓里烧钞票隔墙倾听恐怖之神的声音，

他们满脸像阴毛的胡子，扎着一腰带大麻

穿过拉雷多返回纽约被查获，

他们在油漆过的旅馆里吞火焰或在天堂胡同喝

松节油，死去或一夜夜地将自己的躯体十次投入

炼狱

带着梦、毒品、不眠的恶梦、酒精、阴茎

和没完没了的寻欢作乐。①

这几行诗真实地揭示了"垮掉的一代"的疯狂悲哀的精神实质和声嘶力竭的浮躁心态。

第二部分对莫洛克火神进行了描写。在金斯堡看来，时代的"精英"全被无情地压在社会的巨轮下，他们呻吟、嚎叫，发出愤怒的抗议。社会的冷漠和敌视使他们感到，他们成了被遗弃的一代，但他们要生存，不屈服。他们要追求超越现实的精神启示，面对绝望状态进行歇斯底里的狂笑。这也正是对莫洛克火神描写的意图。莫洛克是古代腓尼基人信奉的火神，也是复仇之神，以儿童作为献祭品。金斯堡在诗中将它比作美国社会一切罪恶势力的代表，它是个吃人的神，也是美国军工、政府、法院构成的社会体制的集中体现。莫洛克的思想完全是机器，具有吃人肉、喝人血的天性和本能。它到处滥用暴力，迫害无辜，对民众残酷无情，令他们终日胆战心惊，不得安宁。诗人以挑衅的姿态，公开嘲笑："莫洛克神的爱是无边无际的石油和石头。莫洛克神的灵魂是电和银行！莫洛克神的名字是心灵！"② 在作者看来，美国整个民族都被莫洛克神的阴影笼罩着，人人自危。"孩子们在楼梯下尖叫！

---

① 袁可嘉.外国现代派作品选（C卷）[M].北京：燕山出版社，2006：310 - 311.

② ［美］金斯堡著，张少雄译.卡第绪：母亲挽歌[M].广州：花城出版社，1991：17.

小伙子在军队里啜泣！老人在公园里流泪！"[①] 所有最健康的公民正变成嬉皮士、吸毒鬼和诗人。这一部分亦描写了诗人的朋友卡尔·所罗门，他是永恒的精神的象征。金斯堡描写他跟卡尔·所罗门在同住的罗克兰精神病院促膝谈心，令人感到人间自有真情在。两人同病相怜，似有说不完的话。"我跟你一起在罗克兰"[②] 重复了多次，仿佛20世纪50年代的美国社会犹如一家精神病院。诗人歌颂了所罗门对人类的爱以及他与精神病院统治者莫洛克神做斗争的坚韧不拔的英勇品德，也赞扬了他的殉道精神，对他寄托着很大的希望。但诗里有明显的宗教成分和色情色彩，这一点作者并不否认。

第三部分像赞颂耶稣的祈祷词，仿佛他在礼拜仪式的圣堂上给苦恼人唱安慰受伤的心灵的赞美诗。

《嚎叫的脚注》原是全诗的第四部分，后来金斯堡采纳雷克斯罗思的建议，将它独立成篇。《脚注》从悲观抱怨的情绪转向乐观向上的态度，感到人世间一切都是神圣的，一切都可以变好。金斯堡在《脚注》的第一行接连用15个"神圣"，仿佛神圣可以将破碎的世界重新整合。"人人都是神圣的！处处都是神圣的！每天都在永恒之中每人都是天使！"[③] 不难看出，金斯堡的幻觉中带有布莱克式的狂想和惠特曼式的对宇宙的赞颂。

金斯堡早期的诗作大都收入《真实的三明治》。《卡迪西》是《嚎叫》之后的又一力作。其风格像《嚎叫》，但近似散文，句子零碎杂乱，难以卒读。此后，他出了不少诗集，《美国的衰落》使他荣获全国图书奖，《心灵之气》汇编了诗人从1972年至1977年的诗作。金斯堡从迷恋政治、怒气冲冲转入宁静的沉思，展现个人意识平静而广阔的空间。总体而言，他后期的诗作都未能超过

---

① ［美］金斯堡著，张少雄译．卡第绪：母亲挽歌 [M]．广州：花城出版社，1991：16.

② ［美］金斯堡著，张少雄译．卡第绪：母亲挽歌 [M]．广州：花城出版社，1991：18.

③ ［美］金斯堡著，张少雄译．卡第绪：母亲挽歌 [M]．广州：花城出版社，1991：23.

《嚎叫》,仿佛在重复自己以往的故事。

## 二、加利·斯奈达的诗歌创作

加利·斯奈达(Gary Snyder,1930—　)和"垮掉的一代"在20世纪五六十年代有联系,位置仅次于金斯堡。他参加了20世纪50年代中期西海岸的诗歌朗诵会以及由此引发的旧金山诗歌复兴运动,后来和金斯堡一起到过印度。斯奈达和"垮掉的一代"在精神上、思想上是和谐一致的。

斯奈达在俄勒冈州长大,对大自然怀有一种热爱和执着,视大自然为镇定剂,认为它具有令人恢复与痊愈的功能,大自然对人宛如强心剂,人应当到大自然中去寻觅活力,强化身心。他长期住在加利福尼亚州山脚下,总是努力和大自然保持紧密的联系。斯奈达在森林中做过各种体力活计,他的诗歌创作和这些活动有着密切的联系。他吸收了西部的荒野精神及印第安人的原始神话与传说,这些因素成为他心智的一个有机组成部分。斯奈达认为,大自然和古老的传统是对他在作品里批判的当代文化和价值观的一种有益对照。他努力在思想中保持历史和荒野精神的位置,希望借此接近事物的真相而抗衡当代生活中存在的失调和愚昧。《八月在苏尔都山上》是斯奈达的名作之一。这首诗写的是名叫狄克的朋友从旧金山到纽约去,途中到山里来访,和他在大自然中停留一夜,受益匪浅。狄克虽然由一城市到另一城市去,和大自然只有短暂的接触,但这已令他身心焕然一新,更好地认识和应付生活。斯奈达似乎要表明,人需要回归自然,吸收新鲜成分,以便更好地迎接人生的挑战。离开城市,爬上山去,置身于离地面一英里的空气中,消失在草地、积雪、山巅里,睡在睡袋中,无忧无虑地神聊至半夜,夜来听风雨合唱,这样人就会被"充电",重新面对生活。诗人在友人走后,自己又回到"远处,远处的西部去"。诗人热爱大自然,那里的一切都对他有强烈的吸引力。山谷里的雾气、雨水、冷杉球果、岩石、草地以及一团团的萤火虫等,他看到它们的形影,听到它们的声音,感觉到它们的存在,有它们在,他会感到悠然自得,他会忘掉阅读过的东西和住在城里的朋友。在大自然中,喝着爽口的雪水,立在高处的静谧的空气中,朝山下远眺,让想象自由驰骋,他感到身心完整。

《垂直的小溪——绝妙的山川》表达对"静"的追求。诗的第1～34诗行里,到处都可以觉察到变化,干黄的草叶从雪中解脱,山雀在啄食,雪崩后融水蜿蜒流回黑洞,山川的卵石、小溪、残雪、松树、苔藓、山光、云彩、烈日、蓝天等等,自然界的一切都在经历着变化。跳过第35～36诗行,是宇宙的另外一番景象。这是自然界的生物部分,天空的"戴羽毛的衣服",群鸟上下翱翔,时而向后侧身,时分时合,没有领队,是一个快速的、空荡的、飞舞的头脑的组成部分。群鸟弯曲,滑下,最后停下(第37～52诗行)。夹在这两个世界之间的是人,他们和鸟一样,在远足后达到静点(第35～36诗行)。这是沉思开始的时刻,身体透明化、头脑接受永恒和普遍真理的时刻。至此诗意达到峰顶,最后一行"诗至此止"。

《卵石路》表达诗人对诗意的追求,斯奈达所谓的诗意,实乃是一种见识,即宇宙的一切——自然、社会、山石和星辰——都是相互连接而又独立的。这首诗就其融合客观与主观、现实与想象而言,堪称斯奈达的经典之作,表述世事两个层次间存在的既相容又不同的特点。诗人说,所谓卵石路者,峭陡山间供人畜通过的小路也,可是诗人看到的却不止一条小路而已。对于他,卵石变成了词语,小路成为供人思考的材料。卵石路由世间的物体构成,但看去却似天上云河一般,人和迷路的小马看去宛如迷途的星球。所有这些对观看的诗人来说都是"诗歌"。他所看到的不仅是人们习以为常的立体世界,他还发现了另外一个空间,一个神秘的、超感官的、奥秘的层面。当人们面对不仅一个世界,而是无限的、无休止的多个世界时,宇宙的奥妙更令人瞠目结舌。在斯奈达的笔下,每块岩石都是一个字词;诗歌存在于大自然和生活中;世界为沉思冥想而存在,万物处于不断的变化中。在斯奈达的诗歌中,意象的并列与组合,它们的累石蓄势,诗人对细节无微不至的关注,连词的省略,口语化的语言——这一切把古今中外一切传统进行巧妙糅合而熔为一炉。

斯奈达的《就在那时》《在我的手和眼睛下面远处的群山,你的身体》《味道颂》以及《卵》等描写性爱的诗作也值得一提。斯奈达总是以歌颂或庆祝的语气对人类的性爱进行描绘。这些诗作中,语言极富性感,描述具体而充满兴奋感,十分露骨。斯奈达之所以这样不避讳,是因为他认为性爱将种植和孕育出新的生命,应当予以欢庆。

斯奈达在作品中表现出一定的说教倾向,有自己的政治观点,但是他在文学史上的地位不是由这些来决定的。他若一如既往地相信大自然是抗衡现代生活的混乱的支柱,坚持以此为主线进行诗歌创作,也许他在美国文学史上的地位将会比现在高得多。

### 三、杰克·凯鲁瓦克的小说创作

杰克·凯鲁瓦克(Jack Kerouae,1922—1969)出生于一个讲法语的加拿大家庭。他在哥伦比亚大学就读,但是没有完成学业。他和"垮掉的一代"主要代表人物金斯堡等人相遇,开始了他暴风骤雨式的一生,遗憾的是他的创作生涯还未及全面发展,他便因酗酒离世了。凯鲁瓦克创作了多种形式的文学作品,其中包括长篇和短篇小说、非虚构小说、诗歌、书信等。凯鲁瓦克是一位多产的作家,一生写了十多部长篇小说。《地下者》和《麦吉·凯萨迪》描写性爱生活,《孤独的旅行者》则论述种族和族群问题。他的作品大都描绘一个局外人的形象,此人因不接受主流价值、生活在社会边缘而遭到社会的拒绝。凯鲁瓦克表达的是他这一代中那些坚持不同观点的成员的声音。

《在路上》是凯鲁瓦克的代表性作品,共分五章。前四章按顺序分别写萨尔与狄恩的四次远游,横穿美国大陆的经历,第五章为全书的总结。

在第一章中,萨尔·帕拉迪斯还是一个未经世事的青年学子,爱好写作却苦无题材,又缺乏对生活的感受。一个偶然的机会他遇到了素有反叛意识、大名鼎鼎的西部青年狄恩·莫里亚蒂,两人一见如故,倾心畅谈,十分默契。其时狄恩刚从西部的波恩维亚教养院出来,带着新婚妻子玛丽露,第一次来到纽约。萨尔在此之前一直向往西部"自然而粗犷的生活",在狄恩身上,他看到了西部人火一样的热情和狂放不羁的性格。于是,不出数天,萨尔已经成为这个"发狂的怪人"的忠实信徒,愿意抛弃自己平静舒适的生活跟他去冒险。他们在纽约聚集了一些志同道合的朋友,常常在一起高谈阔论,放言无忌。在一阵又一阵的激情冲动下,他们走上大街去寻找那些感兴趣的东西。这些垮掉派青年渴望一种燃烧的生活,他们对平凡的事物不屑一顾,一心向往轰轰烈烈的大动作。不久,狄恩与妻子玛丽露闹翻,只身返回西部。萨尔决心沿着他的道路追踪而去,因为他不仅需要为自己的文学创作补充新的经验,亦想更进一步了解狄恩这个"真正的西部男子汉"。当他狼狈不堪地来到狄恩的故乡——科罗拉多的丹佛城时,已身无分文。旅程的艰难并没有使萨尔却步,因为他心中充满了希望与憧憬。一路上他风餐露宿,几乎过着像乞丐一样颠沛流离的生活,正如他晚上蜷缩在一间木头吱吱嘎嘎作响的屋子里所想到的那样。

他在想象中的乐土——丹佛见到了那些久久思念并互相鼓励、思想相近的朋友,他希望能与他们共同创造一种色彩缤纷的新生活,共度美好时光。但现实却太残酷,残酷得几乎令他吃惊,伊甸园式的生活场景和情真意切的朋友氛围并没有出现,取而代之的是他明显地感到"周围存在着某些阴谋,而阴谋的双方竟是他们圈子中的两派,而他正被这场'有趣的战争'推到中界线上。"① 他的理想破灭了,第一次遭到精神上的打击。在丹佛,他不仅了解到狄恩作为窃贼的过去,而且得知他正和两个女人周旋。失望之余,萨尔决心继续他西去的旅程,他想去圣弗兰西斯科寻

---

① 毛信德.美国小说发展史[M].杭州:浙江大学出版社,2004:521.

找另外一些朋友。

第二章中,萨尔在初次出游的一年多后再一次见到了狄恩并重新踏上了西去的路程。萨尔与姨妈一起到弗吉尼亚他哥哥家中做客,狄恩与他的妻子,还有一位叫埃迪·邓克尔的朋友开了一辆49型的哈得逊汽车突然从圣弗兰西斯科赶来。他们犹如从天而降,在尘土飞扬的大路上疾驶而来。令萨尔他们惊讶不已的是,狄恩等人竟然只用了几天的时间行程六千公里,而且一路冒着特大暴风雪,翻山越岭,不吃不睡,风驰电掣般地来到这里,其艰难困苦可以想见,而此时的狄恩毫无倦色。他们在纽约一起度过了一个狂欢的圣诞节。萨尔不听姨妈的劝告,又一次向往去西部海岸探险,而这一次旅行,除了想进一步弄清狄恩的行为外,萨尔还想乘机与玛丽露勾搭。他们做了一些简单的准备便再次出发,萨尔情不自禁地坠落于狄恩疯狂的泥潭里,他们在蒙蒙细雨中向加州进发。这次旅行从一开始就笼罩着一种神秘的气氛。狄恩一路上精神抖擞地开着飞车,自认为把混乱与烦恼丢在了身后,离开了那个冰冷且充满垃圾的城市。一路上,他们兴奋异常,热情高涨,即使状况百出。

在第三章中,萨尔在家中不耐寂寞,经过艰苦的跋涉再一次来到丹佛,却发现这儿的一切都已时过境迁,几乎所有的朋友都离开了这里,萨尔心中一片惆怅。幸亏他碰巧遇到一位旧时相识的姑娘,从她那儿弄到一百元钱,这样,他才能重新穿越大陆去圣弗兰西斯科。他在那儿找到了狄恩,而狄恩却正处于穷愁潦倒之际。狄恩一如既往,与几个女人同时厮混,又为她们所缠,终日惶惶不安。萨尔见状向他提议索性撇开这些烦人的包袱,先去纽约,再去意大利。狄恩听了,欣然跃起,与往常一样,他不需要多少时间便决定离开。两个衣冠不整的"英雄"在西部沉沉的黑夜中跟跟跄跄地奔向汽车站。狄恩到了纽约之后马上又爱上了一个叫伊尼兹的姑娘,他们相识仅一个小时。他要和凯米尔离婚,因为只有这样他才能与伊尼兹合法地结合。几个月后,凯米尔为狄恩生下了第二个孩子,再过几个月,伊尼兹也将生孩子,连同在西部某地的一个私生子,狄恩现在有四个孩子却没有一分钱。他像从前一样,到处惹是生非,及时行乐,来去无踪,而幻想中的意大利之行也只能作罢。

在第四章中,萨尔因为无法忍受当地的冷空气决心离开。这是他第一次在纽约与狄恩告别而只身西去。他先到丹佛,在那里迷人的酒吧度过了愉快的一星期。突然,消息传来,狄恩倾其所有买了一辆新车正急急地赶来。一刹那萨尔似乎看到了狄恩正玩命似地飞车而来,这是一个既令人兴奋又令人恐惧的消息,狄恩那张执着坚毅的面孔和炯炯有神的双眼以及他那辆喷射着熊熊烈焰的汽车历历在目。此时狄恩在路上穿田畴、跨城市、越桥梁、横河流,疯狂地、燃烧般地向西袭来。狄恩此番赶来,目的是准备开车带萨尔一起去墨西哥探险。对他们来说,那里是一个神秘的世界,虽然那里又热又脏但却和他们一样具有发光发热的情怀。他们一行三人穿过边境。在哥端极里亚城,他们遇上了一个墨西哥青年维克多,在他的带领下,他们一起到一家妓院狂饮吸毒,和妓女们纵情跳舞胡闹作乐,这是一个疯狂的日子,酒精、性事、大麻等使他们飘飘欲仙。待一切结束之后,他们感到非常满足,恋恋不舍地离开了这个地方,还自以为把温情都留了下来。接着,他们又穿越成千上万只昆虫乱舞的丛林沼泽,在万分疲累之中来到了这次旅程的终点墨西哥城。萨尔因过度劳累而病倒,他在痛苦的高烧中得知狄恩已经搞到了一张廉价的与凯米尔的离婚证书,独自一人赶回了纽约。萨尔在愤怒之余还是理解了狄恩此时的心境,原谅了他的"弃友"之举。

第五章是一个简短的结尾,描写萨尔在纽约曼哈顿的一位朋友家里与一位漂亮的姑娘邂逅的故事。姑娘有一双纯洁、天真而又温柔的眼睛,正是萨尔梦寐以求的理想情人,他们发疯似的相爱了。此年冬天,他们决定移居圣弗兰西斯科。狄恩得知这一消息后,专程坐了几天几夜的硬座火车赶过来向萨尔祝福。几天后,狄恩又走过五千公里的路程横穿那可怕的大陆回西部去。萨尔在纽约与狄恩告别,此时狄恩穿着一件被虫蛀过的大衣,孤独地离开。萨尔眼望前方,看着狄恩徘徊在第七大道的转角处,又突然消失,萨尔心中升起了一种怅然若失的感觉。

《在路上》是一部典型的流浪汉小说,是一部20世纪50年代美国嬉皮士的亚文化与主流文化激烈碰撞的记录。小说中的嬉皮士是当时愤世嫉俗的叛逆者、主流社会的挑战者和社会反叛动乱意识的制造者,从他们的举止行动、外貌特征可以看出,他们是作者自身以及他周围垮掉派人物的化身。

由于"垮掉的一代"离经叛道的思想意识和小说本身的荒诞不经情节,《在路上》一开始问世受到评论界的质疑。经过几十年的历史积淀,到了20世纪50年代之后,人们才正式认识到《在路上》的时代价值与艺术风尚,正是小说粗犷有力、疯狂不经和令人惊讶的描写,使人们看到了"垮掉的一代"的真正面目。

### 四、威廉·勃洛斯的小说创作

威廉·勃洛斯(William Burroughs,1914—1997)是"垮掉的一代"作家中最年长的一位。他在哈佛大学接受了很好的教育,阅读了大量的书籍。相当一段时间内,他在游荡,但并没有浪费时间,他在进行严肃的思考。他吸毒达15年之久,从思想到心理长期生活在社会的边缘地带。他的作品都是关于吸毒、堕落的生活方式、暴力、同性恋等各种从传统角度看都属于奇异或反常的生活的表现,他的思维和表达形式和一般的标准迥然不同。勃洛斯喜欢刺激他的读者,以把他们从舒服的自满状态中警醒过来。他的一贯反传统、反常规的思想和立场,也许能让他在文学史上获得一席位置。在他看来,世界上存在着一个人们一般认为是隐藏的、丑恶的,然而却无疑是生活有机组成部分的层面,这个层面需要有人揭示,而揭示的方式和声音应当和通常的表达方式截然不同。他的作品主要包括《吸毒者》《灭虫人》《放荡的人们》《红夜城》《同性恋》《思想战争》《裸露的午餐》《诺瓦快车》《死路之地》等。

《裸露的午餐》以作家本人 15 年的吸毒经历为基础写就,最能表现作家的主题和技巧特点。小说里充斥着极富真实性的精神分裂的吸毒者和性变态人物。这些人整日吸毒、参与毫无意义的暴力行为,或虐待他人或自我虐待,充斥着一幕幕令人作呕的场面。这些细节,部分是作者真实经历的写照,部分夸大,如此具有强烈冲击力的描写对传统读者近乎一种冒犯,阅读者会有和作家一起下地狱的感觉。

关于题目的含义,勃洛斯曾解释说,恰如它的字面所说,裸露的午餐——每人都看到叉子尖上食物那冻结的一刻。他的意图在于表现一种情势,一个感情受到冲击的时刻,以使人们顿悟到生活中可能存在着不同于他们业已习以为常的情况。勃洛斯把小说作为一种开阔人们眼界的手段,揭露在“文明国家”可能出现的情景。这部小说也可以作为一个社会生活记录来读,虽然让人恶心,但不失某种教育意义。读者不一定接受作家的条件,但作家希望通过此书揭露社会的黑暗面,使人认识到主流与反主流文化间可能存在的降低人格、非人格化的共同点,以达到改正社会恶习的目的。《裸露的午餐》也描写社会组织和某些个人力图奴役和控制人民,此乃勃洛斯最痛恨的,所以他竭力揭发和鞭挞这种社会控制机制。叙事技巧方面,《裸露的午餐》有意识地颠覆传统表现方法,异常革新的写法使作品极其艰涩难懂。大多数人在阅读时体验到混乱,评论家们则挖掘小说中运用的超现实主义和象征主义手法。

勃洛斯对生活的观察不完全是个人的或主观的看法,他要阐明的道理,虽然多基于他个人的经历,但和大众的认识有衔接点和共通点。

# 第五节　荒诞滑稽的黑色幽默小说

黑色幽默是法国超现实主义作家布勒东（Breton,1896—1966）在 1937 年的一次演讲中提出的,其中"黑色"是痛苦、沉闷、绝望和死亡的象征。黑色幽默小说是 20 世纪六七十年代流行于美国的一个文学流派。黑色幽默小说,反映了年轻一代的美国作家对精神生活的追求和向往,大胆地否定"美国生活方式",引起了美国当代人的思考。约瑟夫·海勒（Joseph Heller,1923—1999）是美国黑色幽默小说最有代表性的作家,此外,弗拉基米尔·纳博科夫（Vladimir Nabokov,1899—1977）、库尔特·冯内古特（Kurt Vonnegut,1922—2007）、约翰·巴思（John Bath,1930—　）也是美国著名的黑色幽默小说家。

## 一、约瑟夫·海勒的小说创作

约瑟夫·海勒（Joseph Heller,1923—1999）出生于纽约市布鲁克林区的柯尼岛,父母都是犹太人。1942 年他应征入伍,成了美国空军飞行员,曾驻军意大利。战后,他退伍进入纽约大学,以最优秀的成绩获学士学位,后进入哥伦比亚大学,1949 年获硕士学位并赴英国牛津大学深造 1 年。返国后,他在大学教英国文学。1952 年后先后任职于《时代》和《展望》等杂志,开始发表短篇小说如《我不再爱你》和《雪堡》,但未受到文坛重视。1961 年《第二十二条军规》问世,轰动了文艺界,揭开了 20 世纪 60 年代"黑色幽默时代"的序幕。

《第二十二条军规》是海勒的代表作,主要描写美国第二十七飞行大队的故事,该大队在第二次世界大战期间为配合意大利抗击纳粹德国的侵略而驻扎在地中海的某岛上。小说力图通过对空军官兵之间、上下级之间荒诞滑稽的人际关系的描写,展示美军内部的专制和腐败,从而揭示当代美国社会生活中的各种怪诞现象。海勒透过滑稽的表面现象,揭露了一个极端自私、残酷无情、草菅人命的世界,成功地描绘出一幅当今社会人们陷入困境的图景。小说主人公上尉飞行员尤索林在战争中"勇敢"过,但后来时刻感到自己的生命在受到威胁,这一威胁不仅来自战争本身的残酷,更来自美国军事体制内部的官僚主义制度。这种制度借"理智""爱国"和"正义"的名义牢牢掌握了对飞行员们的生杀大权。例如,按照空军司令部的规定,飞行员在完成 25 次飞行任务之后便可复员回国;然而,飞行员们却永远不能完成任务,因为上校卡思卡特为了自己晋升将军,中校克恩为了自己晋升上校而不断增加飞行数额,从 25 次增加到 30 次乃至 35 次、40 次,最后竟至 80 次,为了逃避厄运,尤索林常借口生病住进医院,最后不得已冒险逃往瑞典。

《第二十二条军规》全书由 42 节构成,每节重点写一个人物。除了经常变换时空外,作者熟练地在叙述中插入一些相关的轶事。小说描写空军中队员的酗酒、吵架、嫖娼以及精神上的浮夸、寂寞和孤独。它的基调是喜剧性的,时而凄凉,时而疯狂。司务长米洛勾结上司,从贩卖鸡蛋和水果开始赚钱,逐步发展到将战火中的欧洲当作谋利的自由市场,在 M 与 M 果蔬产品联合公司的旗号下与美德两方订合同,从交战双方赚大钱。他与美军当局签了契约,如炸掉德军的一座桥,美军要付给他轰炸费加 6% 的小费,然后他与德军订了守桥合同,由德方付给他 6% 的小费加一笔防卫费,完全丧失了人类应有的正义感。这样的败类不仅没受到惩罚,反而官运亨通,荣升巴勒莫市市长和马耳他副总督,到处受欢迎。这是对资本主义社会唯利是图的大暴露。

《第二十二条军规》不论在主题的处理上和艺术形式的安排上都与传统小说不同。恰如一位评论家所说,一部反映显然是荒诞和混乱的世界的小说,应当用显然是荒诞和混乱的形式来表现。[1]《第二十二条军规》在反映当今社会的"有组织的混乱"和

---

① 吴佩芬.马克·吐温与约瑟夫·海勒:美国幽默文学的两座丰碑——论美国文学的传统幽默与黑色幽默 [D].苏州大学,2007.

"制度化的疯狂"这一荒诞社会现象时,在结构上做了精心的处理。例如,小说不以故事发展的时间顺序为线索,时间似乎已不存在,而是把过去发生的事件和现在发生的事件放在同等重要的位置上加以描述。有些情节表面看来好像互不联系,杂乱无章,实际上由于它们在不同的时间层次上再现被扭曲的人物形象,从而突出了小说立意反映荒诞现实的效果。作者的语言也尽力符合表现主题的需要。他运用许多语言手段,如"循环式谈话",问答极其滑稽并出人意料;"套语"的运用,即把俗语中关键字眼换成能产生荒谬效果的字词;谈话语气的突然变化,即由严肃话题到琐细话题的突然跳跃和转换,令人啼笑皆非等等诸如此类的文学修辞手段。这些手法的巧妙结合,使小说的文字呈现一种荒诞状貌,有力地表现了一个疯狂世界缺乏理智和逻辑及其不可预料的特点。作者运用"黑色幽默"手法可谓已达到精深圆熟的程度。

《第二十二条军规》凭借其内容和形式的创新成为美国小说史上的一个里程碑。海勒后来写过不少作品,如《出了毛病》《像高尔德一样好》《天晓得》《结局》等,这些作品反映了他的存在主义倾向,展现了美国社会的混乱和疯狂,但无法与《第二十二条军规》相比。

## 二、弗拉基米尔·纳博科夫的小说创作

弗拉基米尔·纳博科夫(Vladimir Nabokov,1899—1977)出生于俄国圣彼得堡一个贵族之家,随父母流亡国外,曾在英国剑桥大学三一学院学习法国和俄国文学,1937 年从柏林迁往巴黎,1940 年移居美国。1948 年至 1959 年他在康奈尔大学等校教授俄罗斯文学,先用俄语写作,后改用英语。成名后,他从康奈尔退休,直到去世。早在流亡西欧期间,纳博科夫已用俄文创作了许多诗歌、剧本和长短篇小说,如译成英语在英国出版的长篇小说《黑暗中的笑声》《蒙昧的镜头》《塞巴斯蒂安骑士的真实生活》《迷幻的凶兆》等。他用英语写的长篇小说有 12 部,主要有《洛

丽塔》《普宁》《请上断头台》《灰火》等。

《洛丽塔》是纳博科夫的成名作,也是他最著名的代表作。由于小说赤裸裸地描写了中年男人亨伯特与 12 岁的小姑娘洛丽塔之间的性爱,纽约 4 家出版社拒绝出版,直到 1955 年在纳博科夫妻子尼娜的努力和帮助下,才得以在巴黎一家地下出版社出版。3 年后它在美国问世,立即引起激烈的争论。故事开头的背景在法国,1939 年至 1940 年用俄文写就,开始是一篇仅 30 页的短篇小说,后来用英文全部重写。《洛丽塔》的副标题是《一个白人鳏夫的自白》,它采用主人公亨伯特在狱中的自白的形式,回忆了他与洛丽塔变态的爱情。纳博科夫在谈到《洛丽塔》时,指出它毫无道德寓意,艺术是唯一的标准。他用"英国语言"来代替"传奇小说"。20 世纪 60 年代美国的嬉皮士运动后,所谓"性革命"风行一时,《洛丽塔》受到一片赞扬。评论界认为它是一部充满惊人的机智和活力的小说,是世界公认的现代文学经典之作。

《灰火》是纳博科夫的又一力作。评论界认为此书是 20 世纪非常伟大的文学作品之一。小说的叙事方式饶有兴趣,运用的是典型的"准小说"技巧,比如"故事当中套故事"便是这种技巧的突出特点之一。《灰火》讲述一位大学访问教授查尔斯·金伯特,他声称自己曾是北欧一个王国的国王,后因统治不当引起反王室暴乱,被废黜而逃出,在国外一所大学做了访问教授。在学校里他和一位诗人约翰·沙德要好,希望诗人能写一首歌颂他昔日王国和他本人辉煌功绩的诗歌。后来追杀金伯特的暗杀者在金伯特和诗人散步时错将诗人杀死。诗人在生命的最后阶段确实写出一首 999 行的长诗,诗人死后,他的夫人请金伯特帮助编辑此诗,金伯特欣然应允。但是他失望地发现,长诗所写的并不是关于他的国家和他自己的事情,于是他按照自己的意愿开始"编辑"和注释工作。他细读诗作的每一行,努力发现诗行与他的国家的关系,并以此为依据而驰骋想象,重新创作出他近乎发狂的头脑所能幻想和臆造的一切。结果,他写出的评论性注释以及索引竟形成一个独立的作品,即金伯特的自传性小说。于是《灰火》一书包含着两个作品,即故事当中套着故事。在诗人和金伯特两人的生活中都存在一种热火,而两人也一致认为,他们的诗歌和评论只是它的一种很不充分的反映而已。

作为较早崛起的黑色幽默作家,纳博科夫对 20 世纪六七十年代的美国作家产生了重大的影响,尽管他作品中流露了颓废情绪,充满了怪诞的词汇,并且结构杂乱。

### 三、库尔特·冯内古特的小说创作

库尔特·冯内古特(Kurt Vonnegut, 1922—2007)是另一位优秀的黑色幽默小说家。他出生于印第安纳州的首府印第安纳波利斯,父亲和祖父都是当地有名的建筑师兼画家,对他影响很大。他爱好文艺,但长大后进入康奈尔大学攻读生化,虽兴趣不大,不过积累了丰富的科学知识。1952 年他发表了第一部长篇小说《自动钢琴》,其后又创作了《泰坦族的海妖》《夜妈妈》等小说。20 世纪 60 年代是他创作的鼎盛时期,先后创作了《猫的摇篮》《上帝保佑你,罗斯瓦特先生》《第五号屠宰场》《冠军的早餐》《滑稽剧,或不再孤独》《囚鸟》等多部作品。

《第五号屠宰场》是一部独特的反战小说,主要故事以作者非凡的亲身经历为基础。主人公毕利·皮尔格里姆赴欧洲战场打仗不久便沦为德军的俘虏,被监禁在德累斯顿战俘营,第五号屠场是他的住处。英美空军用炸弹将它夷为平地,死难的俘虏和平民大大地超过广岛的原子弹受害者人数,毕利幸亏躲在屠宰场地下冷藏库里成了幸存者,跟冯内古特的经历一样。战后,毕利被遣返家乡,做了眼镜店的验光技师,娶了富家丑女,生活优裕。过了几年,儿子长大,应征去越南作战。此后,小说转入科幻情节。毕利 44 岁了,有一天,外星人特拉尔法马多人公然用飞碟将他劫走,放在 541 号大众星的动物园里展览。他并不绝望,反而向他们学到许多知识,如关于时间的概念,令他惊叹不已。他进行时间旅行,经历了意想不到的变化:他睡觉时是个独身的老鳏夫,醒过来时却成了婚礼上的新郎，可是，1个小时以后，新娘死了。他 1955 年出门，却从另一个门 1941 年出来，再从这个门回去，发现自己竟到了 1963 年。他说他多次见过自己的生与死，随心所欲地回到他的生死之间的一切事件中去。但毕利在时间上患了痉挛症，无法控制下一站往哪里去。

毕利是个精神分裂症患者，呆头呆脑，逆来顺受，爱幻想猎奇，对朋友无益，对敌人也无害。作者运用现实与幻想相结合的手法，一方面通过主人公的遭遇控诉德国法西斯的暴行，另一方面又以 541 号大众星上生物的感受来影射美国社会，嘲笑人类发动战争是多么可悲可笑。电视节目全是荒唐的谋杀案，书店里充斥着色情书籍，出售青年裸体照片，放映下流的西洋景赚钱，报纸上全是关于权力、体育、愤怒和死亡的消息，而市场上的电话机、大布告板和时事新闻自动收录机全是假货。541 号大众星上的生物喜欢达尔文，对耶稣不感兴趣，他们认为，死意味着生命的终结，尸体只存在利用价值，仅此而已。这一切都是对美国社会阴暗面的抨击，是对商品文化的尖锐批评。

《第五号屠宰场》除了对毕利在德累斯顿战俘营遭到英美空军的狂轰滥炸的描写以外，其他缺乏故事的主要线索，故事用许多简洁而生动的画面串起，仿佛由一系列断断续续的感受和印象组成。故事的时间是随意跳跃的，貌似杂乱无章，结构散乱，以此讽喻美国社会的混乱和荒谬。冯内古特想象力出众，文笔犀利，语言精练，描写精彩，亦真亦幻，诙谐幽默，文风独树一帜。

像其他黑色幽默作家一样，冯内古特一方面密切关注美国社会的变迁，另一方面又对这种变迁的复杂性无法理解。他不断地观察和思考，探索人生的意义。冯内古特在小说中采用不同于传统的现实主义作家的新视角和独特的黑色幽默的艺术手法，来反映第二次世界大战后美国现实世界的荒诞和人性的扭曲，保持了新颖的艺术特色和深刻的批判主题。

### 四、约翰·巴思的小说创作

约翰·巴思(John Bath,1930——　)出生于马里兰州剑桥市,曾就读于纽约的音乐学校,任爵士乐队的鼓手。后进入约翰·霍普金斯大学念新闻专业,获硕士学位。他对文学艺术十分喜爱,业余时间写了许多小说,代表作品为《烟草商》。

《烟草商》是巴思继《漂浮的歌剧》《大路尽头》之后创作的第三部长篇小说,虽然故事背景与前两部一样,但写作风格却完全不同,是巴思创作生涯的新起点。它重新描绘了艾本尼泽·库克的时代和社会生活,嘲讽了18世纪的流浪汉小说,显得更有趣更古怪。

小说主人公艾本尼泽·库克是个诗人,1708年写就讽刺长诗《烟草商》,按年代顺序叙述了马里兰州各种历险的经过和不幸的灾祸。巴思给库克的原诗加上了许多注释,使诗中的隐喻性的旁白或离题的思想简明易懂,并寻根溯源加以推断,将每个部分联系起来,然后用三小部分介绍库克的生平。巴思将库克描写成大智大勇的天真人物。库克既是个低级的诗人,又想保持自己的清白。他将这两方面神秘地联系起来。后来,库克到了美国,自己被指定为"桂冠诗人"。他决心写一部史诗《马里兰姑娘》,尽管巴思在小说里加了许多性欲的象征性描写,但库克始终保持自己的清白。他所喜爱的这部史诗,最后成了对他的长诗《烟草商》的讽刺。有趣的是小说中又有小说。在库克驶向马里兰途中,几个不同的情节插入,如海盗掠夺、土地产权、遗产继承、坚守清白和天主教徒反对耶稣教徒的阴谋等。情节中叠絮小情节。反复无常的亨利·伯宁加姆曾是库克的导师,时而是库克的竞争对手,时而是他的救命恩人。他装扮成主人的模样,领着库克走过艰难的历程。小说结尾,导师突然消失,在巴思后来的小说中又再次出现。

《烟草商》结构复杂,设计完美。作者将马里兰州的历史事件与虚构的人物天衣无缝地结合在一起。巴思吸取了英国18世纪小说家菲尔丁的艺术技巧,运用后现代派的表现手法,将讲故事的艺术与历史的创造融为一体。《烟草商》是一部文学技巧综合运用的佳作,提出了历史与小说之间关系的重要问题。尽管巴思说他自己的小说是"实验之作",但他作品结构复杂,情节离奇,语言标新立异,犹如文字游戏,独特的风格给人留下了深刻的印象。

巴思笔耕不辍,后来又创作了《羊孩子贾尔斯》《消失在开心馆里》《茨默拉》《大路尽头》《休假年》《潮水的故事》及《某水手最后一次航行》等作品。

# 第六节　坦白倾诉个性丧失的自白派诗歌

自白派诗歌兴起于20世纪五六十年代,是美国重要的后现代主义诗歌流派。当时美国社会发生着重要的变化,并且面临着种族性别矛盾以及家庭破碎等社会问题,个人被迫在自我和世界之间进行选择。自白派诗人的创作对自我,包括自己的背景、传统、隐私、愿望、幻想等,进行大胆的暴露与分析,并希望借此摆脱个人的内心痛苦和心理危机。但是,自白派诗人对自我的大胆暴露与分析并没有使他们平静下来,反而引致了他们更加疯狂的举动。自白派代表诗人有罗伯特·洛威尔(Robert Lowell,1917—1977)、约翰·贝里曼(John Berryman,1914—1972)、安妮·塞克斯顿(Anne Sexton,1928—1974)等。

## 一、罗伯特·洛威尔的诗歌创作

罗伯特·洛威尔(Robert Lowell,1917—1977)是美国后现代主义的代表人物,同时也是"自白派"诗歌的创派诗人。他出生于波士顿一个新英格兰名门望族之家,1935年,进入哈佛大学学习。1937年,洛威尔接触到了"新批评"的理论,并抄录了许多诗作,这是他诗歌创作的一个重要转折。洛威尔的诗集很多,早期著名的诗作有《不同的国度》《威利勋爵的城堡》。1959 年发表的《生活研究》使洛威尔一举成名。后期他又创作出一批优秀的诗作,如《献给联邦死难者》《海豚》等,最后一部诗集是《日复一日》。

洛威尔早期的诗歌写作备受艾伦·塔特(Allen Tate,1899—1979)的影响。那时的洛威尔徘徊于传统诗和自由诗之间,亟须有人给他指点迷津。艾伦·塔特将"新批评"理论灌输给他,使他顿觉豁然开朗,并逐渐向形式主义诗歌靠拢,创作了《不同的国度》,是他锋芒初露之作。1946 年洛威尔出版诗集《威利勋爵的城堡》,诗集的题目取自一首古代民谣,讲述贵族威利请石匠拉姆金为他建造城堡,结果城堡建好后,威利拒绝付钱,一怒之下,拉姆金杀死了威利的妻室加以报复。这首诗表现的是现代社会的精神危机,在战争的恫吓和金钱的诱惑下,人们迷失了自我,变得低俗颓废,毫无道德正义感。诗作表达了诗人对往昔社会的怀念。

1957 年的西海岸之行是洛威尔诗歌创作中的一个转折点。他对金斯堡、斯诺德格拉斯等人的创作加以借鉴,写出具有里程碑意义的《生活研究》。该诗集包括四部分。第一部分由四首诗组成;第二部分是自传性的长篇叙事散文《里维尔街 91 号》,是对他青少年时代的回忆及家庭状况的描绘;第三部分写他所推崇并影响他的几位诗人;第四部分是整部诗集的核心和精华,诗集的名字亦由此标题而来。作者在诗歌中记录了个人的生活经历和心理活动,描写了在婚姻、家庭、精神病院中所遭受的痛苦和折磨。《臭鼬出没的时候》就是该诗集中著名的诗篇。

在《臭鼬出没的时候》中,诗人写下了"我自己就是地狱"的名句。通过对自我的坦白和揭露,他把自己的痛苦和精神的孤独毫无保留地展现在人们面前:

> 一个暗夜,
> 我的都铎式福特车爬上山坡;
> 我注视着情人们的车子。车灯熄灭,……

我生病的灵魂在每个血细胞中抽泣,

仿佛我的手扼住了它的喉咙……

我自己就是地狱;

无人在这里——①

《生活研究》中的不少篇章都值得读者去仔细玩味。诗人巧妙地运用"双重意识",分别从"儿童时代的我"和"成年的我"两个不同的角度去审视自己的家庭、婚姻等,把过去与现在,回忆者与被回忆者紧密地融合在一起,把自己的心理活动及所受的痛苦赤裸裸地展现出来。可以说,它代表了洛威尔诗歌创作的顶峰,使洛威尔一跃成为20世纪60年代美国最负盛名的诗人之一。

继《生活研究》之后,洛威尔1964年出版了较为有名的诗集《献给联邦死难者》。它的标题诗《献给联邦死难者》是洛威尔最为满意的诗作,与南方"逃逸派"诗人艾伦·塔特的《致联邦死难者》有异曲同工之妙。从表面上看,这是一首悼亡诗,表达了作者对英勇就义的罗伯特·古德·肖及其他阵亡将士的怀念。但实际上,作者是在借古讽今,批判现实社会的种种不如意之处,表达诗人对冷漠、机械化和充满暴力的现实社会的绝望。作者想要传达的信息是:当初罗伯特·古德·肖率领将士用生命换回的社会,现在却被无情地摧毁。

洛威尔突破现代诗歌的创作传统和局限,使诗歌的形式变得自然开放、语言通俗朴实,开创了"自白派"诗歌的诗风。可以说,他在美国后现代诗坛中占据举足轻重的地位。

### 二、约翰·贝里曼的诗歌创作

约翰·贝里曼(John Berryman,1914—1972)出生于俄克拉荷马州的麦卡莱斯特。10岁时,父亲自杀身亡,这在他童年回忆里留下了深深的创伤。后来,贝里曼在继父的资助下,先后在哥伦比亚学院和剑桥大学学习。他一生创作了大量的诗集,如《向

---

① 王卓. 后现代主义视野中的美国当代诗歌[M].济南:山东文艺出版社,2005:48.

布雷兹特里特夫人致意》《短诗集》《贝里曼十四行诗集》和《梦歌》等。

　　一般认为,早期的贝里曼诗歌创作模仿叶芝和奥登,诗歌中颇多学院派和形式主义诗歌的影子。1947年,他运用彼特拉克十四行诗体写就115首歌颂爱情的诗,表达了诗人感情上的"波澜起伏"。这些组诗与早期的诗歌一起在1967年以《贝里曼十四行诗集》发表。这时,诗人的"自白"风格开始有所体现。

　　长篇叙事情诗《向布雷兹特里特夫人致意》是贝里曼早期的一部重要诗集。这部长诗分为三部分,共57节,每节8行,把布雷兹特里特夫人的生平、写作特点、历史地位在诗行中做了交代,同时也表达了贝里曼对社会历史和政治宗教的不满,指出这些因素限制了布雷兹特里特和众多诗人的诗歌创作和发展。

　　《梦歌》是贝里曼最为有名的诗作,该诗作由两个诗集组成,分别是发表于1964年的《77首梦歌》和1968年的《他的玩具,他的梦,他的休息》,这两部诗集均获得了普利策奖和国家图书奖。1969年,诗人又创作了几十首诗歌,与之前的两个诗集合在一起,取名为《梦歌》,并于1981年出版。《梦歌》主要讲述一位美国中年人——亨利的痛苦、绝望、对爱的渴望、性欲及风流韵事。《梦歌》既是梦又不是梦。一方面,他利用梦能使人处于无意识或潜意识状态的特点,让自己的语言变得随心所欲;另一方面,贝里曼所描写的亨利的心理活动和思想感情取材于自己的日常生活,因此是现实的、客观存在的、非梦幻的。亨利在诗中有不同的名字,如博恩先生、亨利·汉克维奇、小猫儿亨利、房子亨利等,它们实际上皆为贝里曼的"代言人"。

　　《爱情与名誉》和《幻念等等》是贝里曼后期发表的两部诗集。《爱情与名誉》记录了诗人的人生经历,叙述了诗人成长成熟的过程,《幻念等等》则表达了诗人对罗马天主教的重新信仰,内容相对枯燥乏味。但无论怎样,贝里曼对"自白派"诗歌的贡献是无法否认的。

### 三、安妮·塞克斯顿的诗歌创作

安妮·塞克斯顿(Anne Sexton,1928—1974)出生于马萨诸塞州牛顿市,曾在波士顿的加兰学院学习。作为"自白派"诗歌中最为有名的女诗人之一,她突破传统,大胆坦白,是女权主义运动的先锋,深受广大妇女读者的欢迎。塞克斯顿在几十年的时间内创作了不少"自白"诗,这些诗作是塞克斯顿的真情告白,代表了一个女人全部的情感体验。坦诚、赤裸及毫不隐晦,是塞克斯顿诗歌最大的特点。

《去精神病院,病情部分好转》是塞克斯顿的处女作,讲述诗人在精神病院接受治疗的痛苦历程。诗人当时因精神抑郁,常常会陷入莫名的恐惧,笼罩在死亡的阴影中。这部诗集的创作是应医生的建议而写,目的是帮助释放压力,并希望借此治疗她的精神疾患。

《活还是死》是塞克斯顿一部重要的诗集,将塞克斯顿作为"自白派"诗人的生涯推向顶峰。诗人用赤裸裸的自白去描写自杀、死亡,不过,与此相矛盾的是,诗中也透露出作者对生命的渴望和憧憬。

塞克斯顿比较有名的诗集还有《死亡笔记》《庄重地划向上帝》。其中,《庄重地划向上帝》在她死前便已有了雏形,此诗集的最后一首诗《划到头了》似乎在暗示诗人终于找到了自己的归宿,她微笑着做出这个决定,如诗中写道:

> 接着我笑了,
> 鱼儿游来游去的码头笑了。
> 大海笑了。
> 海岛笑了。
> 荒诞笑了。①

塞克斯顿的一生虽然短暂但绚丽无比。精神疾病的折磨和

---

① 彭予.二十世纪美国诗歌[M]. 开封:河南大学出版社,1995:423.

婚姻中所受的打击,使她无力面对喧闹纷扰的社会,因此她宁肯选择一种更为决绝的方式,使自己的灵魂得到净化,精神得到永生。

# 参考文献

[1][美]爱德华·泰勒著,常耀信译.受领圣餐前的自省录·序诗[A].美国文学史(上)[M].天津:南开大学出版社,1998.

[2]常耀信.精编美国文学教程(中文版)[M].天津:南开大学出版社,2005.

[3]陈凯.绿色的视野——谈梭罗的自然观[J].外国文学研究,2004（4）.

[4]陈启杰,曹泽洲,孟慧霞.中国后工业社会消费结构研究[M].上海:上海财经大学出版社,2011.

[5]陈世丹.美国后现代主义小说详解(中文版)[M].天津:南开大学出版社,2010.

[6]陈滋意.霍桑对爱默生超验主义的认同与批判[D].华东师范大学,2006.

[7]程爱民等.20世纪美国华裔小说研究[M].南京:南京大学出版社,2010.

[8][美]丹尼斯·博所德著,杨林贵译.美国文学[M].长春:东北师范大学出版社,2015.

[9]董洪川.庞德与英美现代主义诗歌的形成[J].外语与外语教学,2006（5）.

[10]杜明甫.传承与嬗变———美国浪漫主义文学浅说[J].青年文学家,2009（1）.

[11]《读者原创版》编辑部.草叶集:惠特曼诗选[M].兰州:敦煌文艺出版社,2014.

[12]范湘萍.后经典叙事语境下的美国新现实主义小说研

究 [M]. 上海：上海交通大学出版社，2015.

[13][ 美 ] 富兰克林著，姚善友译 . 富兰克林自传 [M]. 北京：
三联书店，1985.

[14] 郭继德 . 美国戏剧史 [M]. 天津：南开大学出版社，2011.

[15] 郭继德 . 美国现实主义戏剧舞台艺术风格的 "轮回" [J].
英美文学研究论丛，2000（1）.

[16] 郭继德 . 美国小说研究（第七辑）[M]. 济南：山东大学出
版社，2014.

[17] 胡冬，高岩 . 回归抑或转向：美国后现代主义文学特质
[J]. 求索，2013（12）.

[18] 黄铁池 . 当代美国小说研究 [M]. 上海：上海三联书店，
2014.

[19] 金莉 .20 世纪美国女性小说研究 [M]. 北京：北京大学出
版社，2010.

[20][ 美 ] 金斯堡著，张少雄译 . 卡第绪：母亲挽歌 [M]. 广州：
花城出版社，1991.

[21] 匡兴 . 外国文学史（西方卷）[M]. 北京：北京师范大学出
版社，2010.

[22] 李恒方 . "巧克力血液" 的尊严求证——从约翰·格里
森姆的《杀戮时刻》谈起 [J]. 开封教育学院学报，2000（2）.

[23] 李细莲 . 与时光贴身而行——阅读《瓦尔登湖》的感悟 [J].
审计与理财，2016（9）.

[24] 刘保安 . 诗人爱默生：继承与开拓 [J]. 河南财政税务高
等专科学校学报，2009（5）.

[25] 刘翠湘 . 惠特曼的创作主体诗学思想 [J]. 求索，2009（4）.

[26] 刘建华 . 危机与探索——后现代美国小说研究 [M]. 北
京：北京大学出版社，2010.

[27] 刘劲予 . 自由的乐章 爱的颂歌——试论惠特曼与泰戈
尔的诗歌创作 [J]. 广东第二师范学院学报，1990（4）.

[28] 刘秀玉 . 当代语境下的美国自然主义文学概观 [J]. 解放

军艺术学院学报,2014（1）.

[29] 刘英.美国现代主义文学的地方主义与世界主义 [J]. 外国文学,2016（2）.

[30] 卢敏,陈怡均.美国文学名著研读 [M]. 上海：上海交通大学出版社,2011.

[31] 卢晓白.爱默生超验主义思想对惠特曼的影响 [J]. 外国文学研究,2009（4）.

[32] 罗顺江.星条旗下的美国梦 [M]. 成都：四川文艺出版社,2010.

[33] 毛信德.美国小说发展史 [M]. 杭州：浙江大学出版社,2004.

[34][ 美 ] 米歇尔·拉巴泰著,杨成虎译.1913：现代主义的摇篮 [M]. 上海：上海外语教育出版社,2013.

[35] 聂珍钊.外国文学史（四）[M]. 武汉：华中师范大学出版社,2010.

[36] 宁倩.美国文学名家 [M]. 哈尔滨：黑龙江人民出版社,1983.

[37] 欧华恩.论美国废奴文学及其代表作《汤姆叔叔的小屋》[J]. 湘潭师范学院学报（社会科学版）,2006（3）.

[38] 潘淑娟.论美国现实主义文学的产生与发展 [J]. 吉林省教育学院学报（旬刊）,2009（9）.

[39] 彭继媛.激情绽放的诗之奇葩——论惠特曼诗歌抒情方式对中国现代诗歌的影响 [J]. 湖南科技学院学报,2007（11）.

[40] 彭予.二十世纪美国诗歌 [M]. 开封：河南大学出版社,1995.

[41] 全津.从父子关系看《只争朝夕》中的文化融合与冲突 [D]. 厦门大学,2009.

[42] 任丽娜.浅议 19 世纪美国现实主义小说 [J]. 新西部,2010（8）.

[43] 申丹,王丽亚.西方叙事学：经典与后经典 [M]. 北京：

北京大学出版社,2010.

[44] 苏福忠.将精神与物质融入诗中——爱默生的两首名诗赏析 [J].名作欣赏,2001（3）.

[45][ 美 ] 梭罗著,张知遥译.瓦尔登湖 [M].天津:天津教育出版社,2005.

[46] 唐根金等 .20 世纪美国诗歌大观 [M].上海:上海大学出版社,2007.

[47] 王德禄.人权宣言 [M].北京:求实出版社,1989.

[48] 王宏印.世界名作汉译选析 [M].上海:上海交通大学出版社,2000.

[49] 王秋平.存在的遗忘与拯救——海德格尔的存在论思想研究 [D].广西师范大学,2007.

[50] 王建平.美国后现代小说与历史话语 [M].北京:中国人民大学出版社,2012.

[51] 王淑芹.美国黑人女性主义文学批判研究 [M].济南:山东大学出版社,2014.

[52] 王夷平.美国西部文学研究 [M].北京:北京理工大学出版社,2015.

[53] 王颖.十九世纪"另类"美国作家研究 [M].济南:山东教育出版社,2007.

[54] 王志军,陈桂艳.论奥尼尔剧作中的道学要义 [J].长城,2010（2）.

[55] 王中强.简约不简单:美国"极简主义"文学研究 [M].广州:暨南大学出版社,2014.

[56] 王忠祥.外国文学史 [M].武汉:华中师范大学出版社,2010.

[57] 王卓.后现代主义视野中的美国当代诗歌 [M].济南:山东文艺出版社,2005.

[58] 吴佩芬.马克·吐温与约瑟夫·海勒:美国幽默文学的

两座丰碑——论美国文学的传统幽默与黑色幽默 [D]. 苏州大学, 2007.

[59] 吴元迈 .20 世纪外国文学史（第 2 卷）[M]. 南京：译林出版社, 2004.

[60] 夏光武 . 美国生态文学 [M]. 上海：学林出版社, 2009.

[61] 向玉乔 . 人生价值的道德诉求：美国伦理思潮的流变 [M]. 长沙：湖南师范大学出版社, 2006.

[62] 徐颖果, 马红旗 . 美国女性文学：从殖民时期到 20 世纪 [M]. 天津：南开大学出版社, 2010.

[63] 杨仁敬 .20 世纪美国文学史（第 3 版）[M]. 青岛：青岛出版社, 2014.

[64] 杨仁敬 . 新历史主义与当代美国少数族裔小说 [M]. 上海：上海外语教育出版社, 2013.

[65] 杨小兰 . 从"突破"现实到"回归"现实——对新时期现实主义文学的一种考察 [J]. 学术论坛, 2015（2）.

[66] 殷历国 . 略论 19 世纪美国现实主义文学 [J]. 鸭绿江月刊, 2014（1）.

[67] 殷企平等 . 什么是现实主义文学 [M]. 上海：上海外语教育出版社, 2011.

[68] 袁可嘉 . 外国现代派作品选（C 卷）[M]. 北京：燕山出版社, 2006.

[69] 张秦 . 论美国传统现实主义文学的理性回归——以《自由》为例 [J]. 淮海工学院学报（人文社会科学版）, 2013（16）.

[70] 张晔 . 民主之歌——浅析惠特曼《我听见美国在歌唱》[J]. 科技视界, 2014（36）.

[71] 张跃军 . 安妮·布雷兹特里特诗选 [M]. 上海：东华大学出版社, 2010.

[72] 张云岗 . 爱默生超验主义思想的文本分析 [J]. 石家庄铁道大学学报（社会科学版）, 2012（4）.

[73] 张祝祥, 杨德娟 . 美国自然主义小说 [M]. 上海：复旦大

学出版社,2007.

[74] 张子清.20世纪美国诗歌史[M].长春:吉林教育出版社,
1997.

[75] 赵纬.论爱默生《论自助》中的超验主义[J].北京科技
大学学报(社会版),2000（2）.

[76] 郑克鲁.外国文学简明教程[M].武汉:华中师范大学出
版社,2001.

[77] 郑克鲁.外国文学史(下,第2版)[M].北京:高等教育
出版社,2006.

[78] 周倩.简析《进入黑夜的漫长旅程》中主人公的生存状
态[J].语文建设,2013（8z）.

[79] 琢金吾.对《马丁伊登》的类比阅读[DB/OL].https://
www.douban.com/note/68563009/.